水滸傳

梁山英雄榜

ISBN 957-13-1455-2

原著者簡介

水滸傳

相傳為元末明初羅貫中作；羅貫中，杭州人，名本，編撰說部甚多，著有：三國志通俗演義、說唐、粉粧樓等。又有題施耐庵撰，羅貫中纂修者。施耐庵元東都人，名子安，元末與當道不合，棄官回家，閉戶著書。明金聖嘆斷為七十回以後為羅貫中所續。

編撰者簡介

傅錫壬

民國廿七年生。

私立淡江大學中文系畢業、國立臺灣大學中文研究所碩士班畢業、國立臺灣師範大學國文研究所博士班肄業。

現任：東吳大學、淡江大學教授。

著作：楚辭語法研究、楚辭古韻考釋、新譯楚辭讀本、李清照、語譯本山海經、吳越春秋、中國文學史初稿（合著）等書。

致讀者書

親愛的朋友：

在我國一提起水滸英雄，梁山好漢，恐怕是無人不知，無處不曉的。尤其對卅歲以前的中國人來說，水滸傳中膾炙人口的故事，早已經成爲他們血脈中流行的一部分，就是連不識字的老嫗也能朗朗上口；甚或販夫走卒也知道梁山泊上有個會打老虎的武松；有個憨厚的鐵牛李逵；有個孝順親長的宋江，有個粗魯的魯智深；有個有大用的軍師吳用；有個愛妻子的林冲；有個仗勢凌人的高俅……。於是武行者、花和尚、智多星、豹子頭、霹靂火、拚命三郎、浪裏白條、混世魔王、一丈靑……等等都活在我們生活的四周了，可見水滸故事在我國影響的普遍及其深遠了。

十七世紀時的金聖歎，是一個大怪傑，他早能在那個時代就大膽宣言，水滸與史記、國策有同等的文學價值，說施耐庵、董解元、莊周、屈原、司馬遷和杜甫在文學史上佔有同等的地位，說：「天下的文章無有出水滸右者，天下之格物君子無有出施耐庵先生右者！」這是何等眼光，何等膽識！所以金先生在他的兒子剛十歲的時候，就鼓勵他讀水滸傳。他說：「汝今年始十歲，便以此書（水滸）相授者，非過有所寵愛，或者敎汝之道當如是也。……人生十歲，耳目漸吐，如日在東，光明發揮。如此書，吾卽欲禁汝不見，亦豈可得？今知不可相禁，而反出其舊所批釋脫然授之汝手。」這種見解，卽在今日可能還會得到一些衞道之士的反對吧！

請問，您除了讀過少年維特的煩惱、茵夢湖、簡愛、基度山恩仇記、傲慢與偏見、雙城記……等等外國人的小說之外，是否也曾讀過這本令外國人嫉妬，值得中國人驕傲的水滸傳呢？如果您已經讀過了，我恭喜您，如果到現在都還沒讀，那麼我就懇切的勸您，趕快去找一本水滸傳讀吧！必定使您心靈上有意想不到的收穫和享受。

如果您已經讀過，那我可要問您。

您知道水滸傳故事形成的背景嗎？
您知道水滸傳故事的主題是什麼？
讓我們來共同探討一下這兩個問題，好嗎？

一

水滸傳不是一時一地一人的創作，它故事的形成是經過了長時間的孕育發展的。故事中的主要人物，如宋江等三十六人的事蹟，在宋史中已經有記載，是北宋末年的大盜，後來威名遠播，流傳到了民間，就越傳越神奇，到了南宋末，宋江等人在民間已經有英雄的跡象，因爲有人替他們作贊作畫來崇拜了。

於是這種「英雄傳奇」，被當時盛行的說話人，加以利用，如南宋羅燁的醉翁談錄中，就有青面獸、花和尚和武行者的篇名記載。所以到了宋、元之際就出現了一部叫「大宋宣和遺事」的話本。爲什麼大盜會變成了英雄呢？胡適說的好。他說：

一、宋江等確有可以流傳民間的事蹟與威名。

二、南宋偏安，中原失陷在異族手裏，故當時人有想望英雄的心理。

三、南宋政治腐敗，奸臣暴政使百姓怨恨，北方在異族統治之下，受得痛苦更深，故南北民間都養成一種痛恨惡政治、惡官吏的心理，由這種心理上生出崇拜草澤英雄的心理。

元代是雜劇盛行的時代，以水滸人物爲中心而編寫的雜劇很多。其中雖然多數已經亡佚了，但從各家所記的劇目中看就得知大概了。例如有關黑旋風李逵的故事，在鍾嗣成的錄鬼簿、賈仲名的續錄鬼簿、朱權的太和正音譜中就有十幾種之多。就胡適的了解；元朝的梁山泊強盜，已漸漸變成「仁義」的英雄，梁山泊成了「替天行道救生民」的「忠義堂」了。把這一招牌送給梁山泊，是水滸故事的一大變化，既可表示元朝的民間心理，又暗中規定了後來水滸傳發展的軌跡。這是元曲裏共同的梁山泊背景。

到了明朝，有人把以前零星的水滸故事，做了一次大整理，編撰成了長篇的章回小說。這個人是誰呢?大多數學者都認爲，他是施耐庵和羅貫中二人。

施耐庵的生平不可考，我們只知道他是元末時人，籍貫浙江、杭州。耐庵似是他的號，本名業已失傳。至於羅貫中，據賈仲名續錄鬼簿說，他是太原人，號湖海散人，與人寡合。生平的了解也不多。也有人說他是山東東原人，也有人說是杭州人，名本字貫中。至於他是否真是施耐庵的門生，就不敢確信了。

經過施、羅二人編撰的水滸傳，已經相當受到一般讀者的歡迎了。這一個本子的結構，據鄭振鐸氏的推測，大概如下：

「原本水滸傳的結構，當係始於張天師祈禱瘟疫，然後敍晁蓋諸人智取生辰綱的事，然後敍宋江殺閻婆惜，武松打虎殺嫂，以及大鬧江州、三打祝家莊的事，然後敍盧俊義的被賺上山，一百零八個好漢的齊聚於梁山泊，然後敍元宵鬧東京，三敗高太尉，以及全夥受招安的事。……全夥受招安之後，卽直接征方臘的事。在征方臘的一役中，一百零八位好漢便陸續喪亡，十去七八。最後宋公明、盧俊義等衣錦還鄉之後，却又爲奸人所害，身喪於他們之手。」（中國文學研究）

到了明朝嘉靖年間，由武定侯郭勳家中傳出了一個百回本水滸傳，篇幅較施、羅本爲大，而且在招安之後，征方臘之前，增加了一段征遼；文字上也加工了。每回前又標以用對仗的兩句回目，至此水滸傳終於發展爲內容形式都很完整的章回小說。當然這時期還有許多大同小異的本子流行着，而其中較爲重要的是由書商余氏兄弟刊行的新刊京本全像插增田虎王慶忠義水滸傳。

到了明末，楊定見又改寫了征田虎、征王慶兩部分約二十回的文字，再加原來部本的百回文字，刊行了百二十回的忠義水滸全傳，於是水滸的擴大，才告一段落。

到了明末清初的時候，金聖歎又推出一部自稱爲古本的七十回水滸傳，由他自己評點，稱爲第五才子書。其實它已經把水滸故事中最精彩的部分都保存了。從此七十回本就成爲水滸傳的定本。後來胡適的朋友汪原放用新式標點把水滸傳重讀一遍，由上海亞東圖書館排印出版，是用新式標點來翻印舊書的第一部。而我就利用這個本子再緊縮改寫爲今天這個十五章水滸傳。

二

水滸傳是描寫一羣草莽英雄的故事。小說中的人物雖然有不同的遭遇，但最後都被「逼上梁山」。水滸中這種感覺給人最深的就是林冲。他原是八十萬禁軍敎頭，只因妻子漂亮，被高衙內看中，結果無端被發配滄州，在路上幾幾乎被害，幸賴魯智深搭救。可是高太尉仍不放過，派人尾隨要置他於死地。如此層層相逼，終於把林冲逼上梁山。這段故事，作者運用了高度的技巧，布局嚴密完整，真是無懈可擊。因此使政治黑暗，官逼民反的主題生動、深刻的表現出來。

至於水滸傳的影響，可歸納出下列數端：

㈠長篇章回小說從此確立：水滸傳至遲在郭本以後，章回小說的回目就確立了。雖然仍有「且聽下回分解」的術語，但已排除了若干以往話本的老套。它回目的對仗整齊，每回篇幅的大體一致；整齊成雙的回數等，使以後的章回小說都踏上了這些規範。

㈡以語體行文嘗試的成功：水滸傳中的文字活潑生動，無論在敍述或是對話，人物個性的刻劃，心理的描寫上，都表現了白話文學的魔力；古文能做到的，白話文也能做到，甚至古文不能表達的，白話文也能流暢的表達。所以水滸傳應是一部很好的白話教科書。

㈢出現了結局不同的續作：因爲水滸傳流行太廣大，太普遍、所以對梁山人物的結局，也就出現了不同的觀點，於是七十回或百二十回本後，就有一些不同續作的產生。有同情一百零八位好漢的，如陳忱的水滸後傳。他是由明入清的遺民，眼見滿州人入主中國的欺凌，所以不甘異族的統治，對水滸人物敢反抗統治者的行爲，是十分讚許的。也有憎惡這一百零八個強盜的，如俞萬春的蕩寇志。他在清道光年間，曾懸壺濟世。那時太平天國卽將起義，他大約有感於水滸的情節，太過於美化了強盜的個性與生涯，難免有勸人爲盜的顧慮。所以他在書中，大開殺戒，把梁山泊一百零八個強盜都送上法場。

朋友！當您看了以上的報導後，是否已引起一讀水滸傳的興趣。或者您已經買了一套中國歷代經典寶庫，正在讀水滸。那麼！我不再打攪您了。再見！祝

好

傅錫壬敬上

六十九年十一月廿九日
於淡水

梁山英雄榜 **水滸傳**

目錄

水滸傳

梁山英雄榜

前言

目前書肆中最通行的水滸傳本子，就是金聖歎評注的七十回古本。不過這部書中還保存了不少它的原始祖先話本的面目。話本原是說話人賴以謀生的工具，所以就必須具備若干賺錢的技巧，也因此造成了這部小說的若干瑕疵，這也就是我所以改編水滸傳的動機。它到底有些什麼瑕疵呢？

㈠重要情節與對話的一再重複：例如王婆設計潘金蓮的毒殺親夫武大郎，先用王婆的口中敍述，再用潘金蓮的行動描寫，在小說處理上破壞了懸疑的氣氛。這種例子很多，不勝枚舉，在說書人而言，自有利用的價值，但對成功的小說而言則是敗筆、贅筆。

㈡章回之間承接時的重複敍述：這種情形每章承接處都如此。這種現象對說書人來說是一種高度技巧，第一，它在關鍵處停筆，可以引起讀者（聽衆）繼續捧場的興趣；第二，對前回的故事有種提醒的作用。但它的最大缺點是浪費了篇幅，是「小說」所不取的。

㈢人物刻劃的分散和多歧：這種情形有二；一是幾個故事中性格較爲突出的人物，如魯智深、李逵、武松、宋江、林冲……等，幾乎在許多章回中都有，使讀者對他們印象必須重新組織。一是人物太多，自然描寫上不能週到。記得胡適曾說：

「倘使施耐庵當時能把那歷史的梁山泊故事，完全丟在腦背後，倘使他能忘了那『三十六大夥，七十二小夥』的故事，倘使他用全副精神來單寫魯智深、林冲、武松、宋江、李逵、石秀等七、八個人，這部書一定格外有精采，一定格外有價值。」

但是誠如胡適之先生那樣改寫的話，可能水滸傳就不能再叫水滸傳了。所以如今我把七十回本，約五、六十萬言的水滸傳要改編成十五萬字左右，是有相當多的顧慮和困難的。下面我說明一下，這部「新水滸傳」成書的大概：

我首先破碎了原書章回的劃分，純以故事的整體處理方便爲起訖。但爲保持原書的精神與精華，我仍舊利用水滸傳中原有文字所表現的神韻和氣勢；故事的情節上只作若干輕微的變更。每篇新的章節中，都賦給它一個新的題目，以點化出若干新的生命與新的主題。

我的水滸傳分十五章：

第一章叫「心魔」。也就是原書的楔子。所謂「魔由心生」，洪信到龍虎山求張天師時，所遇到龍（蛇）、虎種種幻象，都是由於洪信的內心不誠敬所引起。而且從鎮魔殿中，由於洪信之心不誠敬而放出去的魔君，雖然殺人不眨眼，卻在全書中沒有殺過一個善人。所以這些魔君，是惡人心目中的強盜；好人心目中的英雄。所以「魔」之是否被視為「魔」也因心之所嚮而定，故謂之「心魔」。

第二章叫「禍根」。也就是原書高俅發跡的部分。高俅是東京開封府汴梁宣武軍中的一個浮浪破落戶子弟，自小不守家業，結果因為踢毬踢得好而被端王看中而發跡。端王就是宋徽宗，徽宗朝宣和末年，各地人民困於苛政，時有暴動。所以高俅的發跡，顯然是暗示了「亂自上生」。自高俅引出王進，從王進引出史進，再寫一百零八人，所以如果說梁山泊一百零八人是「禍」，則高俅的發跡就是「禍根」。

第三章叫「緣」。也就是原書中有關魯智深幾個章回的總和，從魯達打死鎮關西、出家爲僧，大鬧五臺山、怒打小霸王、到火燒瓦官寺等。魯達出家時長老就說「智深與我佛有緣」。後來智深離開文殊院，長老送他四句偈子是：「遇林而起，遇山而富，遇水而興，遇江而止」不也正暗示他與梁山泊也有「緣」嗎？於是魯智深打小霸王也是「說因緣」爲藉口，所以魯智深的故事脫不了一個「緣」字。

第四章叫「逼上梁山」。也就是原書中林冲的幾個章回。林冲原是八十萬禁軍教頭，只因妻子漂亮被高俅的螟蛉子高衙內看上，而無端刺配滄州，高俅父子仍不放過，派人尾隨，要置他於死地，於是林冲被逼殺人，最後投奔梁山。這是水滸故事主題——官逼民反——寫得最成功的部分。你細讀梁山上的英雄有幾個是自己甘心淪爲草莽的。

第五章叫「寶刀、市虎、功名」。也就是原書楊志賣刀、比武等部分。楊志一心想求取功名，把金銀用盡，只得賣刀湊集盤纏，結果偏碰上無賴的市虎牛二，被逼殺人。但他對求取功名的慾望未滅，被梁中書所用後更是表現的積極。寶刀、市虎皆因熱中功名而引起，所以命篇爲「寶刀、市虎、功名」。

第六章叫「生辰綱」。這是水滸故事中的好戲，是梁山軍師吳用第一次顯露他的才華。楊志的功名美夢，就在這一役中破滅。楊志的命運好像跟「綱」結了緣，先是失了「花石綱」，再是失了「生辰綱」，因爲這一次失敗使楊志上了梁山，所以用來命名。

第七章叫「緊急追緝令」。這章是接着上一章延續下來的故事。「生辰綱」被刼是一件大事，所以追緝的命令一道接着一道而下，先是大名府梁中書的書札，再是東京太師府的專差，逼着何濤尋線索追查。也是水滸英雄第一次與官兵的正式接觸。石碣村中的一役，使梁山威名遠播，奠定了它的覇業基礎。何濤的偵察方法很有一點像刑警的查案，所以就稱它「緊急追緝令」。

第八章叫「招文袋」。也就是原書中宋江殺閻婆惜的故事。宋江所以要上梁山也植因在此。宋江先是把晁蓋的書信和金子放在袋裡，後來却又把這麼重要的袋子竟遺忘在閻婆惜家中，所以這招文袋是造成小說步入高潮的關鍵。「招文袋」對閻婆惜言，竟成了「招魂袋」了。

第九章叫「景陽岡」。是原書武松打虎的部分。水滸傳中不包括「市虎」在內，就出現過許多次老虎故事；除武松外，還有李逵殺四虎和解珍獵虎。其中武松打虎最精采，李逵殺虎最感人。而武松打虎的事，發生在景陽岡，用來命題，比「

武松打虎」較爲含蓄。

第十章叫「人頭祭」。也就是原書中武松殺了西門慶、潘金蓮，取了人頭祭祀武大郎的一些故事。是武松投奔梁山的遠因，也是水滸傳精彩的部分。因爲梟首是我國古老的刑法，而馘首更是充滿了血腥與神秘的祭典，武松這種原始性的復仇心態，我以爲用「人頭祭」來命名是比較具有吸引力的。

第十一章叫「黑牛與白鯊」。也就是原書李逵鬪浪裡白條張順的部分。李逵長得黝黑，又是牛脾氣，力大如牛，所以稱他做「黑牛」，而張順皮膚白皙又精於水性，所以稱他做「白鯊」。當兩人在潯陽江中鬪在一起時，水滸中的描寫是「一個顯渾身黑肉，一個露遍體霜膚；兩個打做一團，絞做一塊」。所以命篇「黑牛與白鯊」。

第十二章叫「刼法場」。也就是原書潯陽樓宋江寫反詩，戴宗送假信，梁山好漢刼法場幾個章回的組合，其中刼法場是整個故事的高潮，宋江從此就上了梁山，這一場戲是大場面處理，所以用來命篇。

第十三章叫「天性」。也就是原書中假李逵翦徑，黑旋風沂嶺殺虎二段。李逵雖然是個水滸傳中殺人最多的魔君。但「孝」心未泯，所以當他看宋江接來了父親奉養，公孫勝又去探望母親，不禁想起了自己還有老母在家總受苦，也要去接到梁山來快活。後來李鬼用奉養九十老母爲藉口騙了李逵、李逵的母親被大蟲吃了時李逵的悲憤，都是發於李逵至孝的天性。

第十四章叫「劊子手」。也就是原書楊雄殺潘巧雲的故事。這個故事中主角的身分有個共同處；楊雄是個專門殺人的劊子手；他的岳丈潘公是退休的屠夫，他的義弟石秀是家學淵源的現職屠夫，都是殺豬的劊子手。這些劊子手聚集在一起，終於把「放下屠刀立地成佛」的裴如海和頭陀都殺了。把偷漢的潘巧雲並丫鬟迎兒也像豬一般的殺了。所以把這篇稱爲「劊子手」當不是巧合吧。

第十五章叫「尾聲」。顯然是故事的總結。七十回本中「忠義堂石碣天文」一回，已經把梁山泊一百零八人的名字都刻在石碣上了，和楔子中挖開石碣放走魔君的情節正好可以前後呼應，所以只用了六百餘字，免得它「尾大不掉」。

當然除以上故事外，如武松打蔣門神、晁蓋救劉唐、李逵打死殷天錫、宋公明遇九天玄女、三打祝家莊……等等都是相當精彩的，但限於篇幅，都只得割愛了。

第一章 心魔

宋仁宗嘉祐三年的春天，江南流行着一種怪病，罹患的病人，先是惡寒，全身戰慄，隨之又發燒而全身冷汗直冒，發病時間有周期的間歇性。經過長時期安居樂業的百姓，都像失去了抵抗力似的，紛紛病倒。蔓延的速度像一陣春風，從江南直吹到了河南的開封、洛陽一帶。各州縣由於醫療設備的不足，都紛紛地向朝廷請求救援。

在開封府衙門的廊廡下，屋簷旁，已都躺滿了呻吟哀號的病患。空氣中瀰漫着一股濃烈的湯藥味。包拯——這開封府的青天大老爺，親自坐鎮，用盡了自己的俸祿，不斷的添購藥材，可是怪病的傳染似已不可遏止，開封城裏城外的軍民已死亡大半。

嘉祐三年三月的清晨，天剛破曉，待漏院㊀前車水馬龍，冠蓋相屬，但文武百官面部上的表情都十分嚴肅而凝重，氣氛也顯得格外陰霾而沉重。五更三時，天子痴肥的身軀剛出現在紫宸殿上，階下的人叢中已響起一陣騷動。宰相趙哲，參政文彥博都已雙雙並肩跪在階下，口中齊聲奏道：

「目前天下瘟疫盛行，軍民病死大半。請陛下急頒大赦令。減輕賦稅，禳除天災，救濟蒼生百姓。」

天子聽後，大為震驚，立刻下令翰林院起草詔書，一面大赦天下，一面免除賦稅。並且指示在京師的所有宮觀寺院中修設禳事，禳除天災。不料，瘟疫反而流行的更為猖獗。

仁宗皇帝眼看百姓的痛苦哀號，心如刀割，終日憂鬱，幾番臥病，一再的召集百官議事。一日，正在和百官計議時，班列中走出了一員大臣，天子看時，原來是參知政事范仲淹。他奏道：

「依臣子愚見，恐怕只有宣召張天師到京師，修設三千六百分羅天大醮，奏聞上帝，或能解救天下百姓的災難。」

天子應允點頭，立刻叫翰林院起詔，天子御筆親書，並附了御香一炷，命令殿前太尉洪信，星夜前往江西信州的龍虎山，請張天師來朝廷禳除瘟疫。

洪太尉領了聖敕，背了詔書，盛了御香，帶了隨從數十人，離開了京師的南門，馬不停蹄地奔向信州的貴溪縣。整整走了三天兩夜，才到了信州。當地的大小官員聽說了都到城郭外列隊迎接，並且急忙派人通知龍虎山上的上清宮主持道人，準備接詔。

第二天，洪太尉和相隨的大小官員，在許多上清宮道衆的鳴鐘擊鼓，香花燈燭，幢幡寶蓋的迎接下，直到了宮門前才下馬。而上清宮中的主持㊁更親率着道童、侍從，前迎後引，把詔書接到了三清殿的中堂供奉着。洪太尉高聲朗道：

「請天師接詔。」

「稟知太尉。天師此時不在本宮。」主持真人一邊答話，一邊却想到：「天師果然料事如神。我就照着他的吩咐辦事，也好大大折磨你一番。」

「但是今天有詔書在此，一定要見到天師才行」。太尉已經顯得有些焦慮。

「太尉不知，這代祖師號叫『虛靖天師』，性情清高，不喜歡迎接之事。獨自在龍虎山頂蓋了一座茅菴，在上面修真養性。」主持真人看到太尉心焦，却暗自好笑。

「既然天師在山頂的菴中，又如何不請來相見，也好開宣詔書呀！」太尉說。

「這代祖師雖然住在山上，但是他的道行很高，能騰雲駕霧，蹤跡不定。就是貧道也難得一見，又如何派人去請呢？」主持真人剛說罷，太尉已急得跺脚。心想：「皇帝聖旨在此，如果不能請到天師，那麼豈不前途都完了。」嘴上却說：

「這可怎麼辦呢？如今京師瘟疫流行，如果天師不能卽時前往禳除天災，恐怕天下百姓就受苦了。」

「天子旣是要救萬民百姓，我想只有一個辦法或許可行。」主持真人說。

「請你快說，無妨！」太尉說。

「爲表示誠意，請太尉立刻齋戒沐浴，更換布衣，不可以帶隨從，必須獨自一人，背着詔書，點燃御香，步行上山，禮拜叩首，或許可能見到天師。不過，萬一誠心不夠，還是徒勞。」眞人心想：「你若依着，便有好戲可看。」太尉聽了就待發作，大怒說：

「我從京師一路素食到此，怎能說心不誠一呢？唉！罷了，罷了，現在一切都依你，明日及早登山便是。」當晚太尉遣走了大小官員回縣，留下幾個隨從，只得在三清殿旁，覓了個乾淨的齋房睡了。

翌日破曉時分，道童已經準備了香湯，請太尉起來沐浴。換了一身乾淨的衣服，脚下穿了一雙麻鞋草履，吃了素齋，取過丹詔，用黃羅包袱包好，背在脊梁上，手裏提著銀手鑪，裏面燃着御香。主持真人和道童送太尉來到了後山。真人指著滿布叢棘、亂石交錯的崎嶇山徑，說：

「請太尉就從此處開始登山。爲拯救萬民百姓，一路上千萬不能心生後悔、退縮之意，只顧志誠的爬上去。」

太尉別了衆人，嘴裏唸着天尊寶號，獨自一人，邁開大步，挺起胸膛，往山上走去。走了一會兒，盤旋了幾座山坡，眼看山徑越來越狹，坡度也越來越陡。只得攀援着路旁的葛藤往上爬。約莫又走了幾個山頭，二、三里多路，發覺手已酸了，腿也軟了，實在已經走不動了。嘴裏雖沒說話，心中却想着：

「我是朝廷貴官，在京師時，睡得是裀褥，吃得是美味，還覺得厭倦。何曾穿草鞋，走過這種山路，受過這種折磨。如果不是皇帝的詔書在此，又關係到自己的仕宦前途，我管他什麼張天師在那裏！」

太尉隨卽在路旁一塊大青石上坐下，脫下了草鞋，用手揑着脚趾頭，一陣陣的酸痛，從脚底直透進心扉，舒了一口氣，人都覺得有些懶了。這時突然看見山凹裏颳起一陣強風，吹得青綠的樹葉紛紛落下，風沒停，那松樹背後，奔雷似地大吼一聲，撲地跳出一隻吊睛白額的錦毛大蟲來。洪太尉大吃一驚，叫了聲「啊呀！」，人往後栽了一觔斗。說也奇怪，那隻大蟲只在洪太尉的身邊左盤右旋，也不咬人，咆哮了一會兒，就往草叢裏一鑽；不見了。洪太尉倒在大樹根旁，嚇得面如土灰，卅六個牙齒，捉對兒厮打，心頭一似十五個吊桶，七上八下的響，混身像中風般麻木，兩腿一似鬪敗的公鷄，口裏連聲叫苦。大蟲走後，大約一盞茶時，才勉強站了起來，撿起地上的香爐，重新燃了龍香，定了定神。心想：「此回如果見不到天師，回去也沒好受。」於是歎了口氣，拍去了身上的枯枝敗葉，只得繼續上路。

大約又走了二、三里路，看看烈日正頂着樹梢，肚子不覺已經有些餓了。就在樹蔭下坐下，取出乾糧，正待要吃時，只覺得迎面吹來一陣腥風，奇臭無比，冲得太尉只想吐，定眼看時，山邊竹藤裏，簌簌地響，搶出一條吊桶般粗的，滿身雪花似的蛇來。太尉見了，撇下手中乾糧，叫了聲「休矣！」拔腿想跑，可是兩條腿上像被釘了釘子，想移動個半步也困難。眼睜睜地看着大蛇爬過來，把自已纒做一堆，大蛇昂着頭，兩隻眼裏閃着金光，張開巨口，吐出紅信，不停地把毒霧往太尉臉上噴。太尉緊閉着嘴，摒止住呼吸，都快被自己憋死了。那大蛇看了洪太尉一會兒，往山下一溜，也就不見了。

太尉此時才吸了口氣，甦醒過來，打了個寒慄，伸手一摸，一身的鷄皮疙瘩還沒有消退，袴下已自濕了一片。嘴裏叫聲「慚愧！」心想：「這分明是牛鼻子道人有意的戲弄我。如今爲了皇帝詔書，我都忍了，等我辦完差事，再與你計較。」從草堆裏尋回了包袱，銀爐。重新整飭了一下衣服、巾帽，準備繼續上路。這時忽然聽到松樹背後，隱隱約約的傳來幾聲清脆悅耳的笛聲，太尉心想：「莫非又是什麼作怪？」順手就地上抓起了一根碗口般粗的木棒，瞪着兩眼一瞬也不瞬地往松樹後看，只見一個道童，倒騎着一頭黃牛，橫吹着一管鐵笛，笑嘻嘻地從松樹後繞過來。太尉見了，猶不放心。指着道童大聲說：

「喂！你是誰？」

道童却不理不睬，只顧吹着横笛。太尉一連叫了幾聲，道童才呵呵大笑，拿鐵笛指着洪太尉說：

「這位可是洪太尉？想必來見天師？」

太尉一聽，又是一驚。說道：

「你是什麼人？居然知道得如此清楚！」

道童笑着說：

「我清晨在草菴中伏侍天師時，聽天師說：『當今天子派了一個洪太尉，帶着丹詔㊂御書到山中來，宣我去開封做三千六百分羅天大醮，祈求上蒼禳除瘟疫。我如今就騎着仙鶴去了。』這時恐怕天師已經不在菴中。你千萬別再上去，山中毒蛇猛獸甚多，會傷了你性命。」

「你不要說謊！」太尉怕又是在戲弄他，追問不休。而道童笑了笑，也不回答，又自顧吹着鐵笛，轉過山坡去了。太尉追趕不上，想到剛才所受毒蛇猛獸之苦，也就只得再尋到舊路，急急忙忙的奔下山去。

三清殿的方丈㊃坐下，洪太尉滔滔不絕地說的起勁，隨從們都聽得目瞪口呆，把太尉看成了英雄。只有主持真人心裏暗笑，「太尉竟是隱瞞了這許多事實。」而嘴上却說：

「可惜太尉錯過。這個道童正是天師。」

「他若是天師，怎會如此年輕？」太尉似是不信。

「這代天師，非同小可。雖然看起來年幼，其實道行很高。他是得道的人，四方顯化，極是靈驗。所以世人都稱他爲道通祖師。」真人解釋着。

「唉！我竟如此有眼不識真師，當面錯過。」太尉的聲音很低沉，有些悵悵然。

「太尉且請放心。既然祖師已經去了開封。等你回去時，恐怕這場醮事，都已經辦完了。」真人看太尉似已放心。就恭恭敬敬地將丹詔收藏在御書匣內，留在上清宮中，把龍香就三清殿上燒了。當晚在方丈內大擺齋供，設宴飲酌，好好地款待太尉。

次日早膳剛用罷。主持真人已率着提點執事和道衆，來請太尉遊山。太尉大喜，步出方丈，後面跟着許多隨從，前面有二個道童引路，在宮前宮後，賞玩了許多景致。原來三清宮的建築雄偉極了；左邊廊下有：九天殿、紫微殿、北極殿。右邊廊下有：太乙殿、三官殿、驅邪殿。太尉把諸殿都一一的參觀了。走到了右廊的盡頭，突然發現了一座殿宇，建造的十分奇特。四圍都是搗椒紅泥牆，正面的兩扇朱紅色大門上，掛着一道胳膊般粗的鎖，門縫上交叉地貼着十數道封皮，封皮上都是重重疊疊的朱印。簷前懸着一面硃紅漆金字的牌額，上書「伏魔之殿」四個金字。太尉好奇，指着門問：

「這是什麼殿?」

「這是前代老祖天師鎮鎖魔王之殿。」真人答。

「那上面爲什麼貼了這麼多封皮。」太尉又問。

「喔!據說從老祖大唐洞玄國師封鎖魔王在此開始,以後每傳一代天師,都親手添上一道封皮。使子子孫孫不得妄開。否則走了魔王,聽說十分厲害。到現在已經傳了八、九代,沒一個敢開,於是就用銅汁灌到鎖裏,把它鑄死了。如今,誰也不知道裏面的情形。小道來這裏主持,已經三十多年,也只是聽聞而已。」真人答。

洪太尉聽了,反而覺得更爲好奇。加上受了山上的幾番折磨,膽子反而壯了。就斥令隨從說:

「你們替我快把門打開,我倒看看魔王是什麼模樣!」真人一聽,不覺慌了,噗通一聲,跪在地上,說:

「大人千萬開不得!先祖天師一再叮嚀,今後任何人不得擅開。」

太尉笑着說。

「又是一派胡言。分明是你們想故弄玄虛,煽惑百姓,故意安排這種地方。假稱鎖着魔王，來顯耀你們的道術。我就是不信，快快替我打開。」

「這個殿門開不得呀！開不得呀！否則讓魔王傷害了百姓，後果不堪設想。」真人擋住了殿門，不停地叫着。這時太尉像着了魔似地，突然大怒。指着真人大罵：

「你們若不打開給我看，回到朝廷，先奏你們阻擋宣詔，違抗聖旨，故意不讓我會面天師。再奏你們私設魔殿，蠱惑軍民，看你們誰擔當得起。」

主持真人畏於太尉的權勢，只得叫來幾個工人，用鐵椎把鎖打爛，但却沒有一個人敢伸手去撕那殿門上貼着的封皮。太尉飛起一脚，踢在門上，「嘣」的一聲，殿門開時落下一陣塵土。

大家一起走進門裏，黑漆漆不見一物。太尉叫隨從拿了十幾個火把點燃，四處一照，竟空無一物。只看見在屋子中央豎着一個石碣，大約有五、六尺高，下面是一隻石龜趺坐，大半已經陷在泥裏。太尉用火把一照，看到前面都是龍章鳳篆，天書符籙，沒人認得。照到那背後時，却看到鑿着四個真書大字——「遇洪而開」。

洪太尉看到這四個大字時，不禁大喜。就說：

「你們前時一再阻擋我打開門，而數百年前就已經把我的姓鑄在這裏。所謂『

遇洪而開』，分明是叫我來開麼！還不快快替我把石碣掘起，好見魔王！」

十幾個從人，高舉起鋤頭、鐵鍬，就待要掘，主持真人發了瘋似地奔到前面，把石碣抱住。嘴上叫着說：

「掘不得！掘不得！萬一走了魔王，恐會傷人。」

太尉這時那裏肯聽，大叫一聲「滾開！」十幾個隨從拿着鋤頭、鐵鍬一齊上，先把石碣放倒，再掘石龜，大約花了一盞茶時間，才把石龜掘出，再掘下去，不到三、四尺深，見到了一片大青石板，有一丈見方。衆人合力把石板扛起，看那石板底下，竟是一個萬丈深穴。當衆人都伸長頸子，探頭往下望時，突然聽到由穴內傳來「刮喇喇」一陣巨響，只見一團黑煙從穴裏翻滾上來，掀塌了半座殿角。那股黑氣直沖到半天高，散成百十道金光，望四面八方射去。

大家一時都放聲大叫，丟了鋤頭、鐵鍬，爭往殿外跑，翻的翻，滾的滾，都擠做一堆。洪太尉更是嚇得面如死灰，正要往廊階下跑時，一回頭和主持真人撞個滿懷，跌做一團。太尉伸手一把抓住真人衣襟，顫抖地說：

「這跑的是什麼妖魔？」

真人歎口氣說：

「唉！天數啊！天數！太尉有所不知，當初老祖天師，在此鎮住了三十六員天罡星和七十二座地煞星，共是一百零八個魔王。如今跑了，必會擾亂下方生靈，傷害百姓，真不知如何是好？」

太尉聽罷，渾身冒了一陣冷汗，一句話也不說，急急收拾行李，星夜趕回京城去了。

注釋

㈠ 待漏院：宋朝官員朝見皇帝的朝房。皇帝五更臨朝，官員半夜就要進宮，在朝房裏等候。古人的計時都用銅壺滴漏。待漏就是等待的意思。

㈡ 主持：是僧院道觀中的負責人。

㈢ 丹詔：詔、皇帝發出的文書，丹詔指皇帝用朱砂親筆寫的詔書。

㈣ 方丈：僧寺、道院主持人住用的房間。也可以用作對僧寺、道院主持人的稱呼。

第二章　禍根

東京開封府的殿帥衙門裏，到處張燈結綵，氣象一新，非常熱鬧。上上下下都為着新的太尉的到府視事而忙碌不休。新太尉斜倚在大廳的太師椅上，接受屬僚的一一參拜。

「八十萬禁軍教頭王進何在？」唱名剛畢。太尉已睜大了眼睛暴怒。

「王教頭半個月前已因病請假，於今尚未痊癒，在家休養中。」階下有人忙着答話。

「胡說！今天是什麼日子，竟敢不來接受點校。這分明是藐視上官。來人啊！快替我拿來！」太尉暴叫如雷，拍得桌子格格作響。牌頭㊀一看情況不妙，領了命令匆匆趕赴王教頭家。剛到達門前，已聞到陣陣的湯藥味，推開房門，只見王進臉色憔悴，躺在牀上，旁邊是他六十多歲的母親在親侍湯藥。門開時一陣微風吹動着她滿頭的白髮。牌頭不待王進母子開口，已自動把來意說了。王進心想：「我臥病在牀也不是假，太尉怎能如此不近情理。但是如果不去，又怕連累了牌頭。」於是勉強支撐坐起，穿了衣服。臨出門時，身後還聽到母親不住的叮嚀。

牌頭把王進攙扶着走進了殿帥府前的大門，依例向新任的太尉拜了四拜，打了拱揖，王進就低着頭站在一邊。殿內頓時鴉雀無聲。新任太尉重重的乾咳了兩聲，往地上吐了一口濃痰。說：

「你可是都軍教頭王昇的兒子？」

「小人便是。」王進答。

「那你爹只不過是街上使花棒賣膏藥的人。又能教你什麼武藝。一定是前任官不長眼睛，才給了你教頭。今日竟敢大膽裝病，躲在家裡快活，不來參拜。王進！你可知罪。」新太尉斥責着。

「小人害病乃千真萬確。不然，你可問……。」王進答。

「放屁！既是生病，如何來得。」新太尉罵了起來。

「太尉呼喚，不敢不來。」王進忍耐着。

太尉突然大怒說：

「來人啊！拿下這傢伙，給我重重的打！」

衆人平日和王進都是相處得不錯的同事，看到王進如此無緣無故就遭挨罵，心中都不免同情。於是相互使了眼色，異口同聲說：

「今天是太尉第一天上任的大日子。姑且權免他一次吧！」

「今天且看衆人央求饒了你，改天再跟你理會！」太尉狠狠的說。

這時王進趕快謝罪，抬起頭來，一看，差點驚叫出聲來。方才認出這新任太尉，原來曾經是被父親一棒打翻，臥床三個月的高俅。心想：「他今天發跡，一定是爲報仇來的。俗語說：『不怕官，只怕管』，他這種得勢小人，豈會就此輕易把我放過。」不覺思潮起伏，想到……。

高俅原是東京開封府汴梁宣武軍中的一個浮浪破落戶子弟。自小不成家業，只愛刺鎗使棒。但他踢得一脚好毬㈢，於是京師裏的人就順口叫他高毬，這人終日遊手好閒，正經事一樣不會，吃喝嫖賭件件精通。有一回他騙了京師首富王員外的兒子錢財，又帶他去賭錢宿妓，被王員外告到官裏，打了二十脊杖，被東京城裏父老趕出縣界。高俅無奈，就往淮西臨淮州，投奔一個開賭場的閒漢柳大郎，柳大郎也是個平生專好接濟地痞流氓，窩藏罪犯的老大。於是高俅就在柳大郎的賭場中幫閒，一住住了三年。後來哲宗皇帝大赦天下，高俅也被赦罪。思量要回東京。這柳大郎有個親戚在東京城金梁橋下開生藥鋪，叫做董將仕。於是柳大郎寫了一封書札，備了些盤纏，齎發高俅去投奔董將仕過活。董將仕一見是高俅，心裏厭惡極了。心中尋思：「他是犯過罪的破落戶，收留在家中，怕孩子們都學壞了。但又得罪不起柳大郎，藥鋪裏的許多名貴藥材，還多虧柳大郎託人從遠地帶來。」當時只得裝着笑臉權且把高俅留在家裏，每日酒食款待。住了十幾日，董將仕發現藥鋪的生意，一日比一日差。心想：一定是顧客厭棄高俅，爲避着高俅，而有意疏遠。急得董將仕愁眉苦臉，憂鬱萬分。一日正逢學士府裏差人來抓藥，董將仕忽然心生一計，何不把高俅轉薦給小蘇學士。於是當晚設了酒食，送了一套整齊的衣服，讓高俅換了。拿出一封書簡，交給高俅。說：

「前日小蘇學士管家提起，學士府內缺了一名差人。我想把你介紹給小蘇學士，久後也好得個出身。不知意下如何？」高俅一聽大喜，拜謝了董將仕。翌日一早，就逕投學士府。門吏收了書札，不一會兒來人把高俅引進，拜見小蘇學士。看了來信，知道高俅原是個幫閒浮浪的人。心裏想到：「這種人我如何安置着他。不如做個人情，薦他去駙馬王晉卿府裏做個親隨。他最喜愛這樣的人。」於是就把高俅留宿一夜。次日寫了一封書呈，派個幹人把高俅送到了王駙馬處。

王晉卿是哲宗皇帝的妹夫，神宗皇帝的駙馬，人都稱他做小王都太尉。他喜愛風流人物，正用得着這種人，所以與高俅一見如故，從此收留在府內做個親隨，出入如同家人一般。

一日，是小王都太尉的生辰，府中大排宴席，專請小舅端王。這端王乃是神宗天子的第十一子，哲宗皇帝的弟弟，是個聰明俊俏人物。凡是浮浪子弟們喜愛的事，他樣樣會，卽是琴棋書畫，踢毬打彈，品竹調絲，吹彈歌舞，沒一項不精通。

端王酒後興起，召喚三、五個小黃門㊂相伴，到院子裏踢氣毬。高俅看得技癢，但又不敢過去衝撞，站在從人背後侍候。也許是高俅命當發跡，時運到來：那個氣毬騰地跳起，端王接個不着，向人叢裏直滾到高俅的身邊。那高俅看氣毬過來，不由自主地使個「鴛鴦拐」把毬踢還端王。圍觀的人個個叫好。端王見了大喜，便問說：

「你是甚麼人？」

「小的是王都尉親隨，奉命在此侍候。」高俅說着馬上跪下。

「你原來會踢氣毬。你喚着什麼？」端王問。

「小的叫高俅，胡亂踢得幾脚。」高俅跪着說。

「好！你便下來踢一囘！」端王說。

「小的是何等人，怎敢與恩王下脚。」高俅依舊跪着。

「這是『齊雲社』㊃名叫『天下圓』，但踢何傷？」端王說。

「怎敢？」高俅嘴裏囘話，心中却想，若是再不下場恐怕惱了端王，反是不妙。只得叩頭謝罪，將前襟提起攙進腰帶，走下場去。才踢幾脚，端王已喝采不已，高俅只得把平生本事都使出來奉承端王。那身分、模樣，這氣毬就像膠粘在身上。端王大喜，就對王都尉說：

「這高俅踢得兩脚好氣毬，孤欲索此人做親隨，如何？」

「殿下卽用此人，就送給殿下。」王都尉不假思索的囘答。

端王心中歡喜，當面謝了王都尉。就帶着高俅自囘王府去了。

高俅從此，每天跟着王爺，寸步不離。不到兩個月，哲宗皇帝晏駕，沒有太子，文武百官商議，册立端王爲天子，是爲徽宗，便是玉清教主微妙道君皇帝㊄。登基之後，一向無事。忽然有一天，對高俅說：

「朕想要抬舉你，但必須有邊功方能陞遷；先讓你在樞密院掛個名，但仍留在身邊侍候。」

高俅聽了高興，跪在地上久久不起，連叩響頭。後來不到半年之間，直抬舉高俅做到了殿帥府太尉職事。於是把原來的名字的毬，改成俅。

王進尋思着，不覺已經走到家門。經高俅這一折磨，不覺疾病也痊癒了一大半。看見母親已在餐桌上擱着一碗熱騰騰的鷄湯，王進只是悶悶不已，心裏一直盤旋着，是否該把這件事告訴年邁的母親。偸偸地看了幾眼正在厨房裏忙着炒菜的母親背影，不覺「唉」一聲，歎了一口長氣。

「喔！我兒回來了。」母親似被王進的一聲長歎驚動，雙手擦着圍裙，用一種驚喜的眼神看着王進。王進當眼神接觸到母親蒼蒼的白髮時，內心不禁一股辛酸，雙腿跪了下去，母子二人抱頭大哭。王進忍不住把高俅的事全盤的說了。

室內頓時一片沉靜……。

「兒啊！依娘之見，三十六着，走爲上着。……只是沒處去呀！」王進的母親說。

「孩兒也是這般計議。如今只有延安府老种經略相公㈥鎭守邊庭。他手下軍官又多曾與兒相識；他目前也急於用人，並且賞識兒的槍棒武藝。或許只有這一條路可走？」王進答。

「計議旣定，立刻行事。不過……門前兩位牌軍，是殿帥府撥來『伏侍』你的。如何才走得脫？」母親有些遲疑。

「不妨！母親放心，孩兒自會措置他們。」王進說完，就走進臥房，自作準備。

當日傍晚，落日的餘暉，映着空階，遠處傳來幾聲鴉叫……。王進先把張牌叫進屋裏。說：

「你先吃了晚飯，我讓你一處去辦事。」

「教頭要我去那裡？」張牌答。

「我因前日患病，在酸棗門外的嶽廟裏許了香願。如今病癒，想明天早早去還了心願。你可先去通知廟祝，教他明日早些開門。你就留在廟裡歇了罷。」

張牌答應，先吃了晚飯，就往嶽廟裏去了。

當晚王進母子二人，靜悄悄地在屋裏收拾了行李衣服，細軟銀兩。大約到了五更時分，天色還未明，王進把李牌叫醒。說：

「昨晚一時大意，忘了。你先把這銀兩送去嶽廟裏的張牌，叫他買個三牲煮熟在那裏等我，我買些紙燭，隨後便來。」

李牌接了銀兩，揉了揉惺忪睡眼，臉也沒洗就出門去了。王進等李牌走後，到馬槽裏牽出了馬，拴上了車，把母親請上車，把兩個行李包袱往車上一抛。一聲馬嘶，乘勢出了西華門，直取延安府馳去。

經過了一個多月的奔波，王進母子爲了避免高俅的追捕，都是夜住曉行，一路上免不了飽經風霜饑寒之苦。一日，王進挑着擔兒跟在母親的馬後，看到母親佝僂的背影，一頭被夕陽映照着的銀髮，不覺心中酸楚。想着：「母親這般高齡，早該在家含飴弄孫，坐享清福了。就爲了這小人得勢的高俅……。」恨得王進咬得牙格格作響。嘴上却說：「天可憐見！此去延安府已經不遠。高俅便是差人來拿也拿不着了。我母子倆終於脫了這天羅地網之厄。」母子二人一時高興，在路上不覺多走了些，錯過了宿頭，抬頭一望，前面是一片茂密的竹林，王進不覺喚了聲「糟」，心想：「我自己露宿林中一、兩宿也無妨，可是年邁的母親，怎經得起夜晚的風寒。」心中焦急。正覺得失望時，看到竹林深處閃爍着一道燈光。王進叫了聲「好」！牽着馬，急促往亮處跑過去。穿過了林子，果然發現有一所大莊院。周遭都是土牆，牆外有二、三百株的大柳樹。王進來到莊前，敲門多時，才見一個莊客出來應門。王進放下了肩上的擔子，向他施禮。

「來俺莊上有甚麼事？」莊客問。

「實不相瞞，小人母子二人，因爲貪行了些路程，錯過宿店，想投貴莊，暫借宿一宵，明日早早便走，依例拜納房金，萬望周全方便！」王進答。

「既是如此，且等一等，待我去問莊主太公，肯時但歇不妨。」莊客說完，門也沒掩，就走回屋裏。

不一會兒，莊客出來說道：

「莊主太公請二位進來。」

王進扶娘下了馬，挑着擔子，牽着馬韁，隨莊客走到了裏面的打麥場上，歇下了擔子，把馬拴在柳樹上，扶着母親直走到草堂上來見太公。那太公年齡在七旬以上，鬚髮皆白，頭戴遮塵煖帽，身穿直縫寬衫，腰上繫着皂絲絲，足上穿着熟皮靴。王進見了跪下便拜。太公連忙說：

「客人休拜！你們是行路的人，辛苦風霜，且坐一坐。」等王進母子敍禮罷，坐定。又說：

「不知二位是從那裏來？如何昏晚到此？」

「小人姓張，原是京師人，因爲做生意賠了本錢，只得帶着母親往延安府投奔親眷，不想路上貪行了程途，錯過宿店，特來叨擾。」王進撒了個謊，瞞過太公。

「不妨。如今世上那個人頂着房子走哩！你母子二人恐怕還沒吃飯吧！」太公親切的招呼着，並且叫莊客安排飯菜。沒多時，就廳上放了張桌子，莊客托出一桶飯，四樣菜蔬，一盤牛肉，還燙了一壺酒。太公微笑着說：

「村落中無甚相待，休得見怪。」

王進聽了感動得不覺流下淚來。起身謝道：

「小人母子二人無故相擾，此恩難報。」

「休這般說，且請喫酒。」太公勸了五、七杯酒。王進母子喫罷了飯，自有莊客前來收拾碗碟。太公起身把王進二人引到客房裏安歇。

次日，陽光已照進了窗櫺，却不見王進母子二人起來，太公覺得奇怪，就不覺走到了客房的門前。只聽得房裏傳來一聲聲痛苦的呻吟。太公輕敲房門，嘴中說着：

「客官失曉，好起來了！」

王進聽得是太公的聲音，慌忙把門打開，見太公施禮。說道：

「小人已起來多時，只是老母鞍馬勞累，昨夜心疼病發，呻吟了一夜，今天恐怕動身不得……。」王進話還沒說完。太公已經說道：

「既然如此，客人休要煩惱，教你老母且在老夫莊上多住幾天。我正有個醫心疼的藥方，叫莊客到縣裏去撮帖藥來與你老母親喫，教她放心慢慢地養病。」

王進覺得太公的仁慈，真是活菩薩降世。激動地跪在地上久久不起，嘴裏不停地說：

「謝謝！謝謝！……」。

時間又過去了五、七日。覺得母親的病患也痊癒了。王進收拾了衣物，把客房打掃乾淨，心裏想着要走。於是踱到了後槽馬房去看馬，只見空地上一個後生，赤膊的上身，身上刺着一身青龍，銀盤似的面龐，約莫十八、九歲，拿了條棍棒在使弄。王進在旁邊看了半晌。不覺失口說：

「這棒使得好，只是有破綻，贏不了真好漢。」後生一聽似是大怒，把棒一收，指着王進大叫道：

「你是甚麼人！敢來笑話我的本事。俺曾經拜了七、八個有名的師父，我不信功夫不如你！旣敢如此大言不慚，何不來比試一下？」

話還沒完，已聽到太公的遏止聲：「不得無禮！」那後生回頭說：

「這廝㊆無端笑話我的棒法。」

太公也不答腔，只微笑地對着王進問：「客人莫不也會使鎗棒？」

「頗曉得些。敢問長上，這位小兄弟是宅上何人？」王進向太公施禮而問。

「是老漢的兒子。」太公答。

「旣然是宅內的小官人，若愛學時，小人指點他，如何？」王進答。

「老漢正是此意。」太公接着又說：「還不快過來拜見師父。」這後生聽父親對王進如此好感，就愈覺得怒氣不平。說：「阿爹！不要聽這廝胡說！他若贏得了我手中這條棒時，再拜不遲……。」話剛停，這後生已把一條棒使得風車兒似轉。嘴中叫着：「你來，你來！怕的不算好漢！」而王進却只是站着微笑，不肯動手。太公看了心裏明白，就對王進說：

「客官，你儘管放心，替我去教訓教訓這小犬，殺殺他的浮躁，若是打折了手腳，亦是他自作自受。」

王進心想這時若不再出手，恐怕人家會以爲我誑言，說聲：「恕無禮了！」話聲剛落，那後生只見眼前人影一閃，王進已經到了他身後，後生轉過身舉棒亂打，早亂了章法。王進不退反進，用左手往後生握棒的右手肘上一托，喊一聲「放！」那一根棍棒已經到了王進的右手上。後生只覺得整條右手臂都麻，人却撲地望後倒了。王進連忙撇了棒，向前扶住說：「得罪！得罪！」那後生爬將起來，便去鎗架旁拿了條凳子請王進坐下，自己跪下來就拜。說：「我枉自經了許多師家指點，原來不值分文！師父，沒奈何，請收留徒弟吧！」

太公站在一旁看了大喜，捋着鬍鬚不停的贊「好」。

當晚，太公叫莊客殺了一頭羊，安排了酒食果品之類，就請王進同母親一起赴席。叫兒子正式行了拜師大禮。太公起身勸了王進一杯酒。才徐徐說道：

「師父武功如此高強，必是個教頭；小兒『有眼不識泰山』。」

「真人面前不說假話 。小人不姓張 ，俺是東京八十萬禁軍教頭王進的便是。……」隨後把如何被高太尉逼迫，所以才帶着年邁老母，準備逃往延安府去投托老种經略相公的事，都全盤的說了。太公聽了連連歎息，說：

「老漢也嘗聽人說過，這高俅，小人得勢，仗勢凌人，貪贓枉法，無惡不作。百姓對他恨之入骨。奈何朝廷重用，人人敢怒不敢言真是禍根！師父既然在此，但請安居無妨。我這兒是在華陰縣界，喚做史家村，村中住戶三、四百家都姓史。前面不遠就是少華山，是個三不管地帶。老漢這兒子從小不肯務農，只愛使鎗玩棒。自從母親死後，更是管教不得。老漢只得隨他性子。他請了高手匠人刺了一身花繡，肩膊胸膛上，總共有九條龍，所以縣裏人都叫他『九紋龍』史進。教頭今日既到這裏，自是緣份，一發成全了他也好，老漢自當重重酬謝。」

王進聽了「哈哈」大笑。說：「太公放心。既是如此，小人一定把全身武藝都教給令郎，略示報答莊主援濟我王進母子二人之大恩。」

從此王進母子二人就住在莊上，每天教史進勤練十八般武藝——矛、鎚、弓、弩、銃、鞭、鐧、劍、鏈、撾、斧、鉞以及戈、戟、牌、棒和鎗、扒，一一學得精熟。

時間不覺已過了三個多月。一日傍晚，夕陽映紅了半邊天，莊院土牆外的古柳，只剩下幾株枒杈的枯枝，在西風中搖曳。王進與徒弟史進，正在打麥場上練着鎗棒。突然自莊門外，氣呼呼的奔來一個莊客。他喘着氣，結結巴巴地說：

「少莊…主！不得了……縣城城裏，已經經有東京來的……捕頭，在…在打聽王師師…父的下落。」

「果然尋到此處來啦！」王進似是早在意料之中，收了兵器，逕往屋裏走去。史進赤膊着上身，把衣服披在肩上，緊跟着師父上了石階。嘴上叫着：

「師父放心，如果高太尉的人敢到這裏捕人，我就殺了他。」

「如此反倒連累了你們。我原來一心要去延安府投奔老种經略處。那裏是鎮守邊庭，用人之際，足可安身立命。」王進一邊說一邊走進了內房，請出了母親，同往廳堂向太公告辭。太公也不敢多留，吩咐下人爲王進母子備了乾糧及一百兩花銀，王進請母親乘了馬，自己擔着包袱，牽了韁繩，走在前面。離開了史家莊，只見兩人的背影漸漸地消失在蒼茫的夜色之中。

古柳樹下，佇立着一個赤膊的漢子，凝視着孤寂的夜空。

注釋

㈠ 牌頭：保甲制中的十戶之長，也稱組頭。

㈡ 毬：就是球字。古時踢的球，外面是皮，裏面是羽毛。到宋朝時盛行氣毬，踢毬的動作和現在踢毽子相似。

㈢ 黃門：就是太監。

㈣齊雲社：宋朝時踢球的團體組織。

㈤玉清教主微妙道君皇帝：趙佶（宋徽宗）酷信道教，道士們恭維他，送給他這個尊號。也省稱「道君皇帝」或「道君」。

㈥老种經略相公：北宋時，种世衡和他的子孫，先後在西北一帶任邊防要職。其中种諤、种師道、种師中戰績最著：諤任軍職時間久；師道老年時威望甚高，百姓把他當作抗金的主要旗幟，稱他作「老种」；師中是在抗金戰役中犧牲的。本書中的「老种經略」當是指种諤，「小种經略」，是指种師道。

㈦廝：對男子的賤稱。猶如說傢伙、小子。

第三章 緣

離甘肅渭州府經略衙門不遠處，有座小小的酒店，臘月清晨的寒風，吹得酒旗沙沙地響。虛掩的大門不時發出單調的碰擊聲，顯得格外孤寂。酒保睡眼惺忪，剛把桌椅整理了一半。突然「砰」的一聲，大門被踢開了。走進來一個彪形大漢，生得面圓耳大，鼻直口方，頰邊長了一團烏黑蜷虯的落腮鬍鬚，身長八尺，腰闊十圍，腰邊繫了一條文武雙股鴉青絛，足穿一雙鷹爪皮四縫乾黃靴，頭上裹着芝麻羅萬字頂頭巾，腦後兩個太原府扭絲金環，上穿一領鸚哥綠紵絲戰袍，分明是個軍官模樣。酒保吃了一驚，抬頭看時，原來是經略府提轄㊀魯達，魯大官人。隨即露出笑臉，忙用衣袖輕拂了兩下桌面。說：

「提轄官人，多日不見。今天可來得特別早，莫非府中又有急事要辦？」

魯達也不答腔，直接上了二樓，就牆角邊覓了個位子坐了。酒保馬上打了七角㊁酒，切了一盤牛肉，兩盤小菜。這是提轄老規矩，不必吩咐。酒保一面擺下酒食，一邊順手拿了張椅子坐下，陪着魯達閒聊。酒保歎了口氣說：

「唉！入冬以後，生意一日不如一日，如今圖個溫飽也不容易……。」

魯達還是一語不發，只顧大口喝着酒，大塊喫着肉。酒保自覺沒趣，正要起身。突然聽到隔壁傳來女人的哭聲。而魯達猛然站起身來，把桌子一掀，「嘩啦啦」把碟兒、盞兒都撒在樓板上。酒保嚇得呆了。魯達破口罵道：

「俺今天心情已經不好，却恁地教甚麼人躲在隔壁吱吱喳喳地哭。俺也不曾欠你酒錢。你是有意觸俺霉頭！」

「官人息怒。小人怎敢敎人啼哭，打擾官人喫酒。這哭的是巡廻賣唱的父女兩人，不知官人在此喝酒，一時自歎命苦也就哭了，這對父女的際遇真是可憐！」酒保慌忙解釋。

「可是作怪！你把他們叫來！」魯達說。

不多時，酒保帶來了兩個人：前面一個是十八、九歲的婦人，雖然沒有十分的容貌，也有些楚楚動人的顏色，却不斷的用衣袖拭着淚眼。背後是一個五、六十歲的老頭，枯瘦乾癟，手裡拿着串拍板，都走到了魯提轄的面前。魯達問說：

「你們是那裡人？爲甚麼啼哭？」

那婦人看魯達一副兇煞相，心中害怕，發着顫抖的聲音說：

「官人不知，容奴稟告：奴家是東京人氏，原是隨同父母來渭州投奔親戚的，不想他們已搬去了南京。一時盤纏用盡，母親又染病死了，沒銀錢料理葬事。不料此間有個大財主，叫做『鎭關西』鄭大官人，就用三千貫錢把奴買去爲妾。不到三個月，他家大娘子好生利害，將奴趕了出來，還時時來追討典身錢。我父親懦弱，和他爭執不得，他又有錢有勢。父親自小曾教得奴家一些小曲兒，所以只得來這酒樓上賣唱餬口，可是每日得些錢來，大半都讓鄭大官人差人來要走了。這兩日，酒客稀少。違了他的錢限，怕他來討時，受他羞辱。父女們想起這些苦楚，無處告訴，因此啼哭。沒想到觸犯了官人酒興，望乞恕罪，高抬貴手！」

魯達心想：「天下竟有這種事。今天既然給我碰上了，我就非管它不可。」把語氣變得較緩和的說：

「你姓甚麼？在那個店裡歇息？那個鎭關西鄭大官人住在那裡？」

「老漢姓金，小女叫翠蓮。就住在前面東門旁魯家客店。鄭大官人便是此間狀元橋下賣肉的鄭屠，綽號鎮關西。」

魯達聽到是鄭屠時，不覺「噗喇！」一聲笑了出來。說道：

「呸！俺只道是那個鄭大官人，却原來是殺猪的鄭屠！這骯髒無賴，却原來這等欺負人！！」

伸手望懷裡掏出了二十兩銀子。說：

「老兒，你來！洒家與你這些盤纏，卽時便同東京去，如何？」

「若是能夠同鄉去時，便是我重生父母，再長爹娘。只是鄭大官人如何肯放！」老漢答。

「無妨！你父女兩，此時離城就走，宿店裡的破爛衣物也不必要了。鄭屠處自由我來料理。」魯達說。

金老漢父女二人收了銀子跪下來，請敎了恩人名姓，說了千謝萬謝的話，就離開了酒店，畏縮着脖子，在寒風吹拂下，朝西門外走了。

狀元橋下好不熱鬧，叫賣聲不絕於耳。從老遠就可以看到「鄭氏肉舖」四個金色大字的招牌，在陽光照耀下閃閃生輝。佔着兩間門面，擺着兩副肉案，懸着十數條猪肉，案上還擱着半頭剛剖開的肥猪。一個腦滿腸肥的胖子，正在門前櫃枱內坐着，看那十來個刀手賣肉。

魯達走到門前，叫聲「鄭屠！」胖子見是魯提轄，慌忙走出櫃枱，便叫副手拿條凳子來，說：

「提轄請坐！」

魯達不客氣的坐了下來說：

「奉經略相公鈞旨：要十斤精肉，都切做碎臊子㊂，不要有半點肥的在上面。」

「使得！你們快選上肉切十斤去。」鄭屠吩咐刀手。

「不要那等骯髒廝們動手，你自與我去切。」魯達說。

「說得是！小人自切便了。」鄭屠自去肉案上揀了十斤上等精肉，細細地切做碎臊子，整整地切了半個時辰，再用荷葉仔細的包了。說：「提轄！我教人送去。」

「送甚麼，且住。再要十斤肥的，不要有半點精的在上面，也要切做碎臊子。」魯達說。

「剛才切精的，我怕府裡要裹餛飩，肥的臊子何用？」鄭屠有些不解。

「相公鈞旨吩咐洒家，誰敢問他。」魯達雙眼圓睜似要發作。

「只要是合用的東西，小人切便了。」鄭屠又在牛頭剛剖開的肥猪上切下了十斤肥肉，也細細的切成碎臊子，用荷葉包好。整整切了一個上午，眼看太陽都已爬到了中天。鄭屠挪動了一下痴騃的身軀，說：

「來人呀！替提轄拿了，送到府裡去！」

「且慢！再要十斤寸金軟骨，也要細細地剁成臊子，不要見些肉在上面。」魯達說。

「却不是特來消遣我吧！」鄭屠笑了起來。

魯達一聽，跳起身來，順手拿起兩包碎臊子，圓睜着眼，瞪着鄭屠說：

「怎麼！洒家特地就是來消遣你。」

話剛說完，兩包臊子肉已劈面打將下去，却似下了一陣「肉雨」。粘了鄭屠眼睛、鼻孔、嘴巴裡都是碎肉。鄭屠一時大怒，兩條忿氣從脚底下直衝到頂門；心頭上那一把無名業火燄騰騰的按捺不住；從肉案上搶起一把剔骨尖刀，托地跳將下來。魯提轄早已拔步在當街上等着，模樣虎虎生威。衆鄰舍以及十來個伙計，沒一人敢上前來勸，兩邊過路的人也都立住了脚，躲得遠遠地看。鄭屠右手拿刀，左手便要來揪魯達。魯達不退反進，就勢按住左手，趕將上去，鄭屠右手的刀還來不及舉起，已感覺到小腹上一陣疼痛，被魯達飛起一脚，踢倒在大街上。魯達再搶入一步，踏在鄭屠胸脯上，舉起那醋鉢兒大小拳頭，像雨點般落在鄭屠的臉上、身上。嘴上却嚷着：

「洒家始投老种經略相公，做到關西五路廉訪使，才不枉叫做『鎮關西』！你是個賣肉操刀的屠戶，狗一般的人，也配叫『鎮關西』！你是如何強騙了金翠蓮的？」

只一拳，正打在鼻子上，打得鮮血迸流，鼻子已歪在半邊，却似開了油醬舖：鹹的、酸的、辣的，一發都滾出來。鄭屠掙不起來，那把尖刀也丟在一邊。口裡只叫着：「打得好！打得好！……。」

「直娘賊！還敢應口！」魯達提起拳頭來往鄭屠眼眶際眉梢間只一拳，打得眼稜縫裂，烏珠迸出，也似開了個彩帛舖：紅的、黑的、絳的，都綻將出來。兩邊看的人，有些膽小的，都偷偷的跑了。鄭屠當不住，只得討饒。

「咄！你是個破落戶！若只和俺硬到底，洒家就饒了你！你如今對俺討饒，俺偏偏不饒。」魯達又是一拳，正打在太陽穴上，却似做了一個全堂水陸的道場：磬兒、鈸兒、鐃兒，一齊響。魯達看時，只見鄭屠挺在地上，口裡只有出的氣，沒了入的氣，動彈不得，面色也漸漸地變了。魯達尋思道：「不好！俺只想教訓這廝一頓，沒想到三拳就把他打死了，洒家須喫了官司，又沒人送飯，不如及早溜了。」拔腿便走，還時時回頭指着鄭屠的屍體駡道：

「媽的！你詐死，洒家和你慢慢理會！」

魯達自從打死了鄭屠以後，慌忙中離開了渭州，東奔西逃，正不知投到那裡去才好。一連地走了半個多月，却來到了山西的雁門縣。入得城來，見這市井十分鬧熱，人煙輳集，車馬軿馳，一百二十行經商買賣的行貨都有，十分齊備，雖然是個縣治，勝如州府。魯達正行走間，看見一簇人圍住了十字街頭看榜。魯達也鑽進了人叢裡，但他並不識字，踮着脚，伸長脖子在湊熱鬧，只覺得榜上畫着人像，跟自已倒有幾分相似。這時只聽背後有個人大聲叫道：「張大哥！你如何在這裡？」把魯達攔腰抱住，扯離了十字路口，魯達正要發作，一看却是渭州城酒店上救了的金老。那老兒把魯達拖到了僻靜處，才低聲說：

「恩人，你好大擔！那榜文寫着出一千貫賞錢捉你，還寫着你的年甲、相貌、籍貫。若不是老漢遇見時，却不被做公的拿了?」

「怪不得我覺得那榜文上的人像，好像在那裡見過。」魯達用手摸了一下後腦，若有所悟地說：「咦！你緣何不同東京去，也來到這裡?」

「恩人在上。自從恩人救了老漢，尋得了一輛車子，本想同東京去；又怕鄭屠這厮追來，亦無恩人在彼搭救，因此不上東京，隨路望北來。路上碰巧撞見一位京師老鄰居來此地做買賣，就帶老漢父女兩口兒到這裡。還虧了他替老漢女兒做媒，結交了此間一位大財主趙員外做小妾，如今豐衣足食，皆出於恩人。我女兒常常對他孤老㈣提起提轄的大恩。那個趙員外也是個愛使鎗玩棒的人，聽老漢時常提起恩人武藝，也時常盼着能跟恩人見面。且請恩人到家住幾日，却再商議。」金老把離開渭州後的經過都詳細的說了。此時魯達已經心中沒了主意。心想：「也好。且去了再作打算。」就跟着金老，走了約莫半里路，來到一家門前，只見金老揭起簾子叫道：

「我兒！快出來見過恩人。」

金翠蓮濃粧艷飾，從裡面出來。一看是魯達，連忙跪下來拜了六拜。說：

「若非恩人垂救，怎能夠有今日。」拜罷請魯達上樓去坐了。自己又忙着到樓下廚房裡去準備酒菜。

「不要忙了，洒家坐坐便走。」魯達有些忸怩。

「恩人既到這裡，如何肯放你走！」金老語氣堅定。

不到一盞茶功夫，翠蓮帶着一個丫鬟用方案承着幾道酒菜端上樓來。擺了一桌的鮮魚、嫩鷄、釀鵝、肥鮓，還有兩碟水果，一壺燙酒。三人剛剛分賓主位坐定。只聽得樓下人聲噪雜，魯達開窗看時，只見樓下圍了二、三十人，各執白木棍棒，口裡都叫着：「拿他下來！」人叢裡一個官人騎在馬上，口裡大喝道：「休叫走了這賊！」魯達心想：「糟！敢是官府來捉我的。」順手拿起板凳，正準備從樓上打殺出去。

「都不要動手。」金老連忙制止。搶下樓去，直到那騎馬官人的身邊說了幾句話。那官人却笑了起來，便喝散了那二、三十人。那官人急忙下了馬，跟在金老身後，直奔上樓來，見了魯達，撲翻身便拜道：

「聞名不如見面，見面勝似聞名。義士提轄，請受小人參拜。」

魯達被這官人一拜，不覺呆在當地，忙着對金老說：

「這官人是誰？素不相識，為何一見洒家就拜？」

「他便是我女兒的官人趙員外。」金老慌忙解釋。

「義士，適才全是一場誤會。有人誤報以爲金老引了甚麼郎君子弟在樓上喫酒，因此引了莊客來廝打，金老既已說知，方才已把人喝散了，多有失禮之處。」趙員外也忙着道歉。

「原來如此，怪員外不得。」魯達不覺笑了。

趙員外再請魯達上坐首位。金老重整杯盤，再備酒食相待。談了些槍法棍棒之事，十分投機。酒過三巡，趙員外說：

「此處恐不穩便，想請提轄到敝莊住幾時。」

「貴莊在何處？」魯達問。

「離此間十多里路，地名七寶村，便是。」趙員外答。

「最好。」魯達答的乾脆。

於是魯達相辭了金老父女二人，和趙員外相偕，騎着馬，投七寶村去了。

魯達在趙員外莊上不覺已住了五、七日。忽一日，兩人正在書院裡閒聊，只見金老急急忙忙奔來莊上，逕到書院見了趙員外和提轄。看看四處也沒下人，便對魯達說：

「恩人，只因前日在老漢處一場誤會，鬧了街坊，人都疑心，傳了開去。昨日已有三、四個公差來鄰舍街坊打聽得緊，只怕要來村裡緝捕恩人。倘若有些疏失，如之奈何？」

「既然如此，洒家自去便是。」魯達馬上站了起來，意欲要走。此時趙員外忐忑不安，反覺爲難，却說：

「提轄！若是留你在此，誠恐有些山高水低，敎提轄怨恨；若不留提轄時，許多面皮都不好看。趙某却有個道理，包敎提轄萬無一失，足可安身避難；只怕提轄不肯。」

「洒家是個該死的人，但得一處安身便了，做甚麼不肯！」魯達說話時，顯得有些英雄氣短。

「若是如此，最好。離此間三十餘里，有座五臺山，山上有個文殊院，原是文殊菩薩道場。寺裡有五七百個僧人，爲頭的智真長老，是我兄弟。我祖上曾捨錢在這裡，是本寺的施主檀越。我曾許願剃度一僧在寺裡，已買下一道五花度牒㊄在此，只不曾有個心腹之人了這條心願。如是提轄肯時，一應費用都由趙某備辦。」趙員外看魯達面有難色，再補了一句：「提轄！委實肯落髮做和尙麼？」此時魯達只低着頭尋思：「如今我便算離去，又能投奔何處？罷！罷！罷！沒想到我魯達只有這一條路可走。」歎了一口氣，說：

「既蒙員外做主，洒家情願做和尚了。」

當時話已說完。連夜吩咐收拾了衣服、盤纏、緞疋禮物。次日，一大清早，叫莊客挑了，魯達騎着馬，垂着頭，跟在趙員外的馬後，一語不發，默默朝着雲深不知處的五臺山而去。

五臺山文殊院裡傳開了一陣陣鳴鐘擊鼓聲，節奏低沉宏亮，餘音在寂靜的山野中廻盪。法堂內衆僧雲集，約有五、六百人，盡披袈裟，整整齊齊，魚貫般步入法座下合掌作禮，分作兩班。氣氛莊嚴肅穆。趙員外取出了銀錠、衣料、信香，向法座前禮拜畢，表白宣疏已罷。行童引魯達到了法座下，盤腿而坐，除下了巾幘，把頭髮分成九路綰了，淨髮人先把一週遭都剃了，正要剃鬍鬚時，魯達却一臉惋惜的表情說：

「留下這些兒還洒家也好。」

衆僧一時忍俊不禁都笑出聲來。真長老在法座上高喝一聲：「大家聽偈！」隨即朗聲念道：

「寸草不留，六根清淨；
與汝剃除，免得爭競。」

長老念罷偈言，喝一聲：「咄！盡皆剃去。」淨髮人只一刀，都已剃得乾淨。此時首座呈上度牒，請長老賜法名。長老拿着空頭度牒又唱偈說：

「靈光一點，價值千金；
佛法廣大，賜名智深。」

長老賜名已罷，把度牒傳將下來。書記僧把它都填寫了，就交給魯智深收受。長老又賜法衣袈裟，教智深穿了。監寺引上法座前，長老又給他摩頂受記。說：「一要皈依佛性，二要皈奉正法，三要皈敬師友：此是『三皈』。『五戒』者：一不要殺生，二不要偷盜，三不要邪淫，四不要貪酒，五不要妄語。」智深不曉得在戒壇答應用「能」、「否」二字，却說：「洒家記得。」引得衆僧又都笑了。

智深受記已罷，趙員外請衆僧到雲堂裡坐下，焚香設齋供獻，向大小職事僧人，各上了賀禮。都寺也引智深參拜了衆師兄，又引去僧堂背後叢林裡選了佛場坐着。趙員外看大體已安頓妥善，就對長老合掌告辭。說：

「長老在上，衆師父在此：凡事慈悲！小弟智深是個愚鹵直人，早晚禮數不到，言語冒瀆，誤犯清規，萬望覷趙某薄面，恕免恕免！」

「員外放心！老僧自會慢慢地教他念經誦咒，辨道參禪。」長老答。

「日後自得報答。」趙員外說罷，自人叢裡把魯智深叫到了松樹下，低聲吩咐道：

「賢弟，從今日起不比尋常。凡事自宜省戒，切不可托大。倘有不然，難以相見。保重保重！」

魯智深只是點頭不語。目送着趙員外上了轎，引了莊客，下山走了。

長老送走了趙員外，也就引了衆僧回寺。而魯智深同到了叢林選佛場中禪牀上，倒頭便睡。上下肩的兩個師兄，要推魯智深起來。說：

「使不得，既要出家，如何能不學坐禪！」

「洒家自睡，干你甚事？」魯智深翻了個身依然睡。

「善哉！」兩個師兄只得合掌宣了聲佛號。

「團魚洒家也喫，甚麼『鱔』哉？」

「却是苦也！」

「團魚大腹，又肥又甜，那得苦也？」

上下肩的兩個師兄，都不再理睬他，只得由他睡了。次日要去對長老訴說智深的無禮。首座勸說：

「長老說他後來證果非凡，我等都不及他。既是長老護短，你們說了也是沒奈何，休跟他一般見識。」

兩個師兄只得忍了。沒想到魯智深見沒人說他，每到晚上都攤開雙臂，像個十字般的大睡；晚上又是鼾聲如雷，吵得其他僧人無法坐禪。每逢起來小便時，更是大吵大鬧，在佛殿後面撒得遍地是屎和尿。侍者忍無可忍，就去告訴長老。說：

「智深一點也不懂規矩，絲毫不像出家人。寺院裡怎能容納這種人呢？」

「胡說！智深與我佛有緣，他日必得證果，你等都不及他。」長老依然是護着智深。

從此以後也就沒有人再敢說話了。

魯智深在五臺山寺院中不覺已經待了七、八個月，又到了初冬天氣，難得是個清朗好天，智深靜極思動，穿了皂布直裰，繫了鴉青絛，穿了僧鞋，大踏步走出山門來，信步到半山腰的亭子裡，坐在石凳上尋思道：「俺往常每日好酒好肉不離口；如今做了和尚，餓得肚子都快乾癟了。此時若能拿酒來沾沾嘴唇也是痛快。」他正想得出神，突然聽見山下傳來歌聲。唱的是：

「九里山前作戰場，牧童拾得舊刀鎗。
順風吹動烏江水，好似虞姬別霸王。」

魯智深定眼一看，只見遠處有一個漢子，挑了一付擔桶，手上拿着一個鏇子，搖搖擺擺的往山上走來，不一會兒這漢子也進了亭子。魯智深用手一指桶蓋說：

「你那桶裡是什麼東西？」

「好酒。」那漢子答。

魯智深聽說是「好酒」，嘴裡都快要爬出酒蟲來。問道：

「你的酒一桶賣多少錢？」

說罷就要伸手去揭桶蓋。那漢子手快，一把攔住。說：「和尚！你是跟我開玩笑！」

「誰跟你開玩笑了！」智深答得正經。

「我這酒是賣給寺院裡的雜工們吃的。而且本寺長老曾有法旨：如果把酒賣給和尚喫了，就要懲罰。不但要追了本錢，還要趕出屋去。我們住的是本寺的房子，拿的本錢也是本寺借的，我怎敢把酒賣給你喫！」漢子說。

「你是真的不賣！」智深兩眼圓睜。

「殺了我也不賣！」那漢子嘴上答得硬，可是挑了擔子脚下像抹了油，一溜便走。而智深的動作更快，一個箭步已蹤到漢子身邊，雙手拿住扁擔，只一脚，踢得那大漢掩着小腹，半天站不起來。智深把兩個酒桶提到亭子上，開了桶蓋，只顧舀冷酒喫。不多時，把一桶酒吃光了，才吩咐漢子說：

「明日到寺裡拿酒錢，我加倍給你。」

那漢子方才疼止了，又怕寺裡長老知道，壞了衣飯，只得忍氣吞聲，那裡還敢要錢。把酒分做兩半桶挑了，飛也似的下山去了。

魯智深在亭子上坐了半天，酒已湧了上來，就把皂直裰脫了，把兩隻袖子纏在腰上，露着脊背，往山門上，踉踉蹌蹌的走去。兩個看門和尚遠遠看見，拿了竹棍，來到山門下，攔住智深，喝道：

「你是佛家弟子，如何吃得爛醉。你可知道和尚破戒吃酒，要打四十竹棍，趕出寺去；如果我讓你進到寺裡，也要吃十棍。你快滾下山去，免得挨打。」

魯智深酒後露了舊性，睜起雙眼，大罵道：

「直娘賊！你們要打洒家，俺便和你廝打。」

和尚一看形勢不妙，一個飛也似地入報監寺，一個只虛用竹棍攔他。智深以爲真打，用左手一隔，右手揸開五指，望那和尚臉上只一掌，把他打到了山門下。

「洒家饒你這廝！」智深也不追。踉踉蹌蹌的走進寺裡來。

這時監寺已聚集了火工、轎夫等三、二十人，各拿着白木棍棒蜂湧而出，正好迎着魯智深。魯智深大吼一聲，好像響起一聲雷，嚇得衆人趕快躲進殿裡去，急急把門關上，智深一躍上階，只一拳，一脚，門就開了，奪了一條木棒打得二、三十人皮破血流，無處可逃。突然智深背後，響起一聲巨喝：「智深！不得無禮。」智深雖然酒醉，却聽得是長老的聲音。立刻撇了竹棍，跪在地上。說：

「智深只是吃了兩碗酒，又不曾撩撥他們，他們竟引人來打洒家。」智深指着廊下一羣跌得七零八落的人說。

「你看我面，快去睡了！」長老叫侍者扶智深到禪床上，倒下就呼呼大睡。

魯智深自從吃酒鬧事，被長老訓斥了一頓以後，一連有三、四個月不敢出寺門去，如今已是二月時令，天氣暴煖，智深離了僧房，信步踱出山門外，站着欣賞五臺山的勝景，見近處林木蒼翠，遠方羣巒起伏，不禁喝起采來。突然聽到一陣叮叮噹噹的響聲順風吹上山來，智深一時好奇，循着響聲，走到了「五臺福地」㈥的牌樓來看時，原來竟是一個市井，約有五、七百戶人家。走近一看；有賣肉的、賣菜的，也有酒店、麵店。智深心想：「早知有此所在，也不奪那桶酒吃了，自己來買不是更好！」再走兩步，看到一家打鐵店，原來叮叮噹噹的聲音就是從這裡傳來。店裡正有三個人在打鐵，熊熊燃燒的火爐中，揷着幾根烏黑發亮的生鐵。智深看了喜歡。就問：

「這裡可有好鋼鐵？」

那打鐵的抬頭看見眼前是一個身軀魁梧，滿臉落腮短鬚的和尙，心裡已有幾分害怕。就小心的說：

「師父請坐！要打甚麼鐵器？」

「洒家要打條禪杖，一口戒刀。不知是否有上等好鐵？」智深一雙眼睛在屋子的四處亂掃。

「小人這裡正有好鐵。不知師父要打多重的禪杖和戒刀。」打鐵的漢子問。

「洒家要一條一百斤重的。」智深把手比了一比。

「哈！重了，師父。這種禪杖打成了，也恐怕不好使用呀！便是關刀，也只有八十一斤。」漢子不覺笑了起來。

「關王也是個人啊！俺難道比不上他？」智深有些焦躁。

「常人打一條四、五十斤的，已十分重了。」漢子解釋。

「那就打條和關刀一樣的吧！」智深說。

「師父！肥了，不好看，又不中使。依小人看打一條六十二斤的水磨禪杖與師父。」

二人終於商量定了，智深付了五兩銀子，言明必須用好鐵打造，三天後取貨。也就離開了鐵店，走不到二、三十步，看見一塊「酒」字招牌挿在房簷上，智深掀起簾子，找了個桌子坐下，叫拿酒來。可是此地舖戶的房子，也都是文殊院的產業，必須遵守長老法旨，不能將酒賣給寺裡的和尚。魯智深無可奈何，一連走了幾家，說了許多好話，一滴酒也沒沾着。不覺心裡益發的慌。心想：「再不想個辦法，如何能夠有酒吃……；。」突然瞄見遠處一幅酒旗兒在迎風招展，智深走近一看，是家傍村的小酒店。智深走進屋裡，靠窗坐下，便叫道：

「主人家！過往僧人買碗酒喫。」

「和尚！你打那裡來？」店家問。

「俺是行脚僧，遊方到此經過。」智深答。

「和尙！若是五臺山的師父，我却不敢賣與你吃。」店家又補充了一句。

「酒家不是，你快拿酒來。」智深有些不耐。

店家看魯智深的相貌，從沒見過。說話聲音也不像本地人。也就相信了。就說：

「你要打多少酒？」

「休問多少，只顧大碗的篩來。」魯智深已有些等不及了。一口氣吃了十幾碗。又說：

「有甚麼肉？來一盤下酒。」

「早些時還有牛肉，現在都賣光了。」店家說。

這時忽然飄來一陣肉香。魯智深走到空地上看時，只見牆角砂鍋裡煮着一隻狗。就回頭對店家說：

「俺看鍋裡正煮着狗肉，爲什麼不賣些給洒家吃？」

「師父！我怕你是出家人，不吃狗肉，因此不來問你。」店家答。

「你且賣半隻與俺。」智深從懷裡摸出了一把碎銀遞給店家。那店家看了白花花的銀子，連忙去取了半隻熟狗肉，搗些蒜泥，拿來放在智深面前。智深大喜，用手扯了狗肉，蘸着蒜泥吃；一連又吃了十幾碗酒，吃得嘴滑，只顧討，那裡肯停住。店家看得都呆了，叫道：

「師父！停停吧！」

「酒家又不白吃你的！再拿酒來。」智深瞪起雙眼。

店家只得又舀了一桶酒來。不多時，酒又喝光了。智深打了個酒嗝，摸摸嘴，把剩下的一隻狗腿揣在懷裡，臨出門時掏了把銀子交給店家。說：

「多的銀子，明日再來吃。」

店家看他搖搖擺擺地望五臺山上走去，不覺嚇得目瞪口呆，不知所措。

魯智深走到半山的亭子上，坐了一回，酒却湧了上來。他跳起身來說：

「俺有好久沒使過拳脚了，覺得身體都困倦了，酒家來使幾路看看。」說着就走下亭子，捲起袖子，上下左右使了一回，不覺力氣越來越大，一拳打在亭子的柱上，只聽得「刮刺刺」一聲巨響，把柱子打斷了，坍下半邊亭子。

寺門外看守的和尚，突然聽到半山腰一聲巨響，就探頭往山下看，只見魯智深一步一顛的走上來。兩個和尚叫道：

「苦也！這畜生這回又醉得厲害！」

慌忙躲進屋裏，把山門關上，用門拴住，在門縫裏張望。魯智深走到門前，一看山門關了，氣得用拳頭像擂鼓似的敲着。兩個守門和尚嚇得連門也不敢挨近。魯智深又敲了一回，扭過頭來，正看到一尊金剛，却嚇了一跳，就大聲喝道：

「你這個傢伙，不替俺敲門，却拿着拳頭嚇洒家！俺可不怕你。」

說着就跳上臺基，把柵欄只一扳就斷了；拿起一根木頭，望金剛的腿上便打，簌簌地，泥土和顏色都脫了下來。守門和尚看了，急忙跑去稟知長老。

魯智深又轉過身來，看見右邊的一尊金剛，又大喝一聲跳上臺基。罵道：

「你這廝也敢張着大嘴笑俺！」

又是一陣亂打。只聽得「嘩啦啦！」一陣震天響聲，那尊金剛已從臺基上倒了下來。魯智深看了拍着手哈哈大笑。看門的和尚又是連忙去報告長老。

「你們不要去惹他！自古『天子尚且避醉漢』，若是打壞了金剛，請他的施主趙員外來塑新的；倒了亭子，也要他修蓋。」長老還是護着智深。

「金剛是山門之主，怎麼可以塑新的呢？」其他的和尚，已有些按捺不住。

「不要說打壞了金剛，就是打壞了殿上的三世佛，也沒奈何，只好避着他。」

長老這番話一出口，其他的和尚也都只好沉默了。

魯智深看寺門依舊不開，就破口大罵道：

「他媽的禿驢們！再不放俺入來時，洒家放把火燒了這破寺！」

衆僧聽了，連聲叫苦，心想：「如果不開時，這畜生真的會做出來。」只得把門打開了。這時正恰智深使勁在推山門，門開時，勁道用空，一個觔斗跌進門裏，爬將起來，把頭摸一摸，就直奔進僧堂裏去。揭起簾子，看見衆師兄弟們各個低着頭在打坐。智深剛到禪牀邊，喉嚨裏咯咯地響，吐了遍地。

「善哉！」衆僧受不了那臭氣，都掩住了口鼻。對智深只是不理不睬。

智深吐了一回，爬上禪牀，解下絛，把直裰、帶子都咇咇剝剝扯斷了，一隻狗腿就從懷裏脫了下來。

「好！好！正肚饑哩！」智深撿起狗腿便喫。

衆僧看見，把袖子遮了臉。智深旁邊的兩個和尚更是躲得遠遠地。智深看他們躲開，便故意扯下一塊狗肉往上首的和尚的嘴裏塞，那和尚把兩隻袖子死掩着臉。下首的和尚看了，心想「躲過一厄」，嘴上不覺說了聲：「善哉！」口還沒閉上，突覺嘴上已被塞進一物，他連忙往外吐，却被智深把耳朵一把揪住，硬將狗肉塞下肚去。對牀的四、五個和尚看了，都跳過來勸。

「好啊！你們也都想喫呀！」智深說着，提起狗腿就往那光禿禿的腦袋上敲。頓時滿堂僧人都大喊起來，取了衣鉢，四處亂竄。

「智深不得無禮！」長老一聲大喝。

經此一鬧，智深酒已醒了七、八分，一看是長老來了，撇了狗腿，連忙跪下。說：「長老與洒家做主！」

「智深！你連番累殺老僧！前番醉了，老僧看趙施主顏面饒了你。此番又醉了；不但亂了清規，還打坍了亭子，打壞了金剛，又攪得衆僧捲堂而走，這個罪業非小！我這五臺山文殊院，千百年清淨香火所在。如何容得你這等穢汚！」長老訓斥完，轉頭便走。衆僧人也都散了。一個偌大的佛堂，頓時顯得異常寂靜，在微明的燭火照映下，智深低着頭，孤獨一人跪在佛像的供桌前，正在沉思。

翌日，廟院中傳出了清脆平和的鐘聲。佛堂前，長老臉上綻露出仁慈的微笑，把一封書信交給智深，用叮嚀的語氣說：

「智深！修行的歷程本極艱難，所謂：『苦海無邊，回頭是岸』。你此間決不可住了。我有一個師弟，現在東京大相國寺主持，喚做智清禪師。我與你這封書去投他處討個職事僧做。我昨夜看了你命數，贈汝四句偈子，你可終身受用……。」

「洒家敬聽偈子！」智深跪在地上，面色肅穆。

長老徐徐說出了四句偈子；

「遇林而起，遇山而富，遇水而興，遇江而止」。魯智深聽罷偈子，拜了長老九拜，背了包裹、腰包、肚包，藏了書信，辭了長老與衆僧人，離開了五臺山，到得山下，智深回頭望時，只見文殊院的寶殿背面，正昇起了一輪旭日，萬道霞光四射，心中不覺悵然。

魯智深背着包裹，跨了戒刀，提着禪杖，一路上望東京而去。不覺已經行了半個多月，在路上從來不投寺院去歇，只在客店內打火安身，白日間則在酒肆裏買喫。一日，正行之間，貪看了山明水秀的景色，不覺天色已晚，趕不上宿頭；路中又沒人作伴，不知往那裏投宿？又趕了二、三十里路，過了一條板橋，遠遠地望見一簇紅霞，樹木叢中閃着一所莊院，莊後重重疊疊都是亂山。智深心想。「今晚只得投莊上去歇了。」於是放快脚步，走到莊前，看到數十個莊家，在急急忙忙的搬東搬西。魯智深倚了禪杖，正要詢問。

「和尚！日晚來我莊上做甚的？」一個莊客已先發問。

「洒家趕不上宿頭，欲借貴莊投宿一宵，明早就走。」智深答。

「我莊上今宵有事，歇不得。」莊客說。

「胡亂借洒家歇一夜，明日早早就走。」智深說。

「和尚快走，休在這裏討死！」莊客已是不耐。

「怪哉！歇一夜有什麼不可，怎地便是討死？」智深偏偏不走。

「快走！快走！如果再不走，就把你捉來縛在這裏！」莊客的語氣已顯得有些暴躁。

「呸！你們好沒道理，俺又不曾說甚的，便要綁縛洒家！」智深已然大怒。

「綁了！綁！」莊客中有的喊着，也有的勸着，鬧鬨鬨噪雜起來。智深本要發作，却又耳邊響起了長老臨行時的叮嚀，一再強忍下怒火。猛聽得有人說：

「你們鬧甚麼！」魯智深睜開眼睛往發話的人看去，原來是一個年近六旬以上的老者，拿着一根扶老杖，正走過來。

「這和尚懶着不肯走，分明是找麻煩的。」莊客們說。

「洒家是五臺山來的僧人，要上東京去幹事。只因今晚趕不上宿頭，借貴莊投宿一宵，那裏是懶着不走！莊家那廝無禮，卽要綁縛洒家。」魯智深說罷，對老者施了一禮。

「既是五臺山來的師父，請隨我進來。」智深跟那老者直走到了正堂上，分賓主坐下。

「師父休要見怪，莊家們不知道師父是從活佛處來的，故有得罪。老漢從來敬信佛天三寶㊆。雖是我莊上今夜有事，權且留師父歇一宵了去。」老漢說話時眉宇總是不展，似是心事重重。智深也沒注意，將禪杖倚了，起身謝道：

「感承施主。洒家不敢動問貴莊高姓？」

「老漢姓劉。此間喚做桃花村。鄉人都叫老漢做桃花莊劉太公。敢問師父法名，喚做甚麼諱字？」老者說。

「俺的師父是智真長老，與俺取了個諱字，因洒家姓魯，喚作魯智深。」智深答的恭敬。

「師父想必尚未用餐，不知肯喫葷腥也不？」老者問。

「洒家不忌葷酒，什麼都喫。」智深覺得肚子確已餓的厲害，所以答的爽快。

於是太公吩咐莊客端上了酒肉來款待他。魯智深也不客氣，狼吞虎嚥的把酒肉喫得一點也不剩。而劉太公却對席坐着陪他，也不言語。看智深喫完了，才說：

「今晚請師父在外面耳房中暫歇一宵。夜間如果外面熱鬧，不可出來窺望。」

「敢問貴莊今夜有甚事？」話聲一出，魯智自覺唐突。

「唉！非是你出家人管的閒事。」太公歎了口氣，只是搖頭。這時智深才發現太公似有心事。就說：

「太公，緣何不甚喜歡？莫不是怪洒家來攪擾你麼？明日洒家算還你房錢便了。」

「師父誤會了。我家時常齋僧布施，那裏會計較這些。只是我家今夜小女招夫，以此煩惱。」太公說罷眉鎖得更緊。智深反覺不解。哈哈大笑道：

「男大當婚，女大必嫁，這是人倫大事，五常之禮，何故如此煩惱？」

「師父不知，這門婚事不是情願的。」太公說。

「太公，你真是個癡漢！既然不情願，又如何招贅做個女壻？」智深又是哈哈大笑，似乎不太相信太公的話。此時太公心想：「如果再不說出實情，還真被誤爲癡漢了。」只得說道：

「老漢只有這個女兒，今年十九歲。不料近日桃花山上來了兩個大王，聚集了五、七百人，打家刼舍。青州官兵也禁他們不得；一日來老漢莊上借糧，見了老漢女兒，撇下二十兩金子，一疋紅錦爲定禮，選定今晚來入贅老漢莊上。我反抗不得，只能答應，因此煩惱，師父不可誤會。」

「原來如此！」智深恍然大悟。笑着說：「洒家有個道理教他回心轉意，不要娶你女兒，如何？」

「他是個殺人不眨眼的魔君，你如何能夠使他回心轉意？」太公有些疑惑地說。

「放心！洒家在五臺山真長老處，學得『說因緣』，便是鐵石心腸，也能勸他回轉。今晚可教你女兒別處藏了。俺就在你女兒房內說因緣勸他回心轉意。」智深說得十分把握，不得不使太公相信，喜上眉梢。就說：

「好是甚好，只是不要捋虎鬚，自討苦喫！」

「放心！你只依着俺的話去做。」智深說。

「却是好也！我家有福，遇到這位活佛下降。」太公聽得高興，叫莊客再備了酒菜，請魯智深大喫大喝一頓。智深又吃了一隻大肥鵝，二、三十碗酒。看得太公和莊客都目瞪口呆。

魯智深吃喝完了，拿起禪杖、戒刀，隨着太公到了新房。叫太公自去外面安排酒席。他却把房裏的桌椅等物，都移在一邊；將戒刀放在牀頭，把禪杖倚在牀邊；

放下了銷金帳，吹熄了燈，脫得赤條條地，跳上牀去坐了。

天色漸漸暗了，劉太公叫莊客點起了紅燭，在打麥場上放了一張桌子，上面擺着香花燈燭，備好了酒肉。到了初更時分，只聽得山邊傳來陣陣鑼鼓聲，因爲劉太公懷着鬼胎，有些膽小的莊客已嚇得兩手心冒汗，都趕緊跑到莊外來看，只見遠遠地舉着四、五十把火炬，照耀得如同白晝，一簇人馬往莊上飛奔而來。劉太公忙叫莊客打開莊門，上前迎接。只見前前後後都是明晃晃的器械旗槍，盡用紅綠絹帛縛着；小嘍囉的頭上也亂插着野花；前面提着四、五對紅紗燈籠，照着騎在馬上的大王：他頭戴紅色的凹面巾，鬢旁插着一朵花，上穿一件金繡綠羅袍，腰上繫了一條紅搭膊，穿着一雙牛皮靴，騎着一匹高頭捲毛大白馬。那大王來到莊前，剛下馬。只見衆小嘍囉齊聲賀道：

「帽兒光光，今夜做個新郎；

衣衫窄窄，今夜做個嬌客。」

劉太公慌忙親自捧了臺盞，斟下一杯好酒，跪在地上，衆莊客也跟着跪在後面。

「使不得，你是我的丈人，如何向我下跪？」那大王說着馬上用手去扶太公。

「休這麼說，老漢是大王治下管的人戶。」太公道。

「有理！有理！我這女壻決不會虧待你。」大王恐怕已有了七、八分醉意，呵呵大笑起來。劉太公接了下馬杯，引大王來到了打麥場上，大王看見了香花燈燭，又是飲了三杯。說道：「泰山，何須如此迎接？」隨卽下馬，叫小嘍囉把馬繫在綠楊樹上，此時鑼鼓之聲大作，大王走上廳堂，不待坐下已然叫道：

「丈人！我的夫人在那裏？」

「便是怕羞不敢出來。」太公答。

「且拿酒來，我要敬丈人。」大王舉起酒杯要敬太公。

「老漢且引大王去見了夫人，再同來喫酒不遲。」太公一心只想讓和尙勸他，也顧不得儀節，拿了燭臺，引了大王，轉入屏風後，直到新房前站住。太公用手一指道：

「此間便是，請大王自入。」太公說罷，拿了燭臺，急忙的走了。

那大王推開房門，見裏面黑洞洞地。就說：「我那丈人真是個節儉的人，房裏燈也不點，由那夫人黑地裏坐着。明日叫小嘍囉去山寨裏扛桶好油來與他點。」

魯智深坐在帳子裏聽了，強忍住笑，一聲不響。那大王摸進房中，叫道：

「娘子！妳如何不出來接我？妳休害羞，明日就已是壓寨夫人。」

一頭叫着娘子，一面摸來摸去；一摸摸着了銷金帳，便揭起來；探着一隻手進去摸，一下摸着了魯智深的大肚皮；被魯智深就勢劈頭把巾帶角兒揪住，一按按下牀來。那大王大吃一驚，叫道：

「娘子好大的氣力！」

却待掙扎，魯智深右手捏緊拳頭，連耳根帶頰子只一拳，打得大王眼冒金星，嘴中却叫着：

「做甚麼打老公！」

「敎你認得老娘！」魯智深大喝一聲，把大王拖倒在牀邊，拳頭脚尖一齊上。打得大王大喊：「救命！」劉太公在屋外驚得呆了；以爲這和尙正在說因緣勸大王，却只聽見裏面喊「救人。」太公慌忙把着燈燭，引了小嘍囉，一齊搶入進去。衆人在燈下一看；只見一個胖大和尙，赤條條一絲不掛，騎在大王身上猛打。爲頭的小嘍囉，大叫一聲，一齊晃着槍棒，蜂湧而上，去救大王。魯智深撇了大王，順手拿起禪杖，舞得密不通風，只聽幾聲慘叫，已有多人倒在地上，其他人拔腿就跑。劉太公看了心中不停叫「苦」。打鬧中大王乘機爬了起來，奔到門前，摸到空馬，樹上折枝柳條，托地跳上馬背，把柳條猛打着馬屁股，馬兒只是嘶叫却怎麼也不肯跑。大王心想：「苦也！這馬也來欺負我！」再看馬前，原來心慌，不曾解開韁繩。連忙把它扯斷，雙腿一夾，飛奔出了莊門，口中還罵道：

「老驢記住！不怕你飛了去！」

這一邊劉太公扯着魯智深，憂戚地說：

「師父！你苦了老漢一家人了！」

「休怪無禮。且取了衣服和直裰來穿上再說話。」魯智深說時，已有莊客把衣物拿來。

「我當初只指望你說因緣，勸他回心轉意；誰想你這一頓打。定是去山寨裏領了大批人馬來殺我家！」太公急得直跺脚。

「太公休慌！俺原是廷安府老种經略相公的提轄，只因殺了人，才出家做和尚。休說兩個強盜，就是一兩千軍馬來了，洒家也不怕他。你們衆人不信時，且來提提禪杖看。」說着把禪杖往地上一插。

莊客們那裏提得動，不覺面面相覷。只見智深輕輕拔起，一似撚燈草一般舞動起來，莊客個個看得傻了。

「師父休要走了。快想個辦法救我們一家！」太公說。

「太公放心，俺死也不走。」智深說。「不過酒家一分酒力一分本事，十分酒力十分本事。」

「快快拿上等好酒來！」太公吩咐莊客備酒。

桃花山上的大頭領，正坐在寨裏爲二頭領卽將娶個壓寨夫人回來而高興。却聽得寨門外一片噪雜。大頭領連忙走到寨門一看，只見二頭領的紅巾也沒了，身上綠袍扯得粉碎，下得馬，倒在廳前，喘了半天才舒了口氣說道：

「哥哥救我！」

「怎麼了？」大頭領問。

「兄弟下得山，到他莊上，入進新房裏去，沒想到老驢已把女兒藏了，却教一個胖大和尚躲在他女兒牀上。我却不提防，才被打成這個樣子。哥哥替我復仇。」二頭領說。

「原來如此，你且去休息，我替你去拿了這賊禿！」說完就率了大批人馬，吶喊着下山，再去桃花村爲二頭領報仇。

這時魯智深正在莊上喝酒，忽聽莊客來報道：

「桃花山的大頭領已率着嘍囉殺來了！」

「你等休慌。洒家只要打了一個，你們就把他縛了，解去官衙領賞。快拿俺的戒刀來！」魯智深把直裰脫了纏在腰上，提了禪杖，跨了戒刀，大踏步，出到了打麥場上，只見大頭領騎着馬站在火把叢中，看見智深，便挺着長槍，高聲喝道：

「禿驢！還不過來受縛？」

「骯髒混蛋傢伙！叫你認洒家厲害。」智深大怒，掄起禪杖，着地捲將過去。

那大頭領連忙用槍逼住，大叫道：

「和尚！休要動手，你的聲音好熟，可否通個姓名？」

「俺姓魯名達，原是老种經略帳前提轄，如今做了和尚，叫做智深。」

智深剛說完，那大頭領哈哈大笑，跳下馬來，撇了槍，跪倒便拜。說道：

「哥哥別來無恙。」

智深怕他使詐，立刻後退了幾步，收住禪杖，借着火光，定眼看去，原來竟是舊相識，江湖上使槍棒賣藥的李忠。劉太公一看魯智深與大頭領竟是同伙，嚇得臉色蒼白，站着動彈不得。魯智深看了連忙說：

「太公別怕。這是我舊時兄弟。」

太公這才戰戰兢兢的走過來，打了招呼，把魯智深、李忠都請進屋裏。魯智深問李忠說：

「剛纔被俺打的漢子不知是誰？」

「哈哈！他是人稱『小霸王』的周通。」李忠說時不覺笑了起來。這一場鬧劇就此收場。

魯智深離開了桃花村後，不覺已走過了數個山坡，眼前展現着一片廣大的松林，智深沿着山路，走不到半里，抬頭一看，矗立着一所敗落的寺院，山風吹得鈴鐸發出單調的聲音。山門上有面剝蝕的牌額，隱約還可看見四個暗灰的金字，寫着「瓦官之寺」。魯智深又行不到四、五十步，經過了一座石橋，走進寺裏，就往知客寮走去。只見大門也沒了，景象荒蕪。智深心想：「偌大的寺院，怎麼如此敗落？」不覺已到了方丈前，看見滿地的燕子糞，門上掛了一把銹蝕的鎖，上面密佈着蜘蛛網。智深又走到了香積廚一看，鍋也沒了，竈頭都塌了。再轉到廚房後面的一間小屋裏，却看到了幾個面黃肌瘦的老和尙，蜷曲地畏縮在牆角邊。魯智深先是一驚，隨即施禮道：

「俺是過往僧人，特來討頓飯喫。」

幾個和尚，面露驚懼之色，慌忙用手連連搖動，叫他不要高聲說話。其中一人，倚着牆角慢慢支撐起身體說：

「我們已三日不曾有飯落肚，那裏有飯給你喫呢！」

「這寺院可是發生了什麼怪異？」智深覺得老和尚不像撒謊。於是老和尚又說：

「原來瓦官寺裏有衆多和尚，十方來的香火。只因後來，來了一個雲遊和尚引着一個道士，把寺院霸佔了。橫行霸道，胡作非爲。嚇走了香客。年輕的和尚都跑了，只留得我們幾個老弱的和尚走不動，才留在寺裏挨餓。」

「爲何不去官府告他？」智深有些激動。

「唉！師父不知。這裏離衙門又遠，便是官軍也禁不得他。他這和尚、道士好生了得，都是殺人放火的強盜。和尚姓崔，法號道成，綽號『生鐵佛』。道士姓邱，排行小乙，綽號『飛天夜叉』㊇。師父還是快快的離去！等他們回來時，就有性命之憂！」老和尚歎氣着說。正在這時，突然由風中傳來了一陣香味。智深嗅着鼻子，尋到了後面，看見一個土竈，上面蓋着一個草蓋，熱騰騰的香氣就從這裏透出來，揭開蓋子一看，竟煮着一鍋粟米粥，智深大聲罵道：

「你們這些老和尚真沒道理！只說三天沒吃飯，如今卻煮了一鍋粥，出家人怎能說謊！」

幾個老和尚一看智深尋到了粥，心中暗暗叫苦，却不約而同的分手把碗碟、鉢頭、杓子、水桶都搶在手裏。魯智深肚子餓得發慌，急中生智，一眼瞄見竈旁有個破漆盆，立刻用雙手捧起鍋子往漆盆中一倒。那幾個和尚一齊蜂湧而上，都來搶粥喫，却被魯智深推倒在地。端起破盆纔喫了幾口。只聽得老和尚們說道：

「苦也！我等恐怕要在黃泉道上作餓鬼了！」說完，都抱頭哭了起來。魯智深看到這種景象，還那裏嚥得下，把破漆盆輕輕放下，幾個和尚一湧而上，搶着一團。正在這時，聽到外面傳來了沙啞的歌聲。魯智深連忙出來，躲在破牆角後，看見一個道士；頭戴皂巾，身穿布衫，腰繫雜色縧，脚穿麻鞋，挑着一副擔子，一邊裝着魚和肉，一邊擱着一瓶酒。口裏唱着：

「你在東時我在西，
你無男子我無妻。
我無妻時猶閒可，

你無夫時好孤悽。」

智深料想這必是那個「飛天夜叉」邱小乙了。就提着禪杖，躡手躡脚地跟在後面，道士不知後面有人，只顧走入方丈後牆裏去。智深跟進一看，却見在綠槐樹下放着一張桌子，桌上鋪着盤饌，三個酒盞，三雙筷子。當中坐着一個胖和尚，生得眉如漆刷，臉似墨裝，一身橫肉，胸脯下露出個黑茸茸的肚皮。旁邊坐着一個年輕婦人，那道士放下了擔子，也就一旁坐下，對那婦人毛手毛脚起來。

魯智深氣得兩眼圓睜，暴喝一聲：

「狗男女！光天化日之下，幹得好事！」

把禪杖點地一按。人已飛了出去，身形剛落地，脚下已覺一陣疾風捲來。只見和尚、道士兩人手上各拿着朴刀，舞得水洩不通，貼地翻滾。魯智深叫聲：「來得好！」腰身一挺，禪杖落實，人却倒立了起來。只聽得一陣金鐵交鳴之聲，把和尚、道士握刀的虎口，振得發麻。魯智深禪杖再起再落，却正好落在邱小乙的腦袋上，鮮血四迸，倒地死了。胖和尚一看不妙，拔腿就跑，剛跑在橋上，已被魯智深飛起一杖，翻落橋下。

翌日，魯智深把崔道成和邱小乙的屍體，抬到松林後挖個坑埋了。回到寺院裏四處裏尋找了一回，却在佛龕後面找到了大批崔道成和邱小乙搶奪來的金銀財物。智深教訓了婦女幾句，也不殺她，給了些銀子，放她自去。把其餘的錢財都交給了幾個老和尚，要他們重新修蓋廟寺，重整山門。自已提了禪杖，背了包袱，往着東京大相國寺而去。當智深踏着從松葉間透下的絲絲陽光時，心情覺得格外的輕鬆、舒暢，這是魯智深從來未曾有過的感覺。

注釋

㈠提轄：軍官名。宋時在各州郡設置，負責統治軍旅，訓練、校閱，督捕盜賊，肅清治境。

㈡角：盛酒的器具。古時用獸角做成，可以盛一定的分量的器具。

㈢臊子：碎肉。

㈣孤老：娼妓對長期固定的客人，非正式夫妻關係中婦女對男人的稱呼。

㈤度牒：宋朝時政府出賣空頭僧、道度牒。買了度牒通過了寺、觀，在度牒上塡了名字，憑它做執照，纔算正式出家的僧、道。免地稅、免兵役。有錢有勢的人，可以買度牒送給別人，讓別人去做僧、道；他認爲這是替他出家，是自己修行的好事。這個出家的僧、道，在寺觀中的一切費用，在某段時期內，由他負擔。

㈥福地：謂神仙居住的地方。

㈦佛天三寶：佛教中指佛、佛法經典、僧人爲三寶。

㈧飛天夜叉：佛教的神話，夜叉是天神的名稱。有兩種，一種住在地上的叫「地夜叉」；一種能在空中飛的叫「天夜叉」。

第四章　逼上梁山

東京大相國寺的廟產，酸棗門外的菜園內，一個長着滿臉落腮短鬍的胖和尚，正舞動着一把渾鐵禪杖，頭尾長五尺，重六十二斤，呼呼風生，沒半點兒破綻。四周圍着二、三十個破落戶的潑皮，大家一齊喝采。忽然牆外傳來一聲喝贊：「端的使得好！」胖和尚聽得，連忙收住了手，看時，只見牆缺角邊立着一個官人，頭戴一頂青紗抓角兒頭巾，腦後兩個白玉圈連珠鬢環，身穿一領單綠羅團花戰袍，腰繫一條雙獺尾龜背銀帶，脚穿一對磕爪頭朝樣皂靴，手中執一把摺疊紙西川扇子，生的豹頭環眼，燕頷虎鬚，八尺長短身材，三十四、五年紀。胖和尚抱拳施禮道：

「不知軍官是誰？何不請來相見？」

那官人，微微一笑，雙足點地，人已跳過牆來，也拱手作禮道：

「在下八十萬禁軍鎗棒敎頭，人稱豹子頭林冲便是。不知師兄何處人氏？法諱喚做甚麼？」

「洒家是關西魯達，只因誤殺了人，情願爲僧。年幼時也曾來過東京，認得令尊林提轄。」答話的胖和尚原來就是魯智深。

二人就在槐樹底下坐了，談得十分投機，就此結拜爲兄弟。

「敎頭今日，緣何到此？」魯智深問。

「恰纔與拙荊一同來隔壁嶽廟裏燒香還願。林冲聽得使棒聲，尋來看得入了迷。已叫使女錦兒自和拙荊去廟裏燒香，林冲就在此間相等，不料遇得師兄。」林冲說。

「洒家初到這裏，正沒相識，得這幾位大哥每日相伴；如今又蒙敎頭不棄，結爲兄弟，十分好了。」智深說完，便叫人再添酒來相待。恰纔飲得三杯，只見使女錦兒，慌慌張張，紅了臉，在牆缺角叫道：

「官人！休要坐了！娘子在廟中和人口角！」

「在那裏？」林冲急忙站起。

「正在五嶽樓下來，撞見個詐奸的人把娘子攔住了，不肯放！」錦兒用手往五嶽樓一指。

「師兄！暫時失陪，休怪！休怪！」林冲說了一句。人已跳過牆上缺角，和錦兒逕奔嶽廟裏來。搶到五嶽樓看時，看見好幾個人，拿着彈弓、吹筒、粘竿，都立在欄干邊；扶梯上一個年少的後生獨自背立着，把林冲的娘子攔着。說：

「你且上樓去，和你說話。」

「清平世界，是甚道理，把良人調戲！」林冲的娘子紅着臉，異常激動地說。

林冲趕到跟前，把那後生肩胛只一扳過來。喝道：

「調戲良人妻子，當得何罪！」恰待下拳打時，認得他是高太尉的螟蛉子高衙內。——原來那高俅新發跡，不曾有親兒，因此把阿叔高三郎的兒子過繼爲子，本是叔伯兄弟，却與他做了乾兒子，因此高太尉十分愛惜他。——那厮在東京倚勢豪強，專做淫垢人家妻女的事。京師人懼怕他的權勢，誰敢與他爭吵？都叫他『花花太歲』。林冲一看，把手軟了下來。而高衙內却不曉得她就是林冲的娘子，反而罵林冲說：

「林冲，干你甚事，你來多管！」

林冲一聽，氣得兩眼圓睜，就要發作。衆多閒漢，恐怕事情鬧大，一齊攏過來七嘴八舌地把林冲勸住，把高衙內哄出廟上馬走了。

林冲帶着妻子和使女剛轉出廡廊下，只見魯智深提着禪杖引着二、三十個破落戶，大踏步搶進廟來。

「師兄，那裏去。」林冲一聲叫住。

「我來幫你廝打！」智深睜大着眼四處尋找。

「罷了！他是本管高太尉的衙內，不認得荊婦，一時無禮。自古道『不怕官，只怕管』，權且讓他這一次。」林冲怕智深鬧開事來，只得用話阻止他。

「你怕他，洒家可不怕他，俺若再撞見他時，少不得三百禪杖。」智深說話時顯得已是醉了。林冲叫衆潑皮把智深扶了回去，自己也領娘子和錦兒回家，心中只是鬱鬱不樂。

高衙內自從在廟裏見過林冲的妻子以後，就像着迷似的，每日念念不忘，鬱悒不樂。過了兩、三日，衙內有個幫閒的名叫富安，見衙內終日在書房中閒坐，心中早已猜着了他的心事。就走近衙內的身邊說：

「衙內近日面色清減，心中不樂，必然有件不悅的事。」

「你如何省得？」衙內略覺驚訝。

「小子一猜便着。」富安搖晃着腦袋，很有把握地說。

「你猜我心中是甚麼事？」衙內面露喜色。

「衙內可是思想那『雙木』的，這猜得如何？」富安故作神秘地說。

「你猜得是，只是沒個辦法得到她？」衙內說完不覺面露笑容。

「有何難哉！衙內怕林冲是個好漢，不敢欺他；這個無傷。他現在帳下聽使喚，怎敢惡了太尉？小子自有妙計，使衙內能夠完成心願。」富安說。

「我也見過不少女子，不知怎的只愛她。能得她時，我自重重賞你。」衙內說出了心事。

富安聽得衙內說「必有重賞」，方才獻上一計說：

「門下的心腹陸虞候㊀陸謙，和林冲最好。明日衙內躲在虞候樓上深閣，擺下些酒食，叫陸謙假意去請林冲喫酒，到時却把他直接請到『樊樓』㊁酒舖去喫。小子便去對林冲娘子說：『你丈夫和陸謙喫酒，一時重氣，悶倒在樓上，叫娘子快去看哩！』誘她來到樓上，婦人家水性，見了衙內這般風流人物，再着些甜話兒調和她，不由她不肯。小子這一計如何？」

「好計！好計！就今晚着人去喚陸謙來吩咐。」衙內不禁喜上眉梢，喝采起來。

當晚衙內就叫人去隔壁把陸謙請來，陸謙無可奈何，只得答應，爲了討衙內歡心，却也顧不得朋友交情了。

翌日，巳時左右，林冲心中納悶，懶得上街。突然聽到門外有人叫道：

「敎頭在家麼？」

林冲出來看時，原來是陸虞侯，慌忙應道：

「陸兄何來？」

「特來探望，兄長何以連日街上不見？」陸謙說。

「心裏悶，不曾出去。」林冲愁眉深鎖。

「我同兄長去喫三杯解解悶！」陸謙說時，已自拉着林冲衣襟往外走。此時林冲的娘子趕到布簾下說：

「大哥！少飲早歸！」

林冲與陸謙出得門來，街上閒逛了一回，就來到了一家叫『樊樓』的酒舖，叫了幾道酒菜，吃喝起來。陸謙故意和林冲說些閒話，拖延時間。林冲喝了八、九杯酒，覺得肚子脹，就站起來逕自下樓去小解，一看毛厠上有人先佔了，而內中又急得慌，就出了店門，投東小巷內尋個僻靜處去淨了手，回轉身，剛走出巷口，只見使女錦兒叫道：

「官人！尋得我好苦！沒想到你在這裏！」

「什麼事？」林冲急着問。

「官人和陸虞候走了不到半個時辰，只見一個漢子慌慌忙忙奔來，對娘子說：『我是陸虞候家鄰舍，你家敎頭與虞候喫酒時，只見敎頭一口氣不來，便撞倒了。叫娘子快去看視。』娘子心急，叫隔壁王婆看了家，和我跟着漢子去，直到太尉府前巷內一戶人家上至樓上，只見桌子上擺着酒菜，不見官人。恰待下樓，只見前日在嶽廟裏胡鬧的那個後生出來道：『娘子少坐，你丈夫來也。』錦兒慌忙下得樓時，只聽得娘子在樓上叫『救人！』因此我到處尋找官人不見，正撞着賣藥的張先生道：『我在樊樓前，見過敎頭和一個人進去喫酒。』因此奔到這裏。官人快去！」錦兒一口氣把經過說了。

林冲一聽，大喫一驚，也不顧使女錦兒，三步做一步，跑到陸虞候家，搶到胡梯上，却關着樓門。只聽得娘子叫道：「淸平世界，如何把我良人妻子關在這裏！」又聽得高衙內道：「娘子，可憐見俺！便是鐵石人，也告得囘轉！」林冲怒火中燒，在胡梯上，大叫道：

「大嫂開門！」

那婦人聽得是丈夫聲音，拚命衝過去開門，高衙內乘機開了窗，跳牆走了。林冲上得樓上，却已不見了高衙內，連忙問娘子說：

「可曾被玷汚了？」

「不曾！」娘子答時，眼中不禁流下淚來。

林冲心中惱怒，把陸虞侯家打得粉碎，把娘子與使女送囘家中，拿了一把解腕尖刀，直奔到樊樓前去尋陸謙，也不見了，又囘到陸謙家中守了一夜，也不見囘來，林冲只好囘家。如此過了十幾天，林冲把這件事已淡忘了。

一天，林冲從府裏囘來，經過閱武坊巷口，見一條大漢，手裏拿着一口寶刀，立在街上，口裏自言自語地說：

「不遇識者，屈沉了我這口寶刀！」

林冲也不理會，只是低着頭走。那大漢又跟在背後說：

「好口寶刀，可惜不遇識者！」

林冲心裏雖有些疑惑，但仍是自顧走着路。這時又聽得大漢在背後說道：

「偌大一個東京，沒一個識得軍器的！」

林冲這才回過頭來，那大漢突然「颼」的一聲把那口刀掣將出來，明晃晃的奪人眼目。

「拿將來看！」林冲不覺脫口而出。

「好刀！你要賣幾錢？」林冲看罷大喫一驚道。

「索價三千貫，實價二千貫。」大漢說。

「價是值二千貫，只是沒個識主。你若一千貫肯時，我買你的。」林冲還了個價。

「唉！金子做生鐵賣了！罷，罷！」大漢歎口氣說。

「可跟我來家中取錢給你？」林冲說着，自引了大漢回家將銀子折算還他。順口問大漢道：

「你這口刀那裏得來？」

「小人祖上留下。只因家中敗落，沒奈何，拿出來賣。」大漢說。

當林冲再要詢問些問題時，這大漢無論如何也不肯說，只推說說了辱沒先人。

林冲怕傷人自尊，也就不再問。等大漢走後，林冲還把着那刀口細細欣賞，口中不絕贊道：

「端的好把刀！只聽得高太尉府中也有一口寶刀，不知比起我這口寶刀來如何？」

次日，巳牌時分，來了兩個自稱是高太尉府中的家人，見了林冲就說：

「林教頭！太尉知道你買了一口好刀，叫你拿去和他府裏的比一比，看那口好？」

林冲心想：「又是甚麼多口的報知了！」心中甚是不願，但又怕得罪了太尉，只得拿了寶刀，跟着二位走。路上林冲却問二人道：

「我在府中不認得你們？」

「喔！小人是新近參隨。」二人答。

不知不覺間已經到了高太尉府前，進了府，林冲立住了脚。只聽二人說：

「太尉在後堂內坐等。」

林冲又轉入屏風，來到後堂，又不見太尉，林冲又站住了脚，兩個又說：

「太尉就在裏面等你。」

林冲又跟着轉入了兩、三重門，一看週遭全是綠欄干；兩人又引林冲到了堂前，說道：

「教頭！你在此稍待，等我進去稟告太尉。」

說畢，兩人就轉進後堂。林冲拿着刀，立在簾前，等了約一盞茶時，仍不見人出來，心裏有些疑惑。探頭入簾看時，只見簷前額上有四個青字，寫着「白虎節堂」，林冲一看大驚，心想：「糟了！這白虎節堂是商議軍機大事處，如何敢無故擅入！」急待回身，只聽得急促的靴履聲、脚步聲，有一個人從外面進來。林冲一看，正是高太尉，趕忙執刀向前施禮。却被高太尉大聲喝道：

「林冲！你私竄節堂，可知朝廷法度？而且手拿凶器，莫非是來行刺大臣？」

林冲正待躬前分辯，兩廂房裏已走出二十餘人把林冲綑綁起來。林冲嘴裏不斷喊寃，可是太尉那裏肯聽，被解送到了開封府細細拷問。雖然林冲把經過的詳情都說了，可是還是被加了刑具，推入牢裏監下。不到三天，林冲的罪已定讞，被斷了二十脊杖，刺了面頰，遠配滄州牢城。

開封府前，兩個防送公人——董超、薛覇。押着林冲緩緩的走着，林冲的項下鎖了一副七斤半重團頭鐵葉的護身枷，剛走不遠，只見衆鄰舍和林冲的丈人張教頭都過來接着，把林冲和兩個公人，都請到了州橋下酒店裏坐着。張教頭叫了酒席款待兩個公人，又賫發了不少銀兩。這才說：

「請二位官人一路上多照顧着小婿！」

林冲聽到這話，激動地站了起來，執手對丈人說道：

「泰山在上；年災月厄，撞了高衙內，喫了一場屈官司。今日有句話，上稟泰山：自蒙泰山錯愛，將令嫒嫁事小人，已經三載，不曾有半些兒差池，雖不曾生半個兒女，也未曾面紅耳赤，半點相爭。今日小人遭這場橫禍，配去滄州，生死存亡未保。娘子在家，小人心去不穩，誠恐高衙內威逼這頭親事；況兼青春年少，休為林冲誤了前程。却是林冲自行主張，非他人逼迫，小人今日就高鄰在此，明白立紙休書，任從改嫁，並無爭執。如此去得心穩，免得高衙內陷害。」

「賢婿，甚麼言語！你是天年不濟，遭了橫禍。今日且去滄州躲災避難，早晚天可憐見，放你回來時，依舊夫妻完聚。老漢家中也頗有些積蓄過活，便帶到我女家去，三年五載，還養贍得她。又不叫她出入，高衙內便要見也不能夠。休要憂心，都在老漢身上。你在滄州牢城，我自頻頻寄書信和衣服給你。休要胡思亂想、只顧放心去吧！」張教頭以長者之語氣勸說林冲。

「感謝丈人厚意，只是林冲放心不下，枉自兩相耽誤。泰山可憐林冲，依允小人，便死也瞑目！」林冲說時兩眼已有些濕潤。

張敎頭看林冲說得固執，只得表面上暫時答應，心想：「權且由你寫下，我只不把女兒嫁人便了。」就叫酒保尋個寫文書的人來，把一紙休書立了。林冲執筆在年月下剛押個花字，打過手模。只見得娘子，哭哭啼啼的跑進酒店，錦兒拿着一包衣服緊跟在後面。林冲的娘子剛接過錦兒手中的包袱要交給林冲，却一眼先看到了這狀休書，於是便大哭起來，嘴中才說了：「丈夫！我不曾有半些兒點汚，如何把我休……。」「休」字剛出口，人已暈倒。衆人趕忙施救，過了許久才悠悠然甦醒過來，張敎頭請鄰舍幫忙，先把她攙扶了回去。對林冲說：

「只顧前去，早早回來相見。你的老小，我明日都去取來養在家裏，待你回來完聚。你但安心，不要掛念。」

林冲起身謝了，拜辭泰山並衆鄰舍，背了包裹，隨着公人走了。

董超和薛霸二人，把林冲帶到使臣房裏寄了監，正準備回家去各自收拾行李。忽見巷口酒店裏的酒保，走來說：

「董薛二公！一位官人在小人店中請說話。」

「是誰？」董超問。

「小人不認得，只請二位去了便知。」酒保答。

董超、薛霸二人便和酒保逕到酒店內閣兒上看時；見坐着一人，頭戴頂萬字頭巾，身穿領皂紗背子，下面皂靴淨襪。見了二人，慌忙作揖道：

「二位請坐！」

「小人自來不識尊顏，不知呼喚有何使令？」董、薛異口同聲而問。

「請坐！少間便知。」這人說完話就從懷裏掏出了十兩金子，放在桌上，說道：

「我是高太尉府心腹陸謙。請二位先各收五兩，有些小事相煩。」

董、薛二人一聽是高太尉心腹陸謙，慌忙連聲答應。陸謙才徐徐說道：

「你們二人也知林冲和太尉是對頭。今奉太尉鈞旨；敎將這十兩金子送給二位；吩咐二位不必遠去，只就在前面僻靜處把林冲結果了，就彼處討紙回狀回來便了，若開封府但有話說，太尉自行吩咐，並不妨事。」

董、薛二人既懾於太尉的威勢，又貪於十兩金子，也都昧着良心答應了。

翌日，天剛破曉，董、薛二人押着林冲，投滄州路上而來。時遇六月天氣，炎暑正熱。林冲初喫棒時，倒也無事；經過這兩、三日的走動，棒傷發作，痛苦難當，路上一步挨一步，已經走不動了。薛霸罵道：

「好不曉事！此去滄州二千里有餘的路，你這般走，幾時才能到！」

「小人前日方纔喫棒，如今傷發，實在是走不動了。」林冲只得低聲哀求。董超看了心中有些同情，就說：

「你自慢慢的走，休聽嘀咕！」

薛霸一路上還是口中喃喃的罵個不停。走了一陣，看看天色已晚，三個人找了一家村店投宿，到得房內，林冲不等公人開口，已去包裹裏取了些碎銀，央店小二買些酒肉，請二人喫酒。董、薛二人把林冲灌得大醉，和枷倒在一邊。薛霸去燒了一鍋百沸滾湯，提過來，傾在脚盆內。叫道：

「林敎頭，你也洗了脚好睡。」

林冲掙了起來，却被枷礙住了，曲身不得。薛霸便道：

「我替你洗。」

「使不得！」林冲不知是計，嘴上推辭，却把脚伸了出去。被薛霸只一按，按在滾湯裏。林冲叫了聲「哎呀！」急縮得起時，燙得脚面都紅腫了。

薛霸露着一臉奸笑說：

「只見罪人伏侍公人，那曾有公人伏侍罪人！好意叫他洗脚，却嫌冷嫌熱，可不是『好心不得好報』！」

林冲只是咬着牙關忍着，那裏敢回話，自去倒在一邊。

睡到四更，同店裏的人都未起來，董、薛二人便催林冲上路。林冲剛坐起來，又暈了過去，喫不下，也走不動。薛霸拿了棒棍，死命的催促。董超却去腰裏解下一雙新草鞋，耳朶和索兒都是麻編的，叫林冲穿。林冲看着自己脚上滿是燎漿泡，就去尋覓舊鞋，却那裏去找？沒奈何，只得把新草鞋穿上。出門走不到二、三里，脚上的泡都被新草鞋擦破了，鮮血淋漓，不停地叫痛。薛霸就拿起棍子搠着林冲走路。林冲脚上實在痛得厲害，額角上冷汗直冒，幾次翻倒在地上。董超便上去攙扶着，繼續又走了四、五里路，林冲實在走不動了。看見前面是一座煙籠霧鎖的林子，叫做「野猪林」，是東京到滄州路上最險惡的地方。當時押解罪犯的公人，在此不知殺害了多少好漢。薛、董二人把林冲帶進了林子，解下了行李包裹，都搬在樹根旁。林冲叫聲「哎呀！」靠着一棵大樹便倒了。正待閉眼，却看見薛霸、董超拿了根繩子要把自己綁了。林冲驚叫道：

「二位官人，做甚麼？」

「俺兩個正要睡一睡，這裏又無關鎖，只怕你走了，放心不下，故此把你綁了。」薛霸說。

「小人是好漢，官司既已喫了，一世也不走！」林冲答。

薛霸也不理會，把林冲連手帶脚緊緊的綁在樹上。轉過身去，拿起棍棒，看着林冲說道：

「不是我們要害你；只是前日來時，陸虞候奉了太尉鈞旨，教我倆到這裏結果你，立等金印回去回話。便多走幾日，也是死數。」

薛霸說完，舉起木棍照着林冲腦門要打。林冲淚如雨下，心想：「不意我林冲屈死在此！」說時遲，那時快，薛霸的木棍正要落下，只見松樹背後發出一聲雷鳴般巨吼，飛出一條禪杖，把棒棍只一隔，却飛到了九霄雲外，刹時一個胖大和尚跳了出來。喝道：

「洒家在林子裏已聽你多時！」提起禪杖，就要打兩個公人。林冲聽出聲音熟悉，睜開眼來一看，正是魯智深。連忙叫道：

「師兄！不可下手，我有話說。」

智深聽得，收住禪杖，定眼看兩個公人時，都已經嚇得軟在地上。

「師兄！非干他兩個的事；都是高太尉和陸謙的毒計，你若是打殺了他們，也是寃屈！」林冲說。

魯智深扯出戒刀，把林冲綁着的繩索都割斷了，便去把他攙扶起來，然後把自已如何一路跟隨到此地的經過情形，都詳細的說了。

「林敎頭救俺兩個！」薛、董二人，這時才如夢初醒，跪在林冲面前求饒。

「旣然師兄救了我，你休害他們兩個性命！」林冲對魯智深說。

「你這兩個渾蛋東西！酒家不看兄弟面時，把你這兩個都剁成肉醬！今日且看兄弟面皮，饒你們性命！」就地上揷了戒刀，喝道：

「還不快攙兄弟，都跟酒家來！」

魯智深提了禪杖先走，兩個公人，那裡還敢回話，扶着林冲，又替他背了包裹，一同跟出林子來，行得三、四里路程，見一座小小酒店在村口，便進去坐了，喚酒保買了五、七斤肉，打了兩角酒來喫，又買些麵來打餠。林冲方才問道：

「師兄今投那裡去？」

「『殺人須見血，救人須救徹』，酒家放你不下，直送兄弟到滄州！」魯智深說。

兩個公人聽了，只得心中暗暗地叫苦。各自盤算着，回去時將如何向高太尉交代。從此魯智深一步不離護送林冲，走了約十七、八天，離滄州已經只有七十里來路。而且此去一路上都有人家，再無僻靜處了。魯智深就對林冲說：

「兄弟，此去滄州不遠了，洒家已打聽實了，此去必一路安全。俺如今和你分手，異日再得相見。」

「師兄回去，泰山處可說知。防護之恩，不死當以厚報！」林冲臉上不覺流露出傷別之情。

魯智深又取出一、二十兩銀子給林冲；二、三兩銀子給兩個公人。突然舉起手中禪杖，往路旁一株碗口大的松樹捶去。只聽「嘩啦！」一聲，把樹齊腰折斷。指着兩個公人喝道：「你倆但有歹心，教你頭也與這樹一般！」

魯智深向林冲說了聲：「兄弟保重！」獨自走了，只嚇得董超、薛霸二人把吐出的舌頭，半晌縮不回去。

林冲被送到了牢城營內，發在單身房裡聽候點視。一般的罪人，聽說新進的犯人是東京八十萬禁軍鎗棒教頭，所以都來看覷他。對林冲說：

「此間管營、差撥，十分害人，只是要詐人錢物。若有人情錢物送給他時，便待你好；若是無錢，將你撇在土牢裡，求生不生，求死不死。若得了人情，入門便不打你一百殺威棒，只說有病，把來寄下；若不得人情時，這一百棒打得人七死八活。」

「多謝衆兄長指教，如要使錢時，要拿多少給他？」林冲問。

「若要使得好時，管營五兩，差撥也五兩，十分好了。」衆人正說話間。只見差撥過來問道：

「那個是新來配軍？」

「小人便是。」林冲答話時並無動靜。

那差撥不見他把錢拿出來，變了臉色，指着林冲罵道：

「你這個賊配軍，見我如何不下拜，你這廝可知在東京做出事來！見我還要擺架子！我看這賊配軍滿臉都是餓紋，一世也不發跡！打不死，拷不殺的頑囚！你這把賊骨頭好歹落在我手裡！敎你粉骨碎身！少間叫你便見功效！」

把林冲罵得「一佛出世」㊂，那裡敢抬頭應答！衆人見林冲挨罵，也各自散了。林冲等他發作過了，去取了五兩銀子，陪着笑臉。說：

「差撥哥哥，些小薄禮，休言輕微。」

「你教我送給管營……和俺的都在裡面。」差撥只是望着林冲也不伸手去接。

「只是送給差撥哥哥的；另有十兩銀子，就煩差撥哥哥送給管營。」林冲又拿十兩銀子遞過去。

「林教頭，我也聞得你的大名，果然是個好男子！想是高太尉陷害你了。雖然目下暫時受苦，久後必能發跡，據你的大名，這表人物，必不是等閒之輩，久後必做大官！」差撥看着林冲笑了起來。

「多賴照顧。」林冲也笑了。

「你只管放心。」差撥拍拍林冲的肩膀說。

「林教頭，少間管營來點你，要打一百殺威棒時，你便只說一路有病，未曾痊可；我會來替你支吾，要瞞生人的眼目。」差撥囑咐林冲。

「多謝指教！」林冲說。

差撥走後，林冲歎了口氣道：「『有錢可以通神』此語不差！真的有這般的苦處。」原來差撥離了單身房，把十兩銀子藏進懷裡，只拿了五兩去給管營，在管營面前，替林冲說了許多好話。

林冲正在單身房裡悶坐，只見牌頭叫道：

「管營在廳上叫喚新到罪人林冲來點名！」

林冲聽到呼喚，答應一聲，跟着到了廳前站着。

「你是新到犯人。太祖武德皇帝留下舊制『新入配軍須喫一百殺威棒』，左右！給我架起來！」管營指着林冲喝道。

「小人於路上感冒風寒，未曾痊可，請求寄打。」林冲申說。

「這人真是有病，乞賜憐恕。」牌頭也幫腔。

「果是這人有證候在身，權且寄下，待病痊後再打。」管營也順勢饒了林冲。

「現今天王堂看守的多時滿了，可教林冲去替換他。」差撥說完，就廳下押了帖文，領了林冲，往單身房裡取了行李，逕往天王堂交替。差撥對林冲說：

「林教頭，我十分周全你：教你看天王堂。這是營中第一樣省氣力的勾當。早晚只燒香掃地便了。你看別的囚犯，從早起直做到晚，尚不饒他。還有一等無人情的，撥他在土牢裡，求生不生，求死不死！」

「多謝照顧。」林冲又取出二、三兩銀子，給差撥道：「煩望哥哥一發周全，開了項枷更好！」

差撥接了錢，拍着胸脯道：

「都包在我身上。」連忙稟告了管營，把林冲的枷也開了。林冲從此在天王堂內安排宿食處，每日只是燒香掃地。管營和差撥，都得了他的銀子，日久情熟，由他自在，也不來拘束。

轉眼間已是隆冬天氣，林冲的綿衣裙襖等物，都是托酒店裡李小二的渾家縫補，經常給些小錢，所以李小二對林冲甚是感激。忽一日，李小二正在店中安排菜蔬下飯，只見一個人閃將進來，酒店裡坐下，隨後又有一人閃入來。前面一人是軍官打扮，後面一人是走卒模樣，跟着也坐了下來。李小二忙上前招呼道：

「客官可要喫酒？」

只見那軍官掏出一兩銀子與李小二道：

「且收放在櫃上，取三、四瓶好酒來。客到時果品酒饌，只顧端上，不必多問。」又掏出一兩銀子塞在小二手中說：「煩你只去把營裡的管營與差撥請來。」

隔不多久，李小二已把管營和差撥請到。他們看來並不認識。只見軍官從懷裡拿出一封書函交給二人。李小二擺好酒食，一旁服侍，那軍官看了四周一眼對小二說：

「我自有件當燙酒，不叫你休來。我等自要說話。」

李小二看他們行動詭秘，心中好奇。到了外面對他老婆道：

「大姐，這兩個人行動鬼祟。語言聲音又是東京人；初來時又不認得管營、差撥。後來我送酒進去時，只聽得差撥口裡說出『高太尉』三個字來，這人莫不與林敎頭有些關係？我自在門前照顧，你且躲到後面閤子裡中偷聽……。」

「你何不去營中尋林敎頭來認他一認？」小二的老婆說。

「你不省得，林敎頭是個性急的人，如果見是自己仇人，他那肯便罷？做出事來怕連累你我。」李小二不斷搖頭。

他的老婆來到閤子後面，把耳朵貼在板壁中聽了一個時辰，出來對小二輕聲說道：

「他們四個交頭接耳說話，只聽差撥說了一句『都在我身上，好歹要結果他性命』……」

正說話間，閤子裡叫聲「端湯來！」李小二急着進去換湯時，看見軍官從懷裡取出一個帕子包着的東西，遞給管營和差撥。看管營接在手上，十分沉重。喫不多時，管營和差撥先自走了，軍官算了酒錢，低着頭也去了。

過不多時，只見林冲也走進店來，李小二慌忙把他拉到屋角，把剛才看到的情形，都詳細的告訴了林冲，林冲聽了大驚，忙問那軍官打扮，原來正是陸謙。林冲無心喝酒，離了酒店，先去街上買把解腕尖刀，帶在身上，到前街後巷去尋。這樣一連尋了幾天，看看牢城營裡，又沒半點動靜，林冲心裡也就鬆懈下來。

到了第六日，管營把林冲叫到點視廳上，說：

「你到這裡已經多時，我對你也不差。離東門外十五里處有座大軍草料場，每月有人來納草料，有些常例錢覓取。原是一個老軍看管，如今擡舉你去那裡尋幾貫盤纏。你可和差撥便去那裡交割。」

林冲當時答應。離了營中，逕至李小二家中，對他夫妻說了。而且心中仍是懷疑地說：

「如果其中佈了奸計，却如何？」

「這個草料場時常有些例錢。尋常不使錢時，不能夠得此差使。」李小二說。

「這就是了！却不害我，倒給我好差使，正不知是何用意？……」林冲低頭尋思。

李小二心知去與不去也由不得林冲，只得安慰林冲說：

「林教頭，休要疑心，只要沒事便好。以後還是小心爲要。」

林冲心中有事，胡亂的喫了幾壺酒，回到天王堂，取了行李，帶了尖刀，拿了條花槍，與差撥一同辭了管營。兩個取路投草料場來。正是嚴多天氣，彤雲密布，朔風漸起；却早紛紛揚揚，捲下滿天大雪來。林冲和差撥兩個來到草料場外，只見四周是幾道黃土牆，中間兩扇大門，推開大門，裡面是七八間草屋做的倉庫，四下裡都是馬草堆。中間兩座草廳。只見一個老軍坐在廳裡烤火取煖。差撥大聲說道：

「管營差這個林冲來換你回天王堂，卽時交割！」

老軍緩緩的站起身來，拿了掛在牆上的鑰匙，引着林冲到各處淸點草堆和帳目。清交完畢，老軍回到廳上背了行李，跟着差撥正待跨出門時；却回頭指着屋子裡說：

「火盆、鍋子、碗、碟都借給你……。」又伸手指着牆上掛着的一隻大葫蘆說：

「你若買酒喫時，只要出草場投東大路去二、三里便有市井。」

林冲就牀上放下包裹，到屋後拿了幾塊柴炭，生在地爐裡。借着爐火，仰面看那草屋時，四處都崩壞了，又被朔風吹撼，搖動不已。林冲心想：「這屋如何過多，待雪晴了，到城中喚個泥水匠來修理。」烤了一回火，覺得身上還是寒冷，尋思起老軍所言，「二里路外有個市井，何不去沽些酒來喫？」就去包裹裡取了些碎銀，把花槍挑了酒葫蘆，將火炭蓋了，取氈笠子戴上，拿了鑰匙出來，把草廳門拽上；出到大門前，把兩扇草場門反拽上鎖了；帶了鑰匙，信步投東，雪地裡踏着碎瓊亂玉，迤邐背着北風而行；那雪正下得緊。行不上半里多路，看見一座古廟，林冲頂禮膜拜道：「神明庇祐，改日來燒紙錢。」又走了一回，望見一簇人家。林冲停住脚看時，見籬笆中，挑着一個草帚兒㈣在露天裡，林冲走進店裡，把葫蘆往櫃枱上一放，店主已趨前招呼道：

「既是草料場看守大哥，且請少坐，天氣寒冷，且酌三杯，權當接風。」

店家又切了一盤牛肉，燙了一壺酒，請林冲喫。林冲心中想着：「沒想到這葫蘆竟有如此功效！」又自買了些牛肉，盛了滿葫蘆酒，用花槍挑着，叫聲「相擾」，便出籬笆門，仍舊逆着朔風回去。那天上的雪下得比剛才還緊了。林冲只得壓低着氈笠子，飛奔的跑到草場門口，開了鎖，入內看時，不禁嚇了一跳；那兩間草廳已被大雪壓倒了，林冲放下花槍，恐怕火盆內有火炭延燒起來，急忙搬開破壁子，探半身進去摸，確定火種已經被雪水浸滅了。林冲再伸手往牀上去摸，只拽出了一條被絮，林冲鑽出來，見天色黑了，正不知今夜何處住宿，突然想起離此半里的古廟可以安身。心想：「我且去那裡宿一夜，等到天明，再想辦法。」心思既定，把被絮捲了，花槍挑起酒葫蘆；依舊把門拽上，逆着朔風，往古廟尋去，黑暗中只聽得兩扇大門被風吹得「拍！拍」作響，林冲尋聲摸索進了大門，順手在門旁拽了一塊大石頂住。藉着雪光，看見殿上塑了一尊金甲山神；兩邊一個判官，一個小鬼。他四周尋了一遍，這山神廟中既無廟主，又無鄰舍，已是破敗不堪。林冲只得將酒葫蘆往神案下一放，拍去身上雪花，鋪了被絮，蓋了半截下身；提了葫蘆中冷酒，就着懷中牛肉下酒喫了起來。

正喫時，只聽得外面一陣「必必剝剝」的爆響。林冲跳起來，就壁縫裡看，只見整個草料場已陷入熊熊烈火之中。林冲拿起花槍，正要開門去救火；却聽到外面有人說話，林冲就伏在門邊聽，是三個人的脚步聲，望廟裡行來；用手推門，却被大石擋住，三人就立在廟門口看火。其中一人說：

「這條計策好麼？」

「真虧管營、差撥用心！回到京師，稟過太尉，都保二位做大官。這番張敎頭沒得推託了！」

林冲聽出這後者的聲音就是陸謙，一時怒髮衝冠，輕輕撥開大石，右手提着花槍，左手一掌把門推開。大聲喝道：

「潑賊那裡去！」

三人一時都驚得呆住了，再也走不動。林冲先提起花槍，「咔察！」一聲，搠倒了差撥，血光四濺，在烈火照映下，格外分明。那管營逃不到十步，被林冲趕上，後心上只一槍，又搠倒了。陸謙一看心中益慌，脚也麻了。林冲一個箭步，大喝一聲：

「奸賊，那裡逃？」

一把抓住了陸謙的背領，只一按，陸謙已摔跌在雪地上，林冲插了花槍，一脚踩住，一手自腰上抽出鋼刀，抵住陸謙的臉說：

「潑賊！我從來和你無怨無仇，如何這等害我！」陸謙這時已嚇得軟了，只會苦苦哀求道：「……太尉差遣，不敢不來……」話還沒說完，林冲已一刀把他殺了。回過頭看時，草料場旁已經來了許多鄉人救火。林冲說道：

「你們趕快救火，我去報官！」

却提着花槍往東方逃了。

林冲走了大約兩個時辰，天上雪越下越大，身上衣服單薄，冷得受不了。回頭看看草料場，已經遠了，只見前面是一片疏林，遠遠有幾間草屋，被雪蓋着，破縫壁裡透出一些微光。林冲急忙走到門前，推開了門，只見中間坐着一個老莊客，四圍坐着五、六個小莊客，烤火取暖。

「衆位拜揖！小人是牢城營裡差使，被雪打濕了衣裳，想借火烘一烘。乞望方便。」林冲對衆人施禮說。

「你自烘便了，何妨得。」老莊客看了林冲一眼。

林冲烘得衣服略有些乾了，只見火炭邊煨着一個甕兒，裏面透出酒香。林冲不覺嘴饞，想買些來喫。就說：

「小人身邊有些碎銀，可否賣些酒喫？」

「我們自已喫尚不夠，那能賣給你！」衆人七嘴八舌的說。

林冲聞着酒香，那能不喫。又說：

「胡亂賣個二、三碗給小人喫了禦寒！」

「休纏！休纏！」老莊客一把推開了林冲。

林冲心中惱怒，把手中槍往火柴頭上一挑，一塊赤燄燄的木炭飛了起來，正落在老莊客的臉上，只聽呼痛連聲，老莊客的鬍鬚已燒去大半。衆莊客都跳起來喊「打！」林冲把槍貼地橫掃，莊客們都拔腿跑了。

「都走了！老爺快活喫酒！」林冲在土炕上拿了一個椰瓢，把甕裡的酒，獨自吃了一半。提了槍，出門便走；一步高，一步低，踉踉蹌蹌，走不到一里路，被朔風一吹，倒在山澗邊，再也爬不起來。

這時衆莊客引來了二十餘人，拖槍拽棒，奔到草屋，一看却不見了林冲；就尋着雪地上蹤跡，趕過來，正好看見林冲爛醉在地上，膽子大的就拿了繩子把林冲綁縛了。解送到一個莊院，把他吊在門樓下。直到天色破曉時，林冲才酒醒，睜眼一看，好個大莊院。林冲大叫道：

「甚麼人敢吊我在這裡！」

「休要問他！只顧打！等大官人起來，再行拷問！」燒了鬍鬚的老莊客指着林冲，叫衆人一齊用棒打。林冲被綁，掙扎不得，只是「哇！哇！」大叫。

「大官人來了！」有人喊了一聲，於是衆人才停了手。林冲朦朧中見個官人背叉着手，走到廊下，問道：

「你等衆人打甚麼人？」

「昨夜捉得個偷米賊！」衆莊客答道。

那官人走近一看，認得是林冲，慌忙喝退莊客，親自解了綁繩。問道：

「敎頭緣何被吊在這裡？」

林冲看時，不是別人，却是舊相識小旋風柴進，連忙叫道：

「大官人救我！」

柴進把林冲請進了廳上，備了酒菜。林冲才把如何被高太尉陷害以及草料場殺死陸謙、管營、差撥的事都詳細的說了。柴進心想：「林冲殺官差逃亡，必遭追捕。恐怕自己連累。」修了一封信函，交給林冲說：

「敎頭犯下殺頭的罪，滄州必定追捕。依我看，只有梁山泊一處可去。」

「若蒙周全，死而不忘。」林冲接過信，跪下拜謝。

林冲與二、三十個莊客都打扮成獵人，騎着馬，帶了弓箭、槍棒、鷹鷂、獵犬，由柴進領着頭，混出關去，把守的軍官一看是柴進狩獵，也就沒有盤問，林冲輕易的出了關。

林冲別了柴進，行了十數日，這一天，又見紛紛揚揚下着滿天大雪。天色漸漸晚了，遠遠望見湖畔有個酒店，被雪漫漫地蓋着。林冲奔了進去，揀一處坐下，叫酒保打了酒，切了牛肉、肥鵝、嫩鷄，大嚼大喫。喫了一回，林冲問酒保道：「酒保！此間去梁山泊還有多少路？」

「此去不遠，只有數里，但却是水路，全無旱路。要去時，須用船去。」酒保答。

「你可與我覓隻船兒？我多給你些錢。」林冲說時掏出了一把碎銀放在桌上。

「這般大雪，天色已晚了，那裡去尋船隻？」酒保說。林冲尋思道：「這般却怎的好？」心裡煩惱，又猛灌了幾碗酒，驀然想起「我先在京師做教頭，每日六街三市遊玩喫酒；誰想今日被高俅這賊坑陷了這一場，紋了面，直斷送到這裡，害得我有家難奔，有國難投，受此寂寞！」於是問酒保借了筆硯，乘着一時酒興，向那白粉壁上寫下了八句詩：

「仗義是林冲，爲人最朴忠。
江湖馳譽望，京國顯英雄。
身世悲浮梗，功名類轉蓬。
他年若得志，威鎭泰山東。」

林冲剛把詩寫完，還了筆硯。旁邊閃出一條大漢一把拉住林冲轉進了後面的水亭上。說道：

「却纔見兄長只顧問梁山泊路頭，要尋船去，那裡是強人山寨，你待要去做甚麼？」

「實不相瞞，小人是去入夥。」林冲說。

「既然如此，必有個人薦兄長入夥……。」大漢問。

「滄州橫海郡故友舉薦。」林冲說。

「莫非小旋風柴進麼？」大漢問。

「足下何以知之？」林冲有些懷疑，望着大漢。

「哈！哈！」大漢不覺笑了起來，說道：「如此卽是自己人了。」

大漢叫酒保就水亭上點了燈，重新擺了酒菜，與林冲對坐飲酒。林冲舉起酒杯敬大漢道：

「有眼不識泰山，願求大名？」

那大漢也慌忙答禮。說道：

「小人是王頭領手下耳目，姓朱名貴。原是沂州沂水縣人氏。江湖上俱叫小弟做『旱地忽律』㊄，山寨裡叫小弟在此開酒店爲名，其實專一探聽過路客商，但有財帛的，便去山寨裡報知。剛才見兄長只是問梁山泊路頭，所以不敢下手，次後見兄長寫出大名來，才知兄長即是東京八十萬禁軍敎頭。今番兄長加盟山寨，必得重用。」

朱貴說罷，在水亭上把窗戶推開，取出一張鵲畫弓，搭上一枝響箭，向對港蘆葦中射去，不一回只見草叢中亮起一盞紅燈，急速往水亭馳來，待近看時，原是三、五個小嘍囉搖着一隻快船。朱貴引着林冲，下了小船，向對岸急急馳去，只見船尾一道波瀾，久久不曾散去，一隻小船已駛進迷茫黑暗之中。

注釋

㊀ 虞候：禁衞官名。

㊁ 樊樓：宋朝時東京一座有名的酒樓。

㊂ 一佛出世：常與「二佛涅槃」或「二佛升天」連用。這裡是歇後語，是死去活來的意思。

㊃ 草帚兒：宋朝時酒店的標幟。

㊄ 忽律：鱷魚。也寫作㺀㺚。

第五章　寶刀、市虎、功名

傍晚時分，東京城外，走來一個大漢，生得七尺五六身材，臉上長了一搭青記；腮邊微露些少赤鬚；把氈笠子掀在背脊上，坦開胸脯；帶着抓角兒軟頭巾，腰中掛着腰刀、朴刀。他前面則走着一個莊客，挑了一擔行李。入得城來，尋了個酒店，安歇下。莊客放下擔子，大漢給了他一些銀子，他就走了。大漢放下行李，解了腰刀、朴刀，叫店小二買些酒肉喫了。就此一連住了數天，他不斷央人去樞密院打點活動，將那擔兒內的金銀都用盡了，方纔得了一紙文書，引去見殿帥高太尉。來到廳前，那高俅把從前歷事文書都看了，突然拍案大怒道：

「楊志！既是你等十個制使去運花石綱㊀，九個回到京師交納了，偏你這廝却把花石綱失陷了！又不來告官自首，倒又在逃，許多時捉拿不着！今日再想做官，雖然已赦宥，所犯罪名，難以委用！」

而且把文書一筆都勾了，還把楊志趕出了殿帥府來。楊志悶悶不已，心中不覺罵道：

「高太尉！你太毒害，恁地刻薄！我原想憑着本事，在邊疆上一鎗一刀，博個封妻蔭子，也給祖宗爭口氣，被你這一折，豈非前程都完了。」

楊志在客店裏又住了幾日，盤纏都用盡了，暗暗尋思道：

「却是怎辦才好？只有祖上留下這口寶刀，從來跟着洒家，如今事急無措，只得拿去街上賣了，得千百貫錢鈔，好做盤纏，投往他處安身。」

當日拿了寶刀，插上草標兒，上街去賣。走到大街，立了兩個時辰，並無一人來問。將近晌午時分，轉到了天漢州橋熱鬧處去賣。楊志剛立了一會兒，只見兩邊的人都跑到橋下巷內去躲。有人口中還嚷着：

「快躲！大蟲來了！」

楊志心中疑惑：「好作怪！這等一片錦繡城池，却那得大蟲來？」當下立住腳，四處張望。只見遠遠地走來一個黑凛凛的大漢，喫得爛醉，一步一顛的撞過來。楊志看那人時，原來是東京城裏有名的破落戶潑皮，叫做「沒毛大蟲」牛二。專在街上撒野、行兇、撞鬧，連做了幾件官司，開封府也治他不下。以此滿城人見他都躲，畏之如虎。

這時牛二已搶到楊志面前，見他不躲，一伸手把刀扯將出來。問道：

「漢子！你這刀要賣幾個錢？」

「祖上留下寶刀，要賣三千貫。」楊志答。

「甚麼銹鐵刀！要賣三千貫！我三十文買一把，也切得肉，切得豆腐！你的刀有什麼好處，叫做寶刀？」牛二說話時還拿着刀在楊志面前亂晃。

「洒家的須不是店上賣的白鐵刀，這是寶刀！」楊志把「寶刀」二字說得很重。

「怎麼喚做寶刀？」牛二有意糾纏。

「第一件，砍銅剁鐵，刀口不捲；第二件，吹毛得過；第三件，殺人刀上沒血。」楊志耐心地答。

「你敢剁銅錢麼？」牛二故作懷疑。

「你拿來，剁給你看！」楊志有些慍色。

牛二走到州橋下香椒舖裏便拿二十文當三錢㈡，一垛兒放在州橋欄干上，叫楊志道：

「漢子！你若剁得開時，我還你三千貫！」那時看的人雖然不敢近前，却都在遠遠地圍住了望。楊志輕輕一笑，把衣袖捲起，擧起了刀，看得準確，只一刀，把一垛銅錢從中分成兩半。衆人都喝采。牛二臉上掛不住駡道：

「喝甚麼采！你且說第二件是甚麼？」

「吹毛得過：若把幾根頭髮，望刀口上只一吹，齊齊都斷。」楊志說。

「我不信！」牛二自把頭上拔下一把頭髮，遞給楊志，「你且吹給我看！」楊志左手接過頭髮，照着刀口上，盡氣力一吹，那頭髮都分做兩段，紛紛飄落地上。衆人又是一陣喝采，而且圍觀的人越來越多。

「你且說第三件？」牛二陰險地一笑。

「殺人刀上沒血！」楊志說。

「怎地殺人刀上沒血？」牛二又故作懷疑。

「把人一刀砍了，並無血痕。只是個快。」楊志說。

「我不信！」牛二連連搖頭。「你把刀來剁一個人給我看！」

楊志有些憤怒。說道：「禁城之中，如何敢殺人？你不信時，取隻狗來殺給你看！」

「你說殺人，不曾說殺狗！」牛二存心撒賴。

「你不買便罷！只是纏人做甚麼？」楊志嗓門也大了。

「你快殺給我看！」牛二佔了邪理，咄咄逼人。

「你不停糾纏，可找錯人了！」楊志道。

「你敢殺我！」牛二有意給楊志難堪。

「和你往日無怨，近日無仇，沒理由殺你！」楊志轉身要走，却被牛二一把揪住。

「我要買這口刀！」牛二道。

「你要買，拿錢來！」楊志把手一攤。

「我沒錢！」牛二說。

「你沒錢，揪住洒家做甚麼！」楊志作勢要撇開牛二。

「我要你這口刀！」牛二纏得更緊。

楊志大怒，把牛二一把推跌在地上，牛二爬將起來，一頭向楊志懷中撞去，想去奪刀。楊志退了一步，閃開牛二，嘴中大聲說道：

「街坊鄰舍都是見證！楊志無盤纏，自賣這口刀，這個潑皮要強奪洒家的寶刀，又把俺打！」

街坊路人都怕這牛二，誰敢向前來勸。只見牛二喝道：

「你說我打你，便殺你又怎地！」

口裏說着，一面揮起右手，一拳往楊志面門打去。楊志霍地躲過，不退反進，拿着刀搶入來；一時性起，望牛二顙根上搠個正着，撲地倒了。楊志趕上去，把牛二胸脯上又連搠了兩刀，血流滿地，死在地上。有人勸楊志逃走。楊志叫道：

「洒家殺了這潑皮，怎肯連累你們！你們都來同洒家到官府裏自首！」

街坊衆人都慌忙圍攏過來，隨着楊志到開封府去自首。

楊志在經過府尹的審理後，當廳發落，監禁起來。牢裏的各級獄吏，聽說楊志殺死了沒毛大蟲牛二，都敬佩他是好漢，不來問他要錢，又都來看顧他。天漢州橋下的衆人，因爲楊志爲街上除了一個害蟲，都自動凑了些銀兩，並給楊志送飯，又替他上下用錢關照。審案的推司也看楊志是被逼殺人，又替東京街上除了一害，就從輕發落，發配北京大名府充軍。那口寶刀沒官入庫。當廳下了七斤半鐵葉盤頭護身枷，差二個公人押解上路。天漢州橋的大戶又湊了一些銀兩，送給楊志路上使用，還一路上直送楊志出了城門。

楊志隨着二個差人，夜宿曉行，不數日，就到了北京。兩個差人把楊志解到留守司廳前，呈上開封府公文。梁中書一看，原來是楊志，是他在東京時的舊識，所以備問了緣由，知道楊志的罪行並不甚重大，而且自己又喜歡楊志的一身本事，所以就當廳開了長枷，留在身邊使喚。

楊志自從留在府中以後，工作勤謹，梁中書有心想抬舉他做個副將，又恐衆人不服，因此，傳下號令，敎軍政司告示大小諸將，來日都要出東郭門敎場中去演武試藝。有意顯露楊志的武藝。

當日風和日煖，梁中書坐在演武廳前的高臺中央；左右兩邊整齊地排着兩行官員；前後周圍惡狠狠地列着百員將校。將臺上立着兩個都監：一個喚做「李天王」李成，一個喚做「聞大刀」聞達；兩人都有萬夫莫敵之勇。突然將臺上豎起一面黃旗，將臺左右列着三、五十對金鼓手，一齊擂起鼓來，一時敎場中鴉雀無聲；不一會兒，將臺又麾動起一面紅旗，只見鼓聲響處，五百個軍士列成兩陣，各執着兵器，此時將臺上又把白旗招動，兩陣軍馬齊齊地都立在前面，各把馬勒住。梁中書傳下令來，叫副將軍周謹向前聽令。只見左軍中，騎馬奔出一個大漢，在演武廳中，左盤右旋，右旋左盤，使了幾路鎗法，衆人喝采。梁中書這時叫人傳令楊志。楊志奉令，轉到廳前。梁中書道：

「楊志！我知你原是東京殿司府制使軍官，犯罪配來此間。如今盜賊猖狂，國家用人之際。你敢與周謹比試武藝？如若贏得，便遷你充作副將。」

「若蒙恩相差遣，安敢有違鈞旨。」楊志知道是發達的時運來了，所以答得十分爽快。

梁中書又叫人取了一匹戰馬、頭盔、衣甲、軍器等，讓楊志穿了，手拿長鎗，一躍上馬，真是威風八面。只看得周謹怒火中燒，心中暗罵道：

「這個賊配軍，敢來與我交鎗！」

兩人都勒馬在門旗下，正欲出戰交鋒。只見兵馬都監聞達大聲喝道：「且住！」走上廳來稟復梁中書說：

「如今兩人比試武藝，雖然未知高低，但刀鎗本無情之物，只宜殺賊勦寇。今日軍中自家比試，恐有傷損，輕則殘疾，重則致命；此乃於軍不利，可把兩根鎗頭除去，各用氈片包裹，蘸些石灰，兩人再罩上一件黑衫，如白點多的算輸。」

梁中書認爲有理，於是兩人都照辦，重新來到了演武場。鼓聲一響，周謹躍馬挺鎗，直取楊志，楊志也拍馬迎戰；兩個在陣中，來來往往，番番復復，戰作一團，扭作一堆；鞍上人鬪人，坐下馬鬪馬，戰了四、五十囘合；看周謹時，恰似打翻了豆腐，斑斑點點約有三、五十處；再看楊志，只有左肩胛下一點白。梁中書看了大喜，卽想叫楊志代周謹做副將。而兵馬都監李成，恐軍心不服，於是稟知梁中書，再叫兩人比箭。李成當衆宣稱：

「武夫比試，但憑本事，射死勿論！」

於是兩人各拿了弓箭和遮箭牌，又重新囘到了演武場。楊志說：

「你先射我三箭，而後我再還你三箭。」

周謹聽了，心中暗喜。恨不得把楊志一箭射個透明窟窿。而楊志終是個軍官出身，早已識破了他的手段，全不放在心上。這時將臺上靑旗搖動，楊志拍馬望南就走，周謹縱馬趕來，將韁繩搭在馬鞍轎上，左手拿着弓，右手搭上箭，拽得滿滿的，望楊志後心「颼」地一箭。楊志聽得背後弓弦響，霍地一閃，去鐙裏藏身，那枝箭早射個空。周謹見一箭不着，心裏早已慌了；再去箭囊中取了第二枝箭，搭在弦上，看準了楊志後心，又是一箭，楊志聽得第二箭射來，却不再躲了，用弓梢只一撥，那枝箭滴溜溜撥下草地去了。周謹見第二箭又射空，心裡越慌。這時楊志的馬已經跑到教場盡頭；霍地把馬一兜，轉向正廳跑來，周謹也把馬一勒，緊追不捨，再取了第三枝箭，搭在弓弦上，盡平生力氣，望楊志後心上射去。楊志聽得響聲，扭轉身，就鞍上把那枝箭接在手中，便縱馬入了演武廳，把箭撇在廳前。

梁中書看了大喜，連連叫楊志還射。將臺上又把青旗搖動，周謹撇了弓箭，拿了盾牌，拍馬望南而走，楊志在馬上把腰只一縱，略將脚一拍，那馬潑喇喇的便趕。楊志先把弓虛扯一扯；周謹在馬上聽得腦後弓弦響，扭轉身來，舉起防牌來迎，却接了個空，引得全場一片哄然大笑。楊志尋思道：「若這一箭射中他後心窩，必傷了他性命。我與他又沒寃仇，只射他不致命處便了。」左手如托泰山，右手如抱嬰兒；弓開如滿月，箭去似流星，說時遲，那時快，一箭正中周謹左肩，周謹措手不及，翻身落馬，那匹空馬直跑到演武廳後去了。

楊志喜氣洋洋，下了馬，便向廳前來謝恩。不料階下忽然轉出一人，叫道：「休要謝職！我和你比試！」

楊志看那人時，身材七尺以上長短，面圓耳大，唇闊口方，腮邊一部落腮鬍鬚，威風凜凜，相貌堂堂。正走到梁中書面前。說道：

「周謹患病未痊，精神不到，因此誤輸與楊志，小將不才，願與楊志比試，如果輸了，願將職位讓給楊志。」

梁中書看時，不是別人，却是大名府留守司正牌軍索超。梁中書心想：「我指望一力抬舉楊志，衆將不伏；等他贏了索超，他們却也無話可說了。」於是下令兩人重新披掛，梁中書也起身走出階前，坐到欄干邊來看個仔細。

將臺上傳下將令，早把紅旗搖動，兩邊金鼓齊鳴，敎場內兩陣中都響起了砲聲，楊志、索超兩人各都到了陣中。將臺上又把黃旗搖動，擂了一陣鼓，敎場中一時誰敢做聲，靜悄悄地。再一聲鑼響，將臺上又把青旗搖動，擂第三通鼓。只見左邊陣內門旗下，閃出一個正牌軍索超，直到陣前，勒住馬，拿了大斧，果是英雄。右邊陣內門旗下，鸞鈴響處，楊志躍馬而出，執鎗在手，確是勇猛。兩人剛在陣前，兩邊軍將已暗暗地喝采不已。

正南方旗牌官拿着「令」字旗，驟馬而來，喝道：

「奉相公鈞旨：二位俱各用心。如有虧誤處，定行責罰；若是贏時，多有重賞。」

話聲剛落，索超已舉着大斧來戰楊志，楊志逞威，撚起手中神鎗，來迎索超。兩個在教場中間，兩馬相交，各顯出平生本事。一來一往，一去一回，四條臂膊縱橫，八隻馬蹄撩亂。兩個鬪到五十餘回合，不分勝負。梁中書不覺看得呆了；兩邊軍官不斷喝采。連李成、聞達也讚口不絕。聞達心裏只恐兩個內傷了一人，慌忙招呼旗牌官拿着「令」字旗，傳令停止。楊志索超各自要爭功，那裏肯回馬。旗牌官只得高叫：

「相公有令，二位好漢歇了。」

楊志、索超才收了手中軍器，勒坐下馬，各跑回本陣。梁中書見兩人武藝一般，皆可重用，心中大喜。喚兩人都上廳來，取兩錠白銀，兩匹綢緞，分別賞了，並命軍政司將兩人都陞做管軍提轄使。從此楊志慇懃侍候着梁中書，寸步不離。

注釋

㈠ 花石綱：成幫結隊的輸運貨物叫做綱。在宋朝時，大都是官差性質。例如鹽綱、茶綱等。花石綱就是運輸花石。趙佶向南方搜括了奇花異石運京，故有花石綱之名。後文的生辰綱，就是運送壽禮。

㈡ 當三錢：是宋朝時一種制錢。一個錢當三個錢用。

第六章　生辰綱

北京城裡，家家戶戶門前都掛着艾草，菖蒲。粽葉的芳香飄散在悶熱的五月空氣中。梁中書和蔡夫人正在後堂家宴，慶賀端陽。酒至數杯，食供兩套，只見蔡夫人道：

「相公自從出身，到今日已爲一統帥，掌握國家重任，這功名富貴，從何而來？」

「我自幼讀書，頗知經史；人非草木，豈不知泰山的恩惠？」梁中書答得自然。

「相公既知是我父恩德，如何忘了他的生辰？」蔡夫人追問。

「下官如何不記得，泰山是六月十五日生辰。已使人用十萬貫錢收買了金珠寶貝，送上京師慶壽。一月之前已準備，再數日就可起程。只是有一件事，令我躊躇，記得上年也收買了許多玩器和珠寶送去，不到半路，都被賊人刼了，至今嚴捕賊人不獲。不知今年叫誰去才好？」梁中書面有難色。

蔡夫人一看相公把生辰綱都備妥，不覺心中歡喜，指着階下說：

「你常說這人十分了得，何不派他去走一遭，不致失誤！」

梁中書看階下那人時，正是青面獸楊志，大喜，隨即喚楊志上廳，說道：

「我正忘了你。你若與我送得生辰綱去，我自有抬舉你處！」

「恩相差遣，不敢不依。只不知怎麼準備？幾時動身？」楊志拱手向前稟告。

「到大名府差十輛太平車子㊀，找十幾個軍士押着車輛，每輛車上，揷一面黃旗，旗上寫着『獻賀太師生辰綱』，每輛車子，再派個軍士跟着。再十幾天就可動身。」梁中書說。

楊志聽了却搖着頭說：

「非是小人推託，其實去不得，不如差個英雄精細的人去。」

「我有心抬舉你，怎地又不去了？」梁中書有些惱怒。

「恩相在上，小人也曾聽說，去年的已被賊人刼去了。今歲途中盜賊更多；此去東京又無水路，都是旱路。經過的是：紫金山、二龍山、桃花山、傘蓋山、黃泥岡、白沙塢、野雲渡、赤松林，這幾處都是強盜出沒的去處；就是單身客人也不敢經過。他知道是金銀珠寶，如何不來搶刼？白白送了性命！所以去不得。」楊志說時不停搖手拒絕。

「那我多派軍士護送如何！」梁中書答。

「恩相就是派一萬人也不濟事；這些傢伙，一聽強盜來了，拔腿便跑。」楊志還是拒絕。

「你這般說來，生辰綱是不用送了！」梁中書說話時語氣不甚高興。而楊志一看，已是自已提出條件的時候，於是上前稟道：

「若依小人一件事，便敢送去。」

「我既委在你身上，如何不依，你說？」梁中書綻露了笑容。

「若依小人之見，並不要車子，把禮物都分裝十餘挑擔子，只做買賣人打扮，也點十個壯健的軍人，裝做脚夫挑着，只要一個人和小人同去，悄悄地連夜上了東京交付。」楊志說出計劃。

「你說得甚是！回來後必有重賞！」梁中書心中高興，全依了楊志。

過了十幾天，楊志把裝扮脚夫的軍士都挑選好了，來到廳上稟明，第二天一早就要起程。而梁中書卻說：

「夫人也有一擔禮物，另送與府中寶眷，也要你送。但怕你不識路，特地叫奶公謝都管並兩個虞候和你一同去。」

楊志一聽又派了這三個人同去，心裡不甚高興，就推託說：

「恩相，楊志又去不得了！」

「禮物都已拴得完備，如何又去不得？」梁中書有點莫名其妙起來。楊志才解釋說：

「這十擔禮物的責任，都落在楊志身上，這十個脚夫也由我調度，要早走便早走，要晚行便晚行，要住便住，要歇便歇。如今多了都管和虞候，他是夫人的人，又是奶公，倘或路上與小人彆拗起來，楊志如何敢爭？若誤了大事，楊志如何分辯？」

梁中書聽楊志這說法，也是有理，於是立刻吩咐都管和虞候，路上一切要聽從楊志提調。次日早起五更，把所有禮物和夫人要送人的財帛共做了十一擔，揀了十一個健壯的軍士，扮着脚夫挑了。楊志和謝都管、兩個虞候都扮做商人，離了梁府，出得北京城門，取大路投東京進發。

這時正是五月半天氣，雖然晴朗，可是酷熱難行。楊志等人爲了趕六月十五的生辰，所以一直趕路。每日都是趁早涼便行，日中熱時便歇。如此走了五、七日後，人家漸漸少了，行人也稀了，一站站都是山路。楊志規定要辰牌起身，申時便歇。而十一個軍伕，因爲擔子重，天氣又熱，走不動，一見林子便要去歇息，楊志却催促着要走，如若停住，輕則痛罵，重則持藤條便打。兩個虞候雖然只背着包裹行李，也走得喘不過氣來。楊志看了不免生氣，說道：

「你兩個好不曉事！這責任是俺的！你們不替洒家催趕脚夫，却在背後也慢慢地挨！這路上可危險啦！」

「不是我兩個故意走得慢，實在天氣太熱，走不動。前日都是趁早涼走，如今怎麼却正熱時要走？」兩個虞候心中也有些不悅。

「你這般說話，却是放屁！前日行的是太平地段，如今正是危險地帶，誰敢五更半夜走？」楊志瞪着眼罵起來。

兩個虞候只得忍氣吞聲，心裡却罵道：「這廝只會罵人。」楊志提了朴刀，拿了藤條，自去趕那擔子。兩個虞候等老都管走近了，齊聲說：

「楊志這廝只是我相公門下一個提轄，却這般自大。」

「須是相公吩咐『休要和他彆扭』，因此我不做聲。這兩日也看他過分。姑且忍耐着。」老都管對楊志也不滿意。

當天一直走到傍晚時分，才尋得一個客店裡歇了。那十一個軍伕都走得汗流浹背，歎息不已，都去對老都管訴苦說：

「我們不幸做了軍健，被差遣出來，這般火熱似的天氣，又挑着重擔；這兩日又不揀早涼天走，動不動老大藤條打來；都是一般父母皮肉，偏偏這麼受苦！」

「你們不要怨恨，到東京時，我自賞你！」老都管較識大體，只用好言相勸。

「若是似都管看待我們時，也就不敢怨恨了。」衆軍士異口同聲地答。

翌日，天色未明，衆人起來，都要乘天涼好趕路。楊志看了暴跳着喝道：

「那裡去！且都替我睡了！」

「趁早不走，日裡熱時走不動，又要打我們，真不講理。」衆軍士都嘩然。

「你們懂得甚麼？」楊志氣得大罵，拿起藤條又要打。衆軍士忍氣吞聲，只得睡了。當天等太陽昇得高了，才叫軍士們起來，打火喫了飯，一路不停地趕路，不許投涼處歇。不僅這十一個軍伕口裡喃喃吶吶的怨恨；兩個虞候也在老都管耳邊不斷挑撥。此時老都管雖不出聲，心裡已自惱着楊志。

像這樣走了十四、五天，十四個人沒一個不怨恨楊志的。當日正是六月初四時節，未及晌午，一輪紅日當天，沒有半點雲彩，非常悶熱。而走得又都是山僻崎嶇小徑，翻山越嶺，大約走了二十餘里，那軍士們思量去柳陰樹下歇涼，而楊志却拿着藤條死命的催促。那時正是日正當中，路上的石頭熱得燙脚，軍士們實在走不動了，都哀求楊志說：

「這般天氣熱，會晒殺人！」

「快走！趕過前面岡子去，再休息。」楊志依舊死命的催趕。

正走着時，看見前面有一座土岡子，一行十五人才奔上岡子。那十一人已都歇下擔子，往松林樹下睡倒了。楊志一看不禁叫苦連天。說道：

「這是甚麼地方，你們却在這裡歇涼，快起來！快起來！」楊志急得直跺脚。

「你便是把我們剁成七八段，也是走不動了。」衆軍士還是懶着不動。

楊志拿起藤條，劈頭劈腦便打，打得起這個，那個又睡倒了，楊志無可奈何。這時看兩個虞候和老都管也都氣喘呼呼的爬上岡來，坐在松樹下喘氣。老都管看到楊志又這般毒打軍伕，就說：

「提轄，實在熱得走不動了，不要責打他們！」

「都管！你不知，這裡正是強人出沒的地方，地名叫『黃泥岡』，平常太平時節，白日還會出來刼人，休道是這般光景，誰敢在這裡停脚！」楊志說話時，面色凝重。

「我見你說好幾遍了，只管說這話來驚嚇人！」兩個虞候也插了嘴。

「權且教他們歇一歇，略過日中再走，如何？」老都管也說話了。

「你也不懂事了！這裡下岡子去，有七、八里沒人家。危險極了，怎敢在此歇涼！」楊志那裡管得了得罪老都管，拿着藤條，對軍伕喝道：

「一個不走的喫俺二十棍！」

軍伕一時都嘩噪起來，其中有個膽子大的就說：

「提轄！我們挑著百十斤擔子，須不比你空手走，你實在不把人當人看待，便是留守相公自來監押時，也容我們說一句話，你好覇道。」

「這畜生不嘔死俺！只是打便了。」楊志氣得拿起藤條照那人劈臉就打。

「停手！」老都管大喝一聲。說道：「你聽我說！我在東京太師府裡做奶公時，門下軍官見了無千無萬，都向着我喏喏連聲。不是我嘴刻薄，你不過是個遭死的軍人，相公可憐，才抬舉你做個提轄，比得芥菜子大小的官職，却恁地逞能！休說我是相公家都管，便是村莊一個老的，也合依我勸一勸！只顧打他們，眼中那裡有我！」

「都管！你是城市裡人，生長在相府裡，那裡知道路上千難萬難！」楊志說話的語氣也軟了。

「四川，兩廣，也曾去過，不曾見你這般賣弄！」都管說。

「如今不比太平時節！」楊志說。

「你說這話該剜口割舌！今日天下怎地不太平！」都管捉住了話柄。楊志正要分辯，只見對面松林裡有個人在探頭張望。楊志道：

「你看，那不是歹人來了嗎？」

撇下藤條，拿了朴刀，一個箭步，趕進了松林裡，大喝一聲：

「你這廝好大膽，怎敢看我行貨！」

定眼看時，只見松林裡一字兒擺着七輛江州車兒㈢六個人脫得赤條條的在那裡乘凉；有一人鬢邊長着一搭硃砂記，拿着一把朴刀。見楊志跳進來，七個人齊叫一聲「哎呀！」都驚跳起來。齊聲求饒，說：

「英雄饒命！我等是小本經紀，那裡有錢給你！」

楊志看此情景，不覺傻了。半天才說：

「你等是甚麼人？不要誤會！」

「我等弟兄七人是濠州人，販賣棗子上東京去；路途打此經過，聽說這黃泥岡上時常有賊打刼客商。可是我們只賣棗子，別無財貨，也就大膽翻上岡來。適聽有人上岡來，只怕是歹人，所以才出來看一看。」長着硃砂記的大漢一口氣說了出來。

楊志一聽，似是鬆了一口氣，說道：

「原來如此，也是一般的客人，誤會，誤會。」

「客官！請帶幾個棗子去！」七人說。

「不必！」楊志提了朴刀，再囘到擔邊來。

老都管看楊志慢慢走了囘來，知是沒事，就調侃楊志說：

「旣是有賊，我們完了。」

「俺只道是歹人，原來是幾個販買棗子的客人。」楊志紅着臉，自覺沒趣。

老都管別過了臉對衆軍健說：

「似你方纔說時，他們都是沒命的！」

「不必相鬧，俺只要沒事便好。你們且歇了，等凉些走。」楊志說罷，衆軍漢們都笑了。

楊志也把朴刀插在地上，自去一邊樹下坐了歇凉。沒半碗飯時，只見遠遠地一個漢子，挑着一付擔桶，唱上岡子來。細聽他的歌辭是：

「赤日炎炎似火燒，
野田禾稻半枯焦。
農夫心内如湯煑，
公子王孫把扇搖。」

他邊走邊唱，走上了岡子松林裡歇下擔桶，坐地乘凉。衆軍伕看見了，就問那漢子道：

「你桶裡是甚麼東西？」

「是白酒。」漢子答。

「挑到那裡去?」衆軍伕又問。

「挑到村裡賣。」漢子答。

「多少錢一桶?」衆軍伕又問。

「五貫足錢。」漢子答。

於是衆軍伕商量道:「我們又熱又渴,何不買些喫?也解暑氣。」都紛紛地開始湊錢。楊志見了,暴喝道:

「你們又做甚麼?」

「買碗酒喫。」衆軍健答得爽快。

「你們不得酒家言語,胡亂便買酒喫,好大膽!」楊志一邊駡着,一邊調過朴刀桿便打。

「沒事又來攪亂!我們自湊錢買酒喫,干你甚事?也來打人!」衆軍士七嘴八舌的說。

「你這些村夫理會得甚麼!到來只顧嘴饞,全不曉得路途的艱險,多少好漢被蒙汗藥麻翻了!」楊志說。

「你這客官好沒道理!我又不賣給你喫,却說出這種話來。」那漢子說話時却看着楊志冷笑。

大家正在松林邊爭鬧時，只見對面松林裡，那夥販賣棗子的客人，都提着朴刀走出來。說道：

「你們鬧甚麼？」

「我自挑這酒過岡子村裡去賣，熱了在此歇凉。他衆人要問我買些喫。我又不曾賣與他。這位客官道，我酒裡有甚麼蒙汗藥，你道好笑麼？說出這般話來。」漢子說話時還不時用白眼瞪着楊志。

「呸！我只道有歹人出來，原來是如此。說一聲也不打緊。我們正想酒來解渴，既是他們疑心，且賣一桶來與我們喫。」七個賣棗的客人說道。

「不賣！不賣！」那挑酒的漢子搖手拒絕。

「你這野漢子也好不懂事！我們可不曾說你。你反正要挑到村子裡去賣，我們一般給你錢，便賣與我們打甚麼緊？」七個人都有些惱怒的樣子。

「賣一桶給你們不爭，只是被他們說的不好，又沒碗瓢舀喫？」那漢子已不甚堅持。

「你這漢子也太認真！便說了一聲，打甚麼要緊？我們自有椰瓢在這裡。」只見兩個客人已去自己車子裡取出兩個椰瓢來，一個捧出一大捧棗子來。七個人立在桶邊，開了桶蓋，輪替換着舀那酒喫，用棗子下酒。無一時，一桶酒都喫盡了。七個客人道：

「正不曾問你多少價錢？」

「不二價，五貫足錢一桶，十貫一擔。」那漢子道。

「五貫便依你五貫，不過再添我們一瓢喫！」七人說。

「不行！要喫再給錢。」漢子答。

這時一個客人正在付錢，一個客人趁漢子不備，便去揭開桶蓋兜了一瓢，拿上便喫。那漢子去奪時，這客人手拿半瓢酒，望松林裡便跑。那漢子趕進去，只見這邊一個客人從松林裡跑出來，手裡拿一個瓢，便又來桶裡舀了一瓢酒。那漢子看見了，搶來劈手奪住，望桶裡一傾，便蓋了桶蓋，將瓢子往地下一丟，口裡罵道：

「你這客人好不君子相！有臉面的人，也這般無賴！」

這時，在對面的那些軍漢，看得心內癢起來，都想要喫，其中一個看看老都管，說：

「老爺爺！替我們說一聲！那賣棗子的客人買他一桶喫了，我們胡亂也買他這桶喫，潤一潤喉也好。其實熱渴了，沒奈何；這裡岡子上又沒討水喫處。老爺方便！」

老都管自己心裡早也想喫，如今見衆軍健說了，竟也對楊志道：

「那販棗子的客人已買一桶喫了，只有這一桶，胡亂敎他們買來喫了避暑氣。岡子上又沒處討水喫！」

楊志尋思道：「俺在遠處望這廝們都買他的酒喫了；那桶裡面也見喫了半瓢，想是好的。打了他們半天，胡亂容他們買碗酒喫罷！」就說：

「既然老都管說了，敎這廝們買喫了，便起身。」衆軍伕們聽提轄答應了，湊了五貫足錢，來買酒喫。那賣酒的漢子却道：

「不賣了！不賣了！這酒裡有蒙汗藥！」

「大哥！也太認真！」衆軍健都賠着笑。

「不賣了！休纏！」漢子說。

「你這個渾蛋漢子！他也說得差了，你也太認真了，連累我們也喫你說了幾句，須不關他衆人的事，胡亂賣給他們喫些罷！」販賣棗子的客人，在一旁勸說。

「沒事討別人疑心做甚麼？」那漢子緊繃着臉。

這販賣棗子的客人把那賣酒的漢子推開一邊，只顧將這桶提去給衆軍伕們喫。那軍漢揭了桶蓋，却無甚可舀喫，於是賠個小心，問客人借了椰瓢用一用。衆客人道：

「就送這幾個棗子給你們過酒。」

「不敢！不敢！」衆軍伕推辭。

「休要客氣！都是一般客人，何爭在這百十個棗子上？」客人自把棗子放在衆軍前面。

衆軍只得謝了。先兜兩瓢，叫老都管喫一瓢，提轄喫一瓢。楊志那裡肯喫？老都管自先喫了一瓢。兩個虞候各吃一瓢。衆軍伕一發上，那桶酒登時喫盡了。楊志見衆人喫了無事，本自不喫，一者天氣甚熱，二乃口渴難熬，拿起來，只喫一半，喫了幾個棗子。那賣酒的漢子說道：

「這桶酒被那客人多喫了一瓢，少了些酒。我就少算你衆人半貫錢罷！」

衆軍伕湊了錢給他，那漢子收了錢，挑了空桶，依然唱着山歌，獨自下岡子去了。

那七個販棗子的客人，立在松樹旁邊，指着這十五個人，說道：

「倒也！倒也！」

只見這十五個人，頭重脚輕，一個個面面相覷，都軟了軀體，倒在地上。那七個客人從松林裡推出了七輛江州車兒，把車上的棗子都丟在地上，將十一擔金珠寶貝都裝在車子裡，遮蓋好了，叫聲：「謝謝！」一直望黃泥岡下推去了。楊志雖軟了身體，掙扎不起，但心智明白，心中連聲叫苦。十五個人，眼睜睜地看着那七個人都把金寶裝去了。

原來楊志酒喝得最少，所以不到半個時辰，已經能爬起來，只是兩脚站不穩，看那十四人時，口角流涎，動彈不得。楊志羞憤極了，心想：「我在這黃泥岡上失了生辰綱，如何回轉去見梁中書？不如就岡子上自尋死路。」他正待望黃泥岡下躍身一跳，突然猛悟，停住了脚。尋思道：「爹娘生下洒家，堂堂一表，凛凛一軀。從小學成十八般武藝在身，終不成功立業。若是今日尋個死路，不如他日帶罪立功。」想到這裡，不覺心情又舒坦多了。回身再看那十四個人時，只是眼睜睜地看着楊志，沒一個掙扎得起來。楊志心中憤怒，指着他們罵道：

「都是你這廝們不聽我言語，因此發生此事，連累了洒家！」

往樹根旁檢起了朴刀，掛了腰刀，望周圍看時，已別無物件，十一擔金銀寶貝，就此被盜。不覺歎了口氣，一直下岡去了。

天色也已漸漸昏暗。

注釋

㈠太平車子：可以載重幾十石，用四、五匹到十多匹牲口拉的大車。

㈡江州車兒：手推的獨輪小車。

第七章　緊急追緝令

山東濟州府尹，自從接到大名府留守梁中書的書札，要他破刼取生辰綱的指令後，正感茫然無頭緒，一點線索也沒有，整日憂心忡忡。突然門吏來報告說：

「東京太師府裡差來府幹已到廳前，有緊急公文要見相公。」

府尹聽後大驚，心想：「一定又是生辰綱的事！」慌忙陞廳，來與府幹相見。說道：

「這件事下官已受到梁府虞候的狀子，已經差人緝捕，只是未見蹤跡。前日留守司又有行札到來，已杖限㊀破案。若有些許動靜消息，下官親自到相府回話。」

「小人是太師心腹，今奉太師鈞旨；要小人住守衙內，限期十日捉拿竊盜，差人解赴東京。若十日不獲，則請相公去沙門島㊁走一遭。小人也難回太師府去，性命也不知如何。相公不信，請看太師府送來的鈞帖。」府幹說時，已把鈞帖遞給府尹。

府尹看罷大驚，隨即傳喚三都緝捕使臣何濤。問道：

「前日黃泥岡打刼生辰綱一案，辦得如何？」

「稟復相公；何濤自從領了這件公事，晝夜無眠，差下本管眼明手快的公人，去黃泥岡上往來緝捕，可是到今仍無蹤跡。非是何濤怠慢官府，出於無奈。」何濤據實稟報。

「胡說！『上不緊則下慢』，我自進士出身，歷任到這一郡諸侯，並非容易。今日太師派一幹辦到此，限十日內破案。若違了期限，我非止罷官，必至沙門島走一遭！你是緝捕使臣，倒不用心，以致禍及於我！先把你迭配到荒蕪的州縣去。」府尹憤怒。便喚來文筆匠，在何濤臉上刺下「迭配……州」的字樣，只空着州名不填。督責道：

「何濤！你若破不了案，重罪難逃！」

何濤捱受了一頓訓斥，回到使臣房裡，召集所有公差商議大事。衆人都面面相覷，如箭穿雁嘴，鈎搭魚腮，盡無言語。何濤說：

「你們閒時都在這房裡賺錢使用，如今一事難辨，都不做聲，你衆人也可憐我臉上刺的字樣！」

「我們也非草木，豈不省得？只是這批强人必來自他州，得手後，早回山寨，如何拿得着？」衆人說時面上俱有難色。

何濤聽了，更加煩惱。離開了使臣房，上馬回到家中，把馬牽到後槽上拴了；獨自一人，悶悶不已。他的老婆見他憂愁，就說：

「丈夫，你今日如何這般嘴臉？」

何濤便把事情的詳情都說了，還把臉上預先刺上的金印也給老婆看。

何濤夫妻倆正在煩憂時，只見他的弟弟何淸來了。何淸不務正業，何濤一見就有些生氣，對着何淸說：

「你不去賭錢，來這做甚麼？」

還是他老婆聰明，連忙招手說：

「阿叔，你且來厨下，和你說話。」

何淸就跟嫂嫂進到厨房中坐了，嫂嫂安排些酒肉菜蔬，燙幾杯酒，請何淸喫。

何清問嫂嫂說：

「今日哥哥怎麼如此欺負人，到底也是個親兄弟呀！」

「阿叔，你不知道，今日哥哥心裡有事。」嫂嫂說。

「哥哥每日賺大錢，有甚麼不快活的？」何清說。

阿嫂見他誤會，於是把生辰綱被刼，太師限期破案，哥哥臉上預先刺了金字的事都說了。何清才說：

「我也聽人傳說紛紛，有賊人打刼了生辰綱。不知在甚麼地方？」

「聽說在黃泥岡。」嫂嫂答。

「却是怎樣的人刼了？」何清問。

「叔叔，你又不醉，我方纔不是說了，是七個販賣棗子的商人。」嫂嫂說。

「原來如此！既然知道是販賣棗子的商人搶了，何不派精細的人去捕捉？」何清說完，竟哈哈大笑起來。

「你倒說得好，就是沒處去捉。」嫂嫂說時急躁。

「嫂嫂，倒要你憂！哥哥放着常來的一班兒酒肉兄弟，平常不睬的是親兄弟！今日纔有事，便叫沒處捉。若是教兄弟平時搥得幾杯酒喫，今日這夥小賊倒有個商量處。」何清的語氣中是分明有些線索了。

「阿叔！你可是得了些風聲？」阿嫂試探地問。

「直等親哥臨危之際，兄弟或者有個道理救他。」何清又笑了起來。而且站起身來要走，阿嫂把他留住。

那婦人聽了這話中有話，慌忙跑去對丈夫備細說了。何濤連忙把兄弟請到前面。陪着笑臉說道：

「兄弟，你既知此賊去向，如何不救我？」

「我並不知道，只是和嫂子開玩笑，如何能救得哥哥。」何清突然變了語氣。

「好兄弟，你只想我日常的好處，休記我閒常的歹處，救我這條性命！」何濤從來沒有在弟弟面前如此謙卑。

「哥哥，你管下有三、二百個眼明手快的公人，何不與哥哥出些力氣？量一個兄弟怎救得哥哥！」何清有意推諉。

「兄弟，你不要嘔我，只看同胞共母之面！」何濤有些急躁。

「不要慌。等危急時，兄弟自來出力拿這夥小賊。」何清語氣有些緩和了。

阿嫂看何清似已有了幫助自己丈夫的意思。馬上搶着說：

「阿叔，救你哥哥，也是弟兄情分。如今太師府鈞帖，限時破案，這是天下大事，你却說小賊。」

「嫂嫂，你須知我只爲賭錢上，喫哥哥多少言語。但是打罵，不敢與他爭涉。平常有酒有食，只和別人快活。今日兄弟也有用處！」何清把往日受得氣都藉此機會發洩。

何濤見他話眼有些來歷，慌忙取一個十兩銀子，放在桌上。說道：

「兄弟，權將這銀子收了。日後捕得賊人時，金銀緞疋賞賜，我一力包辦。」

「哥哥正是『急來抱佛脚，閒時不燒香』，我若要哥哥銀子時，便是弟弟勒索哥哥，快拿去收了。」何清那裡能就此收下。

「銀兩都是官司信賞出的。兄弟你休推却。我且問你，這夥賊却在那裡有些來歷？」何濤說。

何清拍着大腿說：

「這夥賊，我都捉在袋子裡了！」

「兄弟，此話怎說？」何濤有些焦急。

這時何清不慌不忙地先把十兩銀子收了，再從口袋裡摸出了一本手摺，就說：

「這夥賊人都在上面。」

何濤接過手摺慌忙打開來看。立刻問道：

「這資料如何得來？」

這時何清才慢慢說出了經過情形。

原來何清賭博輸了，沒一文盤纏。六月三日那天，有個賭友介紹他去北門外十五里處安樂村的王家客店，抄寫客商住店的名冊。這時有七個販棗子的商人，推着七輛江州車來歇。何清認得爲首的商人是鄆城縣東溪村的晁保正。但是他們在登記時，却都說姓李，是從濠州販棗子往東京賣。那時何清雖然照登記了，可是心裡懷疑。第二天，他們就走了。店主帶他去村裡賭，來到一處三叉路口，看見一個漢子挑着兩個桶走來，聽店主叫他「白勝」，據說也喜歡賭博。後來聽說黃泥岡的刼案，何清把兩件事情連想在一起，斷定其中必有關聯，於是就把名單抄個副本存了。

何清把經過詳情說畢。何濤聽了大喜，馬上帶何清逕到州衙裡見了太守，稟明詳情，帶了八個差人，連夜來到安樂村，叫了店主人領路，直奔到白勝家裡，已是三更時分。店主人叫開了門，點上了燈火，只聽得白勝在床上呻吟，問他老婆時，却說是害了熱病不曾得汗。這時差人一擁而入，把白勝從床上拖將起來，見白勝臉色通紅，真是病了，就用索子綁了。何濤大喝道：

「黃泥岡上做得好事！」

白勝那裡肯認，把那婦人也綑了，也不肯招。衆差人就繞屋尋贓；尋到牀底下，見地面不平；衆人掘開，不到三尺深，衆多差人都發聲喚了起來。此時白勝面如土色，差人從地下取出一包金銀。隨即把白勝頭臉都包了，帶了他老婆，扛擡着贓物，連夜趕回濟州城裡來。正好是五更天明時分。把白勝押到廳前，一頓拷打，要他招出主謀，白勝抵賴，死不肯說。連打了三、四頓，打得皮開肉綻，鮮血迸流。府尹喝道：

「賊首，捕人已知是鄆城縣東溪村晁保正了；你這廝如何賴得過！你快說那六人是誰，便不打你。」

白勝又捱了一會兒，打熬不過，只得招道：

「為首的是晁保正。他自同六人來叫我白勝挑酒，其實我不認得那六人。」

府尹見白勝招了，叫人先取一面二十斤死囚枷枷了白勝；他的老婆也鎖了押去女牢監收。隨即押一紙公文，就差何濤親自帶領二十個眼明手快的公人逕去鄆城縣投下，急捕晁保正和不知姓名的六個正賊；還帶了原解送生辰綱的虞候作眼拿人。去時也不聲張，只怕走漏了消息。星夜來到鄆城縣，先把一行公人並兩個虞候都藏在客店裡，只帶一兩個跟着來下公文，逕奔鄆城縣衙前來。

當時是巳牌時分，正值知縣退了早衙，縣前靜悄悄地。何濤走到縣衙對面一個茶坊裡坐下喫茶相等，喫了一個泡茶，問茶博士道：

「今日如何縣前怎麼地靜？」

「知縣相公早衙方散，一應公人和告狀的都去喫飯了，還沒來。」茶博士答。

「今日縣裡不知是那個押司值日？」何濤又問。

「今日值日的押司來了！」茶博士指着縣門外說。

何濤看時，只見縣裡走出一個人來。那人姓宋，名江，字公明，排行第三。祖居鄆城縣宋家村，他長得面黑身矮，人都喚他「黑宋江」，而且非常孝順，又仗義疏財，人皆稱「孝義黑三郎」。母親早喪，只有父親在堂，有個弟弟叫「鐵扇子」宋清，和他父親宋太公在村中務農，守些田園生活。這宋江自在鄆城縣做押司，他刀筆精通，吏道純熟，更秉愛習槍棒，學得武藝多般，平生只好結識江湖上好漢；但有人來投奔他的，或高或低，無有不納。人問他求錢財，亦不推託，且好排難解紛，只是周全人性命，時常散施棺材藥餌，濟人貧苦，救人之急，扶人之困。因此山東、河北聞名，都稱他做「及時雨」。

當時宋江正走出縣來，何觀察當街迎住，說道：

「押司，此間請坐拜茶。」

宋江看何濤是公人打扮，連忙還禮，一起進入茶坊坐下，互通了姓名。宋江喝了一口茶然後說道：

「觀察使到敝縣，不知上司有何公務？」

「實不相瞞，來貴縣緝拿要犯。」何濤說。

「不知是緝拿甚麼盜賊？」宋江問

何濤心想：「宋江是押司，也是當案的人，便說也不妨。」於是說道：

「是緝拿黃泥岡劫匪，今已捕得從賊白勝，指說七個正賊都在貴縣。這是太師緊急交辦，望押司協助。」

「休說太師公文，便是觀察自家公文，敢不捕送！只不知白勝所供七人名字？」宋江連忙問。

「不瞞押司說，賊首是貴縣晁保正！」何濤說。

宋江聽罷，喫了一驚。肚裡尋思道：「晁蓋是我心腹兄弟，如今犯下彌天大罪，我不救他時，捕獲了性命難保。」心內慌張，嘴上卻答說：

「晁蓋這姦頑役戶，本縣內上下人沒一個不恨他，今番做出事來，好教他受！」

「相煩押司便行此事！」何濤說。

「不妨，這事容易『甕中捉鼈，手到拿來』，只是一件，這公文須是觀察自己當廳投下，本官看了，好施行發落，差人去捉。小吏不敢擅開。這件公事非是小可，勿當輕洩於人。」宋江有意拖延。

「押司高見，相煩引進。」何濤道。

「本官處理了一早晨事務，剛去歇了，觀察略等待一時，小吏來請。」宋江說罷起身，出得閣兒，離了茶坊，飛也似地跑到住處，牽出馬匹，袖了鞭子，慌忙的上馬，慢慢地離了縣治；出得東門，打上兩鞭，那馬撥喇喇的望東溪村攛去；沒半個時辰早到晁蓋莊上。

這時晁蓋正和吳用、公孫勝、劉唐在後園葡萄樹下喫酒。此時三阮已得了錢財，回石碣村去了。晁蓋見莊客報說宋押司在門前。晁蓋問道：

「有多少人隨從着？」

「只獨自一個飛馬而來，說要快見保正。」莊客答。

「必然有事！」晁蓋慌忙出來迎接。宋江打了一聲招呼，携了晁蓋的手，便往側邊小房走。晁蓋問道：

「押司如何來得慌張？」

「哥哥不知：兄弟是心腹弟兄，我捨着這條命來救你。黃泥岡的事發了，白勝已押在濟州大牢裡，招出你等七人。濟州派了捕快前來緝捕你們。這事幸虧落在我手裡。知縣不移時便差人來拿，『三十六計走爲上計』，你們不可躭擱，倘有疎失，休怨小弟不來救你！」宋江說完，回頭就走，却被晁蓋一把拉住，望後園見了吳用、公孫勝及劉唐，宋江略一施禮，話也沒說立刻到前面上了馬，打了兩鞭，飛馳似趕回縣城。

宋江飛馬回到縣城，連忙到茶坊裡來，只見何觀察已在店門前張望。宋江說道：

「觀察久等。却被村裡有個親戚給躭擱了。現在即請觀察到縣裡。」

此時知縣時文彬正在廳上處理事務。宋江拿着實封公文，引着何濤，直到書案邊，叫左右掛上廻避牌；向前稟道：

「奉濟州府公文，爲賊情緊急公務，特遣緝捕使臣何觀察到此下文書。」

知縣接着，當廳拆開看了，大驚失色，對宋江道：

「這是太師緊急公文，卽刻派人緝捕盜賊！」

「日間去，只怕走了消息，只可差人就夜晚去捉，拿得晁蓋，那六人就有下落。」宋江說。

「這東溪村晁保正，聞名是個好漢，他如何肯做這種勾當？」知縣只顧搖頭。卽時叫喚尉司並兩個都頭，朱仝、雷橫。點起馬步弓手和士兵一百餘人，就同何觀察和兩個虞候作眼拿人。當晚都帶了繩索軍器，各乘着馬，前後都是弓箭手簇擁着，出了東門，飛奔東溪村晁家來。到得東溪村口，已是一更天氣，都來到了一個觀音庵齊集。朱仝說：

「前面便是晁家莊。晁蓋家前後有兩條路。不如讓我和雷都頭分做兩路。我帶一半人馬，步行去，先埋伏在後門，等候哨聲爲號，你等向前門只顧打進去，見一個捉一個，見兩個捉一雙。」

「也說得是。朱都頭，你和縣尉相公從前門打進去，我去截住後門。」雷橫說。

「賢弟，你不省得，晁蓋莊上有三條活路，我平常都看在眼裡，我去那裡，認得路數，不用火把也能見。你還不知他出沒的去處，倘若走漏了消息，不是好玩的。」朱仝有些威脅意味。

「朱都頭說得是，你帶一半人去。」縣尉說。

「三十個就夠了。」朱仝就領了十個弓手，二十個士兵，先去了。縣尉再上了馬，雷橫把馬步弓手都擺在前後，幫護着縣尉；士兵等都在馬前，明晃晃照着三、二十個火把，拿着兵刀，一齊都往晁蓋莊上奔去。大約到了莊前半里多路，忽然見晁蓋莊裡一縷火起，從中堂燒起來，湧得黑烟遍地，紅燄飛空。又走不到十數步，只見前後門四面八方，約有三、四十把火，燄騰騰地一齊燃起，雷橫挺着朴刀，背後跟着衆士兵發着喊，一齊把莊門打開，都撲了進去，裡面火光照得如同白晝，並不曾見一個人。這時後門也大喊起來，叫前面捉人。

原來朱仝到莊後時，晁蓋雖然已讓吳用、劉唐把叔來的珠寶先送走了，而自己却和公孫勝還在收拾雜物。晁蓋一看官軍來了，叫莊客只顧四處放火，他和公孫勝引了十數個莊客，殺將出去。朱仝一看是晁蓋，就向旁閃出一條路來，讓晁蓋逃走。自己就緊跟在晁蓋身後。晁蓋回頭說道：

「朱都頭，何苦緊緊追我！」

朱仝一看四周沒人，方纔敢說道：

「保正，你怎不見我的好處。我怕雷橫執迷，不會做人情，被我誘到前面去了，我在後門等你出來放你。你沒見我閃開路讓你過去嗎？你不可投別處去，只除梁山泊可以安身！」

「深感救命之恩，異日必報！」晁蓋邊走邊說。

朱仝正追趕間，聽得背後雷橫大叫道：

「休教走了人！」

朱仝吩咐晁蓋說：

「保正，你休慌，只顧快走，我來支開他。」回頭叫道：「雷都頭，有三個賊望東小路走了，你快追趕。」

雷橫領了衆士兵，便望東小路追趕下去。而朱仝一面和晁蓋說話，一面趕他，却如護送相似。漸漸黑影中不見了晁蓋，朱仝只做失脚，撲倒在地。士兵隨後趕來把他扶起。朱仝道：

「黑暗裡不見路徑，失脚走下田野，滑倒了，閃挫了左腿。」

當朱仝空手而回時，縣尉大爲憤怒，大喝道：

「走了正賊，奈何？」

「非是小人不趕，其實夜黑了，辨不清道路，士兵們沒有用處，又不敢向前。」朱仝說。

這時雷橫也胡亂地趕了一陣，回來。心想：「朱仝與晁蓋交情最好，多半是他放了。我沒來由做惡人，我也有心要放他，只是被朱仝獨佔了人情。」也就敷衍道：

「那裡趕得上，這夥賊實在了得！」

縣尉和兩個都頭回到莊前時，已是四更時分。何濤見衆人四分五落，趕了一夜，不曾拿得一個賊人，叫苦不迭，只得抓了兩個莊客，連夜趕回濟州。府尹當堂提審兩個莊客，初時還抵賴，等喫了一頓毒打，只得招道：

「先是六個人商議。小人只認得一個是本鄉中教學的先生，叫做吳學究；一個叫公孫勝，一個黑大漢，姓劉。其他三人聽說姓阮，住在石碣村，是打魚的兄弟三人。」

府尹取了一紙招狀，把兩個莊客交割給何觀察，再從大牢裡押出白勝，問道：

「那三個姓阮的住在那裡？」

白勝知道，如若抵賴，必定又是一頓毒打，只得供說：

「三個姓阮的是小二、小五、小七兄弟三人，都住在石碣村。」

何觀察隨卽到了機密房裡與衆人商議。衆多公差都說：

「這石碣村緊靠着梁山泊，都是茫茫蕩蕩，蘆葦水港。若不得大隊官軍，舟船人馬，誰敢去那裡捕捉賊人？」

何濤聽罷遂稟知府尹，再差了一個捕盜巡檢和五百官兵人馬，加上衆公差，將近千人。次日天剛破曉，浩浩蕩蕩往石碣村進發。

此時晁蓋、公孫勝、吳用、劉唐、阮氏三兄弟正在石碣村阮小五莊上商議要去投奔梁山泊的事。只見幾個打魚的慌忙來報道：

「官軍人馬飛奔村裡來了！」

「不妨，我自來對付他，叫他們大半下水裡去死，小半都搠死他！」阮小二說。

「休慌，且看貧道的本事！」公孫勝也說。

且說何濤並捕盜巡檢帶領官兵漸近石碣村，但見河埠有船，盡數都奪了；便使會水的官兵下船裡進發，與岸上騎馬的，水陸並進。到阮小二家，一齊吶喊，人馬並起，撲將進去，却早是一所空房，裡面只有些粗重家火。就去附近漁戶打聽，才知道阮小五、阮小七都住在湖泊裡，非船不能到。於是何濤與巡檢商議後，決定把馬匹都教人看守在村裡，所有官兵一起下船，往阮小五打魚莊馳去。行不到五、六里水面，只聽得蘆葦中間有人唱歌。衆人且停了船，聽那歌聲唱道：

「打魚一世蓼兒洼，
不種青苗不種麻。
酷吏贓官都殺盡，
忠心報答趙官家。」

何濤與衆人聽了，都大喫一驚。只見遠處一個人獨棹一隻小船兒唱過來。有認得的指道：「這個便是阮小五。」何濤立刻把手一指，衆人拚力向前，各執器械，挺着迎上去。只見阮小五大罵道：

「你這等虐害百姓的賊官！如此大膽，敢來捋虎鬚。」這時何濤背後的弓箭手，對着小五一齊放箭，阮小五拿着樺楸，翻觔斗鑽下水裡去了，衆人趕到前面，却拿個空。又撐不到兩條港汊，只聽得蘆葦裡打着唿哨，衆人忙把船擺開，見前面兩個人棹着一隻船過來。船頭上站着一人，唱歌道：

「老爺生長石碣村，
稟性生來要殺人。
先斬何濤巡檢首，
京師獻與趙王君。」

何濤與衆人，又是一驚，有認得的說道：「這個正是阮小七！」何濤指麾衆人拚力向前，要捉拿小七。只聽阮小七笑道：「潑賊！」把槍只一點，那船便使轉來，直往小港裡走。衆人喊着，捨命追趕。這阮小七和那搖船的飛也似搖着櫓，口裡打着唿哨，向小港裡只顧走。衆官兵趕來趕去，看見那小港窄狹了，何濤道：「且住，把船都停泊了，靠在岸邊。」

何濤率先上岸，只見茫茫蕩蕩，都是蘆葦，正不見一些旱路。何濤內心疑惑，却拿不定主意。只得教三、兩個公差划着兩隻小船先去探路，去了兩個時辰有餘，不見回報。何濤心裡更慌，又派出兩隻小船，去了一個多時辰，也毫無蹤跡。看看天色已漸漸晚了，何濤心想：「在此也不着邊際，不如親自走一遭。」揀了一隻疾快小船，選了幾個壯健公差，各拿着器械，划着五、六把樺楫；何濤坐在船頭上，望蘆葦港裡蕩去。那時已是日沒沉西，約走了五、六里水面，看見側岸上一個人，提着鋤頭走過來。何濤高聲問道：

「請問，這是甚去處？」

「這是『斷頭溝』，前面已經沒路了。」那漢子回答。

「你可曾見兩隻船過來麼？」何濤問。

「他們正在前面林子裡廝打！」那人應道。

何濤立刻叫船攏岸，兩個公差剛上岸，只見那漢提起鋤頭來，把兩個公差，一鋤頭一個，都打下水去。何濤一看大驚，急跳起身，却待上岸，那隻船忽然又蕩開了，水底鑽出一個人來，把何濤兩腿只一扯，撲通一聲，拉下水裡去了。這幾個船裡的却待要走，被提鋤頭的趕上船來，一鋤頭一個，腦漿都打了出來。這時何濤被水底下的人拖上岸來，綁了。原來水底的是阮小七，岸上的是阮小二。兄弟兩人看看何濤罵道：

「老爺兄弟三個，從來只愛殺人放火！量你這廝也奈何不得。你如此大膽，竟引着官兵來捉我！」

「好漢！小人奉上命差遣，由不得已。望好漢可憐小人家中有八十歲的老娘，無人養贍，望乞饒恕性命！」

何濤被綑在地上不停哀求。

阮家兄弟把何濤綑得像『粽子』般撇在船艙裡，把幾個公差的屍首都推進水裡去了。一聲唿哨，蘆葦中鑽出四、五個打魚的人來，都上了船，阮小二、阮小七各駕了一隻船走了。

那巡檢領着官兵，不見何濤同來，心裡焦急。那時正是初更左右，星光滿天，衆人都在船上歇涼。忽然從背後吹起一陣怪風，把纜船索都吹斷了。衆人一時都慌了。忽聽後面一聲唿哨，迎着風看時，只見蘆花側畔射出一派火光來。衆人齊聲喊叫，亂做一團，那大船小船約有百十來隻，正被大風吹得你撞我磕，捉摸不住，那火光却早來到面前。原來是一叢小船，兩隻綑住，船上全是蘆葦柴草，刮刮雜雜燒着，乘着風直衝過來，那百十隻官船擠在一起，港汊又狹，又沒廻避處。水底下原來又有人扶助着燒船過來，傾刻間，官船全部燒了起來。官兵紛紛上岸逃走，不想四面全是蘆葦，又沒旱路；只見岸上的蘆葦也刮刮雜雜的燒了起來。這時風又緊，火又猛，衆官兵只得奔到爛泥裡站着。火光叢中，只見一隻小快船馳來，船頭上坐着一個先生，手裡明晃晃地拿着一口寶劍，口裡喝道：

「要性命的，立刻放下兵刃！」

一時官兵都紛紛棄了手中兵刃投降。這時阮小二也提着何濤上岸來指着，駡道：

「你這廝是濟州一個詐害百姓的蠢蟲！我本待把你碎屍萬段，如今留你一條生路，要你回去對濟州府管事的賊說：俺這石碣村阮氏三雄，東溪村天王晁蓋都不是好欺負的！我也不來你城裡借糧，他也休要來我這村裡討死！倘或正眼兒覷着，休道是一個小小州尹，就是蔡京親自來時，我也搠他三、二十個透明的窟窿。俺放你回去，休得再來！」

當時阮小七用一隻小船載了何濤，直送到大路口，喝道：

「這裡一直去，便有出路！如果好好放了你去？也喫那州尹賊驢恥笑！且請留下兩個耳朵來做表證！」

話聲剛落，阮小七已拔出尖刀，把何濤的兩隻耳朵割了下來，鮮血淋漓。

何濤得了性命，自尋路回濟州去了。

注釋

㈠ 杖限：官府限定在期限內破案，否則受到杖擊。

㈡ 沙門島：山東蓬萊西北海中的小島，在宋朝時是個荒凉、偏僻的地方。

第八章　招文袋㈠

鄆城縣令接到了一封濟州府的公文，飭他着意守禦，防備梁山泊賊人侵犯。於是就把公文交給宋江疊成文案，行下到各鄉村，責令一體守備。宋江見了公文。內心尋思道：「晁蓋等衆人不想做下這般大事，這是滅九族的罪。」獨自一人納悶了一會兒，只得吩咐貼書後司張文遠將此文書立成文案，下達各鄉各保。

宋江信步走出縣衙，走不到二、三十步，突然聽得背後有人叫聲：「押司！」宋江回頭看時，却是王媒婆，見他引着一個婆子。對宋江說：

「押司，這一家兒從東京來，不是這裏人家；嫡親三口兒，夫主閻公，有個女兒婆惜。他那閻公平昔是個好唱的人，自小敎得他那女兒婆惜也會唱諸般小曲兒。

年方一十八歲，頗有些顏色。三口兒因來山東投奔一個官人不着，流落在這鄆城縣。不想這裏的人不喜風流宴樂，因此不能過活，在這縣後一個僻靜巷內權住。昨日他的家公因害時疫死了，這閻婆無錢送葬，想把女兒許配人家，得些錢財，好料理喪事。我道：『這般時節，那裏有這等恰好！』正在這裏走投無路，只見押司經過，以此老身和這閻婆趕來，望押司可憐，送他一具棺材！」

「原來這事！你兩個跟我來，去巷口酒店裏借了筆硯，寫個帖子與你去縣東陳三郎家取具棺材。」宋江說時又從懷裏掏出十兩銀子遞給閻婆。閻婆道：

「便是重生的父母，再長的爹娘，做驢做馬報答押司。」

宋江也不理會，只說聲：「休要如此說。」自回住處去了。

息一朝，那閻婆來謝宋江，見他住處沒有一個婦人家，回來問隔壁的王婆說：

「宋押司家中不見一個婦人，他曾有娘子也無？」

「只聞宋押司家住在宋家村，却不曾聽說他有娘子；在這縣裏做押司，只是客居。見他常常散施棺材藥餌，極肯濟人貧苦，恐怕是未有娘子？」王婆道。

「我這女兒長得好模樣，又會唱曲兒，從小在東京行院㊁客串時，有幾個官妓的班頭想要她，我都不肯。因此央你與宋押司說，他若要討人時，我情願把婆惜給他。我前日虧你做成，得了宋押司救濟，無可報答他，因此想與他做個親眷來往。」閻婆說。

王婆聽了這話，次日來見宋江。宋江初時不肯；怎當這婆子「撮合山」的嘴慫恿，宋江也就依允了。就在縣西巷內租了一所樓房，置辦些家具雜物，安頓了閻婆惜母女兩在那裏居住。沒半個月之間，打扮得閻婆惜滿頭珠翠，遍體綾羅；又過幾日，連那閻婆也有了若干頭面衣服；確實是養得婆惜豐衣足食。初時，宋江夜夜與婆惜歇臥，後來漸漸的來得慢了。原來宋江是個好漢，只愛學使槍棒，於女色上不十分要緊。這閻婆惜水也似後生，況兼十八、九歲，正在妙齡之際，因此宋江不中那婆娘意。

一日，宋江帶着張文遠來閻婆惜家喫酒。張文遠長得眉清目秀，齒白唇紅；平昔只愛去花街柳巷，行爲浮蕩，學得一身風流俊俏，更兼品竹調絲，無有不會。這婆惜是個酒色娼妓，一見張三，心裏便喜，倒有意看上他。那張三亦是個酒色之徒，這事如何不曉得？見這婆娘眉來眼去，十分有情，便記在心裏。後來只要宋江不在，這張三便去那裏，假意兒只說來尋宋江。那婆娘留住喫茶，言來語去，成了此事。誰想那婆娘自從和張三搭識上了，就打得火塊一般熱，並無半點情分在宋江身上。宋江只要來時，就用言語傷他。因此宋江半月十日才去走一遭。那張三和閻婆惜如膠似漆，夜去明來，街坊上的人都知道了，却也有一些風聲吹進宋江耳朶裏。宋江半信半疑，自肚裏尋思道：「又不是我父母匹配的妻室。她若無心戀我，我沒來由惹氣做甚麼？我只不上門便了。」從此幾個月都不去，閻婆屢屢使人來請，宋江只推說有事故不上門去。

一日傍晚，宋江從縣衙裏出來，去對面茶坊裏喫茶。只見一個大漢背着一個大包，走得汗流浹背，氣急喘促，把臉別轉着看那縣裏。宋江見這大漢走得蹊蹺，慌忙離開茶坊跟着他走，約走了三、二十步，那大漢回過頭來，看了宋江却不認得。宋江見了這人略有些面熟，心中一時思量不定。又走了一回，那大漢立住了脚，定眼看宋江，又不敢問。只見那漢子去路邊一個篦頭鋪㊂裏問道：

「大哥，前面那個押司是誰？」

「這位是宋押司。」篦頭待詔應道。

那漢趕上前面，說道：

「押司認得小弟麼？」

「足下有些面善。」宋江也自停了下來。

「可惜一步說話？」那大漢一把拉住宋江，進入一條僻靜小巷。上了一家酒樓，揀個僻靜閣兒裏坐下，解下包裹，撇在桌子底下，撲身便拜。說道：

「大恩人，如何忘了小弟？」

「兄長是誰，真個有些面熟。小人忘記了。」宋江連忙站起答禮。

「小弟便是晁保正莊上曾拜識尊顏蒙恩救了性命的赤髮劉唐便是！」那漢答道。

宋江聽了，大驚失色。說道：「賢弟你好大膽！幸虧沒被公差看見，險些兒鬧事！」

「感承大恩，不懼一死，特地來酬謝。」劉唐說。

「晁保正弟兄們近日如何？兄弟，誰敎你來？」宋江問。

「晁頭領哥哥再三拜上大恩人：得蒙救了性命，現今做了梁山泊主都頭領。吳學究做了軍師。公孫勝同掌兵權。林冲一力維持，火併了王倫。山寨裏原有杜遷、宋萬、朱貴和俺兄弟七個，共是十一個頭領。山寨裏聚集了七八百人，糧食不計其數。只想兄長大恩，無可報答，特使劉唐送一封書和黃金一百兩來相謝押司；再去謝那朱仝都頭。」劉唐把近況詳細的說了。遂打開包裹，取出書信，遞給宋江。宋江看罷，便拽起褶子前襟，摸出招文袋；打開包兒時，劉唐取出金子放在桌上。宋江就桌上取了一條金子和這封信包了，插在招文袋內，放下衣襟。便說：

「賢弟，將此金子依舊包了。」

隨即使喚酒保打酒來，叫大塊切了一盤肉，鋪下些菜蔬果品之類，喫喝起來。喫了一會兒，天色已晚，酒保下樓去了。劉唐又打開包裹，要取出金子。宋江慌忙攔住道：

「賢弟，你聽我說；你們山寨裏正要金銀使用，宋江家中頗有些積蓄，等宋江缺少盤纏時再去取，今日非是宋江見外，包內已經受了一條。朱仝那人也有家私，不用送去，我自與他說知人情便了。賢弟，我不敢留你家中住。今夜月色必然明朗，你便可回山寨去，莫在此停留。宋江再三申意衆頭領，不能前去慶賀，切乞恕罪。」

劉唐也是個直爽的人，見宋江如此推却，想是不肯收了，便將金子包了回去。看看天色晚了，也就要走。劉唐背着包裹跟着宋江離了酒樓，出到巷口，天色已昏黃，是八月半天氣，一輪明月，高掛半天。宋江携住劉唐的手殷殷話別。

宋江別了劉唐，乘着月色滿街，信步望住處走去，却正好遇着閻婆趕上前來叫道：

「押司，多日使人相請，好貴人，難見面！就算是小賤人有些言語高低，觸犯了押司，也得看老身薄面。自教訓她，與押司陪話。今晚老身有緣，得見押司，同走一遭去！」

「今日縣裏忙，擺撥不開，改日再去！」宋江找藉口擺脫。

「這個使不得，我女兒在家專望，押司胡亂溫顧她便了。」閻婆纏着不放。

「確實忙些個，明日準來！」宋江說了轉頭要走。

閻婆那裏肯放，一把抓住宋江，定要拉他同去，還說了許多好聽的話，宋江那裏肯聽。兩人拉拉扯扯，糾纏不休。宋江性子爽直，又怕路人見了笑話，只得叫她放手，答應跟她同去。閻婆還怕宋江走脫，跟在宋江後面，來到了門前，宋江立住了脚。閻婆伸開雙手一攔，說道：

「難道到了門口，還不肯進去？」

宋江只好進去凳子上坐了，那婆子生怕宋江還會走了，便搬個凳子也在宋江身邊坐了。叫道：

「我兒！你心愛的三郎在這裏。」

那閻婆惜正倒在床上，對着盞孤燈，無聊地等小張三來。聽得娘叫道：「你心愛的三郎在這裏！」還以爲是張三郎，慌忙起來，把手掠一掠雲鬟，口裏喃喃地駡道：「這短命！等得我苦也！老娘先打他兩個耳刮子再說！」飛也似地跑下樓來。就窗格子裏一望，堂前琉璃燈却明亮，照見的是宋江，那婆娘又轉身上樓去了，依前倒在床上。閻婆聽得女兒脚步下樓來，又聽得再上樓去了。婆子叫道：

「我兒，你的三郎在這裏，怎麼倒走囘去了！」

「這屋子裏多遠，他不會來！他又不瞎，如何自己不上來，直等我來迎接他，你嚕嗦甚麼！」那婆惜倒在床上，有氣無力的說。

「這賤人真個是許久望不見押司來，氣苦了。」閻婆說時，拉着宋江望樓上走。宋江聽了那婆娘說這幾句話，心裏自有五分不自在；爲這婆子來扯，只得勉強上樓去。

這是一間六椽樓房。前半間安一副桌椅板凳。後半間鋪着臥房；靠近裏面安一張三面稜花的床，兩邊都是欄杆，上面掛着一頂紅羅幔帳；側首放個衣架，搭着手巾；這邊放着個洗手盆；一個刷子；一張金漆桌子上，放一個錫燈檯；邊廂兩個凳子；正面壁上掛一幅仕女圖；對床擺着四把一字交椅。宋江來到樓上，閻婆便把他拖入房裏去。宋江便在凳子上朝着床邊坐了。閻婆到牀上拖起女兒來。說道：

「押司在這裏。我兒，你只是性子不好，把言語來傷觸他，惱得押司不上門。閒時却又在家裏思念。我如今好不容易請得他來，你却不起來陪句話，反一再使性。」

那婆子把手摔開，說道：「我又不曾做了歹事！他自不上門敎我怎地陪話？」宋江聽了，也不做聲。閻婆便放一張凳子在宋江肩下，推他女兒過來坐。那婆娘那肯過來，便去宋江對面坐了。宋江只是低着頭不做聲；婆娘也別轉了臉，不看宋江。閻婆說道：

「沒酒沒漿，做甚麼道場？老身有一瓶兒好酒在這裏，買些果品與押司陪話。我兒，你相陪押司坐着，不要怕羞，我便來也。」

宋江尋思道：「我喫這婆子釘住了，脫身不得。等他下樓去，我隨後也走了。」那婆子已瞧出宋江心思，出得房門去時隨着把門拴了。宋江暗忖道：「那虔婆倒先算了我。」

不多時間閻婆已買了些果品、鮮魚、嫩雞、肥鮓之類，燙了一壺酒，三隻酒盞，三雙筯，一桶盤托上來，放在金漆桌子上。看宋江時，只低着頭；看女兒時，也朝着別處。閻婆道：

「我兒，起來把盞酒。」

「你們自喫，我不耐煩。」婆惜答。

「我兒，爺娘手裏從小兒慣了你性兒，別人面上須使不得。」閻婆耐着性圓場。

「不把盞便怎的？終不成飛劍來取了我頭。」婆惜反而更加不把宋江放在眼裏。那婆子一聽反倒笑了起來。說：

「又是我的不是了。押司是個風流人物，不和你一般見識。你不把酒便罷，且回過臉來喫盞兒酒？」

婆惜還是不回過頭來。那婆子只得把酒來勸宋江。宋江勉強喫了一盞。婆子笑道：

「押司莫要見責，外人見押司在這裏，多少眼紅不服氣，胡言亂語，押司都不要聽，且只顧喫酒。」

婆子又篩了三盞在桌子上，說道：

「我兒，不要使孩子脾氣，胡亂喫一盞。」

「不要只顧纏我！我飽了，喫不得！」婆惜惡聲惡氣的回答。

「我兒，你也陪侍你的三郎喫盞好嗎？」閻婆說。

婆惜一邊聽着，一邊肚裏尋思：「我心只在張三身上，誰耐煩相伴這廝！若不把他灌醉，他必來纏我！」婆惜只得勉強拿起酒來喫了半盞。婆子笑道：

「我兒只是焦躁，且開懷喫兩盞兒睡。——押司也滿飲幾杯。」

宋江被她勸不過，連飲了三、兩杯。婆子也連連喫了幾杯，再下樓去盪酒。那婆子見女兒不喫酒，心中不悅；現在看見女兒同心喫酒，就歡喜道：

「若是今夜兜得他住，那人惱恨都忘了！且又和他纏幾時，却再打算。」

婆子一頭尋思，一面自在竈前喫了三大鍾酒；覺得有些癢廝上來，却又篩了一碗喫，她拿了酒壺爬上樓來；見那宋江低頭不做聲，女兒也別轉着臉弄裙子。這婆子却哈哈大笑說：

「你兩個又不是泥塑的，押司，你不像是個男子漢，也該溫柔些，說些風話耍。」

兩人任憑婆子說好說歹，只是不做聲。閻婆惜自想道：「你不來睬我，指望老娘一似閒常時來陪你說話，相伴你耍笑？我如今却不要！」而那婆子喫了幾盞酒，自己在說個沒完。

卻說鄆城縣有個賣糟醃的唐二哥，叫做唐牛兒，時常在街上只是幫閒，常常得宋江的齎助，只要聽到一些公事，就去告知宋江，得些賞錢，所以宋江要用他時，也是死命向前。這一日晚，唐牛兒正賭輸了錢，去縣前尋宋江。奔到住處不見。街坊都說：「方纔見他和閻婆兩個過去，一路走着。」唐牛兒忖道：「是了。這閻婆惜賊賤蟲，他自和張三打得火塊也似熱，只瞞着宋押司一個。——如今他恐也知些風聲，好幾時不去了！今晚必讓那個老咬蟲㈣假意兒纏去了。我正沒錢使，喉急了，胡亂去那裏尋幾貫錢用，就湊兩碗酒喫。」一直奔到閻婆門前，見裏面燈亮着，門却不關。進到胡梯邊，聽見閻婆在樓上哈哈地笑。唐牛兒躡脚躡手，上到樓上，往板壁縫裏張，見宋江和婆惜兩個都低着頭；那閻婆坐在桌子邊，口裏說個不停。唐牛兒閃了進去，向三人打個招呼，站在旁邊。宋江一看計上心來，把嘴望下一呶。唐牛兒是個聰明人，已瞧出了七分。看着宋江便說：

「小人何處不尋過！原來押司却在這兒喫酒。」

「莫不是縣裏有甚麼要緊事？」宋江問。

「押司，你怎麼忘了？便是早間那件公事。知縣相公在廳上生氣，叫四、五個人到處找你。」唐牛兒說。

「如此要緊，只得去了。」宋江說着就要下樓。

却被閻婆一眼看穿，攔住了宋江說：

「押司！不要使這花樣！正是『魯班手裏調大斧』！這知縣自同衙去和夫人喫酒取樂，還有什麼公事要辦？你們這般道兒只好瞞魍魎㊄，騙不得老娘！」

「真個是知縣相公有要緊事，我可不會說謊。」唐牛兒只得硬着頭皮強辯。

「放你娘狗屁！老娘一雙眼却是琉璃葫蘆兒一般，剛才押司呶嘴，叫你使詐，我看得明白。你不但不叫押司進我屋，却從恿他走。常言道：『殺人可恕，情理難容』。」閻婆說時跳起身來，便把唐牛兒頦子上一叉，踉踉蹌蹌，直從屋裏叉下樓去。唐牛兒叫個不停。婆子喝道：

「你不曉得破人買賣衣飯，如殺父母妻子！你再大聲嚷，便打你這賊乞丐！」

唐牛兒存心要賴，鑽將過來道：「你打！」這婆子乘着酒興，叉開五指，一個巴掌，把唐牛兒掀出簾子外去，順手把門關了，口裏罵個不停。唐牛兒喫了一掌，站在門外大叫道：

「賊老咬蟲！不要慌！我不看宋押司的面皮，教這屋裏粉碎！我不結果你的性命，不姓唐。」

拍着胸，大罵着走了。

閻婆同到樓上，在宋江面前，又把唐牛兒罵了一陣。宋江是個忠厚老實人，讓這婆子看穿了心事，反倒抽身不得。閻婆又勸說了宋江及女兒幾句，喫了幾盞酒，收拾了杯盤，自己下樓去了。

宋江在樓上自肚裏尋思道：「這婆子女兒和張三兩個暗中勾搭，却不曾親眼看見。如果我走了，反被看輕。況且夜已深了，我就在此睡一晚，且看這婆娘今夜對我情分如何？」打定了主意，心中反而覺得自在多了。宋江坐在凳子上睃那婆娘時，見她不脫衣衫便上床去睡了。宋江看了尋思道：「可恨這賤人全不睬我。我今晚多喫了幾盞酒，也有些疲倦，也只得睡了罷！」把頭上巾幘除下；放在桌子上；脫下衣裳，搭在衣架上；腰裏解下鸞帶，上有一把解衣刀和招文袋，都掛在牀邊欄杆上；脫去了絲鞋淨襪，便上床去在那婆娘脚後睡了。半個更次，聽得婆惜在脚後冷笑，宋江心裏氣悶，如何睡得着？自古道「歡娛嫌夜短，寂寞恨更長」，看看三更交四更，酒已經醒了。捱到五更，宋江起來，用面盆裏冷水洗了臉，便穿上了衣裳，帶了巾幘，口裏罵道：「你個賊賤人好生無禮！」原來那婆惜也不曾睡着，聽得宋江罵時，扭過身來，回道：

「你不羞這臉！」

宋江忍着一口氣，匆匆忙忙的走下樓來。閻婆聽見脚步聲，便在牀上說：

「押司，且多睡一會兒，等天明再走，五更起來做甚麼？」

宋江也不答應，只顧開了門就一直奔到住處去。走到了縣前，見一盞明燈，原來是賣藥茶的王公來到縣前趕早市。那老兒見宋江走來，忙問說：

「押司，如何今日出來得早？」

「大概是夜來酒醉，錯聽更鼓。」宋江用手摸着頭。

「押司必然傷酒，且請喫一碗『醒酒二陳湯』！」王公說着就盛了一碗濃濃的遞給宋江。宋江喫了，驀然想起「時常喫他的湯藥，不曾要我錢。我舊時曾許他一具棺材，不曾給他。想起昨日有那晁蓋送來的金子，在招文袋裏，何不給那老兒做棺材錢，敎他歡喜！」宋江就說。

「王公，我日前曾許你一具棺材錢，一向不曾給你。今日我有些金子在這裏……。」

便揭起背子前襟，去取那招文袋，不禁大喫一驚。心想：「苦也！昨夜正忘在那賤人的牀頭欄杆上了；我一時氣起來，只顧走，不曾繫在腰裏。這幾兩金子不值甚麼！只是晁蓋寄來的那封信也在袋裏。我平常見這婆娘也看些曲本，頗識幾字，若是被她拿了，倒是廝煩。」便起身說：

「阿公休怪，不是我說謊，以爲金子在招文袋裏，不想出來的忙，忘了在家裏，我去取來給你。」

「休要去取，明天慢慢給老漢不遲。」王公說。

「阿公，我還有其他東西一起放着，我這就去。」宋江急急忙忙奔回閻婆家裏來。

婆惜聽得宋江出門去了，才爬起來，自言自語說：

「那廝攪了老娘一夜睡不着，他只指望老娘陪不是。我不在乎你。老娘自和張三過得好，誰耐煩睬你，你不上門倒好。」

口裏說着，一邊鋪被，脫下上截襖兒，解了下面裙子，袒開胸前，脫下截襯衣，牀面前燈點的明亮，正照見牀頭欄杆上拖下條紫羅鸞帶。婆惜見了笑着說：

「黑三那廝忘了鸞帶，拿來給張三繫。」

便用手去提，提起招文袋和刀子來，只覺袋裏有些重，便把手抽開，望桌子上一抖，正抖出那金子和書信來。這婆娘拿起來就燈下照時，是一條黃黃的金子。婆惜笑着說：

「天敎我和張三買東西喫，這幾日我見張三瘦了，也正好替他買些補品。」把金子放下，隨即把那紙書信展開在燈下讀，發現上面寫着許多晁蓋的事情，婆惜不覺叫道：

「好呀！我只道『吊桶落在井裏』，原來也有『井落在吊桶裏』！我正要和張三做夫妻，單單就多你這廝，今日也撞在我手裏！原來你和梁山泊強賊私通，送一百兩金子給你！且讓老娘慢慢地消遣你！」

就把這封信依舊包了金子，揷在招文袋裏。婆惜正在樓上自言自語地算計，只聽得樓下呀地一聲門響。閻婆問說：

「是誰？」

「是我！」宋江答了一聲，就逕往樓上來。那婆娘聽得是宋江，慌忙把鸞帶、刀子、招文袋，一發捲做一團藏在被裏；扭過身，靠了牀裏壁，只做齁齁假睡着。宋江進到房裏，逕到牀頭欄杆上去取時，却不見了。宋江心內更慌，只得忍了昨夜的氣，把手去搖那婦人說：

「你看我過去的面，還我招文袋。」

那婆娘假睡着只不應。宋江又搖着說：

「你不要急躁，我明日再陪不是。」

婆娘假裝被驚醒的模樣，雙手揉着眼睛說：

「老娘正睡哩！是誰攪我！」

「你情知是我，假意甚麼？」宋江一語道破。

婆惜扭過身說：「黑三！你說甚麼？」

「你還我招文袋！」宋江說。

「你什麼時候交給我手裏？却來問我討！」婆惜說。

「忘了在你脚後的欄杆上，這裏又沒人來。當然是你收了。」宋江說。

「呸！你見着鬼了！」婆惜罵道。

「夜來是我不對，明日向你道歉。你就還了我罷，休要耍弄我！」宋江已近乎哀求。

「誰和你作耍？我不曾收過！」婆惜說。

「你先時不曾脫衣服睡，如今蓋着被子睡，一定是起來鋪被時拿了。」宋江說。

只見那婆娘突然柳眉倒豎，杏眼圓睜，說道：

「是老娘拿了，只是不還你。你可使官府的人來捉拿我去做賊論斷。」婆惜把「賊」字故意說得很重。

「我可不曾冤你做賊！」宋江說。

「可知老娘不是賊哩！」婆惜又故意把賊字聲音提高。

宋江聽她這麼說時，心中更慌，便說：

「我可不曾虧待過你母女兩，還了我罷，我要去幹事。」宋江忍耐着。

「平常你只怪老娘和張三的事，他有些不如你處，也不該是一刀的罪犯，那像你和打刼賊私通！」婆惜把話說得很大聲。

「好姐妹！不要叫，鄰舍聽到，不是玩的。」宋江趕緊用手比着嘴，叫她輕聲。

「你如果怕別人聽到，竟還做得出！這封信，老娘牢牢地收着！若要饒你時，須依我三件事。」婆惜狠狠的說。

「休說三件，就是三十件也依你！」宋江急了。婆惜才慢慢說出三件事。她說：

「第一件，你從今日起把原典押我的文書還我。再寫一紙，依從我改嫁張三。」

「這個依得。」宋江點頭。

「第二件，我頭上帶的，身上穿的，家裏用的，雖然都是你買的，也委一紙文書，不許你日後來討。」婆惜說。

「這個也依得。」宋江毫不考慮地回答。

「只怕你第三件依不得！」婆惜說。

「我已兩件都依你，緣何這件依不得？」宋江有些疑惑。

「把梁山泊晁蓋送你的一百兩金子，全數給我。我便饒你這一場『天字第一號』的官司。」婆惜說。

宋江一聽，面有難色，遲疑了一陣，說：

「晁蓋果然送我一百兩金子，我不敢收他的，退了回去。」

「不錯吧！常言道：『公人見錢，如蒼蠅見血』，他教人送錢給人，豈會退了回去？這話却似放屁！做公人的那個『貓兒不喫腥』？閻羅王前可沒放回的鬼！你待瞞誰？便把這一百兩金子給我，值得甚麼！你如果怕是賊贓，可以鎔過了給我。」婆惜說話時聲勢逼人。

「你也知道我是老實人，不會說謊。你若不信限我三日，我把家私變賣了，湊一百兩金子給你，你還了我招文袋！」宋江說。

「你這黑三倒乖，把我一似小孩兒般捉弄？我就先還你招文袋，這封信；歇三日却問你討金子！我這裏一手交錢，一手交貨。」婆惜說時一聲冷笑。

「確實不曾有金子！」宋江說。

「明朝到公廳上，你也會說不曾有金子？」婆惜說。

宋江一聽「公廳」兩字，怒氣直起，那裏按耐得住，睜大着眼睛說：

「你還也不還？」

「你怎麼狠，難道我就還你！」婆惜態度也十分強硬。

「你真個不還？」宋江眼中已露出血絲。

「不還！一百個不還！若要還你時鄆城縣衙內見！」婆惜也瞪着眼。

宋江便來扯那婆娘蓋的被。那婦人却不顧被，只用雙手緊緊抱住胸前。宋江把被扯開，見一條鸞帶從婦人胸前垂下來。宋江說：

「原來在這裏！」

一不做，二不休。伸手就去奪。那婆惜那裏肯放？宋江在床邊捨命的奪，婆惜死也不放。宋江死命的一拉，倒拉出那把壓衣刀露在席上，宋江便搶在手裏。那婆惜見宋江搶刀在手，叫道：

「黑三郎殺人也！」

只這一聲，提起了宋江這個念頭來。那一肚皮氣正沒出處。婆惜待叫第二聲時，宋江左手早按住那婆娘，右手刀一落，去那婆惜頸子上只一勒，鮮血飛出，那婦人還在掙扎，宋江怕她不死，再復一刀，那顆頭，伶伶仃仃落在枕頭上。宋江連忙取過招文袋，抽出那封信，便就殘燈下燒了；繫上鸞帶，走下樓去。

那閻婆在下面睡，聽見他們兩口兒爭論，也不在意。後來聽到女兒叫一聲「黑三郎殺人也；」正不知發生甚麼事，跳了起來，穿了衣裳，奔上樓來，却正好和宋江撞在一起。閻婆問道：

「你兩口鬧甚麼？」

「你女兒太無理，被我殺了！」宋江說話時面無表情，閻婆還以為是宋江說笑，但看他那表情時，心中有些驚恐。推開房門看時，只見血泊裏挺着屍首。閻婆嚇得呆了。宋江說：

「我是一個硬漢，殺了人決不逃走，隨你要怎麼辦？」

「這賤人果是不好。押司殺得沒錯，不過只是老身無人養贍！」閻婆說話時兩眼只顧往宋江身上打量。

「這個不妨。既然你如此說時，你却不用憂心。我頗有家計，只教你豐衣足食便了。」宋江說。

「那我女兒死在床上，怎麼辦？」閻婆此時異常鎮定。

「這個容易。我去陳三郎處買具棺材給你，仵作行人來入殮時，我自吩咐。我再給你十兩銀子辦事。」宋江說。

「押司，只好趁天未明時討具棺材盛了，鄰舍街坊都不見影。」閻婆說。

「說得也是，你取紙筆來，我寫個票子給你去取。」宋江說。

「票子不濟事；須是押司親自去取，便肯早早發來。」閻婆說。

「也好！」宋江說着就下樓來。閻婆拿了鎖鑰，鎖了門，跟着宋江投縣前來。此時天色尚早，未明，縣門却纔開。那婆子約莫走到縣前左側，把宋江一把抱住，大聲叫喊：

「有殺人賊在此！」

嚇得宋江慌做一團，連忙掩住閻婆的口，說：「不要叫！」可是那裏掩得住。縣前幾個公差，走攏過來，看時，認得是宋江，便勸道：

「婆子閉嘴，押司不是這種人，有事慢慢說。」

「他正是兇手，給我捉住，同到縣裏！」閻婆指着宋江說。

原來宋江平時待人最好，上下敬愛，滿縣人沒有一個不讓他，因此做公的不信這婆子的話，都不肯下手捉他。恰好這時唐牛兒托着一盤洗淨的糟薑來縣前趕集，正見這婆子扭住宋江在叫寃屈。想起了昨夜的一肚子氣，便把盤子放在賣藥的老王凳子上，鑽將過去，喝道：

「老賊蟲！你做甚麼扭住宋押司！」

「唐二，你不要來打奪人去，要你償命的！」閻婆瞪着唐二。

唐牛兒大怒，那裏聽她說。把婆子手一拆拆開了，不問事由，叉開五指，去那閻婆臉上只一掌，打得滿天星，只得放了宋江。宋江趁此機會，望着人叢堆裏跑了。

注釋

㈠招文袋：掛在腰帶上的小袋，古人用它做文件袋、公事包。

㈡行院：有兩種解釋：(1)同行、同幫、同業的組織。(2)指妓院，也用作對妓女的稱呼。本書中用第二種解釋。

㈢篦ㄅㄧˋ頭鋪：賣櫛髮具的店鋪。

㈣咬蟲：養漢的女人。老咬蟲，就是指虔婆一類的女人。

㈤魍魎：是鬼怪，瞞魍魎猶騙鬼。

第九章　景陽岡

武松在路上走了幾日，來到了陽穀縣境內。這裡離縣治還遠。當日晌午時分，走得肚子餓了，嘴也渴了，正望見前面有一家酒店，掛着一面酒旗在門前，上頭寫着五個字「三碗不過岡」，武松進到裡面坐下，把哨棒倚了，叫道：

「主人家，快把酒拿來！」

只見主人拿三隻碗，一雙筷，一碟熟菜，放在武松面前，篩了滿滿的一碗酒來。武松拿起碗一飲而盡。叫道：

「這酒好有氣力。主人家，有飽肚的，買些來喫！」

「只有熟牛肉。」酒家說。

「好的切二、三斤來下酒。」武松說。

不久，店家去裡面切了二斤熟牛肉出來，做一大盤子盛着，放在武松的面前，隨即再篩了一碗酒。武松喫了又贊美道：

「好酒！好酒！」

店家又篩了一碗酒。恰好喫了三碗酒，再也不來篩酒了。武松敲着桌子叫道：

「主人家，怎麼不來篩酒？」

「客官，要肉便添來！」店家說。

「我也要酒，也再切些肉來！」武松說。

「肉便切來添，酒可不添了！」店家說。

「這就怪了！你如何不賣酒給我喫？」武松疑惑地問。

「客官！你須見我門前酒旗上明明寫道『三碗不過岡』。」店家用手指指前門外。

「甚麼叫『三碗不過岡』？」武松問。

「俺家的酒，雖是村酒，却比老酒都烈，但凡客人，來我店中喫三碗的，便醉了，過不得前面的山岡去：因此叫做『三碗不過岡』，若是一般過往客人到此，只喫三碗，就不再添了。」店家說。

「原來如此！我已喫了三碗，如何不醉？」武松笑着說。

「我這酒叫做『透瓶香』，又叫『出門倒』，初入口時，醇濃好喫，少刻時便倒！」酒家說。

「不要胡說！怕我不給你錢，再篩三碗來喫！」武松只顧要喫酒，酒家見武松全然沒有醉意，就又去篩了三碗。武松喫了，說：

「確實是好酒！主人家，我喫一碗給你一碗的錢，只管篩來！」

「客官！不要只顧喫，這酒醉倒人時，沒藥可醫。」酒家勸說武松。

「休得胡說！你就是滲了蒙汗藥，我也有鼻子！」武松說話的顙門很大。酒家被他纏得沒辦法，一連又篩了三碗。武松說：

「再來二斤肉！」

酒家再切了二斤熟牛肉，又篩了三碗酒。武松喫得口滑，只顧要喫，去身邊取出些碎銀子。叫道：

「主人家，你且來看我銀子，還你酒錢夠麼？」

酒家過來，看了說：

說。

「有餘。還要找你一些。」

「不要你找錢，只管篩酒來喫！」武松揮揮手說。

「你要喫酒的話，這些錢還足可喫五、六碗，只是怕你喫不了。」酒家笑着說。

「就把五、六碗一齊篩來！」武松說。

「你這條大漢，倘或醉倒時，誰扶得住你！」酒家說。

「要你扶的不算好漢。」武松拍着胸說。

這時酒家還那裡肯再篩酒來。武松焦躁地喊叫：

「我又不白喫你的！別引老爺性發準教你屋裡粉碎，把你這店子倒翻過來！」

酒家心想：「這厮醉了，休要惹他。」就再篩了五、六碗給武松喫。前後共喫了十八碗，拿了哨棒，站起身來，說：

「我才不會醉！」

走出前門來，大聲笑着說：

「還說甚麼『三碗不過岡』呢？」

手提起哨棒便走，酒家趕出來叫着說：

「客官！往那裡去？」

「叫我做甚麼？我又不少你酒錢。」武松站下來答話。

「我是好意，你且回來看看榜文？」酒家說。

「甚麼榜文？」武松問。

「如今前面景陽岡上，有隻吊睛白額大蟲，晚了出來傷人，已殺了三、二十條大漢性命。官府如今限期令獵戶捕捉，在岡子路口都貼了榜文：可教往來客人結夥成隊，於巳、午、未三個時辰過岡；其餘寅、卯、申、酉、戌、亥六個時辰不許過岡。更兼單身客人，務要等伴結夥而過。這時正是未末申初時分，我見你不問人一聲就走，恐怕枉送了自家性命。不如就在我這裡歇了，等明日慢慢湊足三、二十人，一齊好過岡子。」酒家把情形詳細的說了。

「我是淸河縣人氏，這條景陽岡上走過不下一、二十次，幾時聽說有大蟲！你休用這些來唬我，便是有大蟲，我也不怕！」武松笑着說。

「我是好意救你，你不信時，進來看官府的榜文！」酒家有些氣憤。

「你不用再說，就算眞有虎，老爺也不怕！你要留我住，莫非半夜三更，要謀我財，害我性命，却說有大蟲來唬唬我！」武松已有些醉意。

「你看麼！我是一片好心，反被認做惡意，你不信時，請尊便自行！」酒店主人搖着頭，自己走進店裡去了。

武松提了哨棒，跨着大步，直朝景陽岡上走去。大約走了四、五里路，來到岡子下，見一株大樹，被刮去了皮，在白色的樹面上，寫着兩行字。武松也頗認識幾個字，擡頭看時，上面寫道：「近因景陽岡大蟲傷人，但有過往客商，可於巳、午、未三個時辰，結夥成隊過岡，請勿自誤。」武松看了笑道：

「這是酒家詭詐，來驚嚇過往客商，便去那店裡住歇。我却怕甚麼？」

武松也不去理會，橫拖着哨棒，便上岡子來。那時已有申牌時分，一輪紅日已漸漸地傍着遠山。武松乘着酒興，只管走上岡子來。走不到半里多路，看見一個破落的山神廟。走到廟前，見這廟門上貼着一張蓋了官府印信的榜文。武松停住了脚。看上面寫着。

「陽穀縣示：為景陽岡上新有一隻大蟲傷害人命。現已期限各鄉里和獵戶等捕捉未獲。如有過往客商，可於巳、午、未三個時辰結伴過岡，其餘時分，及單身客人，不許過岡，恐被傷害性命。各宜知悉。」

武松讀畢印信榜文，方才相信確實有虎，欲待轉身回酒店裡去，但是內心尋思道：「我同去必會被他們恥笑，不是好漢：」猶豫了一會兒，又想着：「怕甚麼！且只顧上去，看情形再說。」武松硬着頭皮往上走，却覺得酒氣湧了上來，有些熱，就把氈笠兒掀在脊梁上，把哨棒挾在肋下，一步步走上岡子來；回頭看看太陽，已漸漸地墜下去了。此時正是十月間天氣，日短夜長，天暗得快。武松自言自語說：

「那裡有甚麼大蟲！人自怕了，不敢上山。」

武松又走了一陣，越覺得熱了，一隻手提着哨棒，一隻手把胸前衣服袒開，踉踉蹌蹌，直奔過亂樹林。看見一塊光撻撻的大青石，把那哨棒倚在一邊，倒下身體，正準備睡一會兒。只見吹起了一陣狂風。那一陣風剛停，就聽得亂樹林中傳來一陣響聲，跳出一隻吊睛白額大蟲來。武松見了，叫聲「哎呀！」從青石上立刻翻滾下來，便拿那哨棒在手裡，閃在青石邊。那大蟲又饑又渴，把兩隻爪在地上略按一按，整身往上一撲，從半空裡攛下來。武松被那一驚，酒都變成了冷汗出了。說時遲，那時快；武松眼看大蟲撲來，只一閃，閃在大蟲背後。原來那大蟲背後看人最難，便把前爪搭在地下，把腰胯一掀，掀將起來，武松又是一閃，閃在一邊。大蟲見掀他不着，吼了一聲，好像半天裡響起一聲雷，振得那山岡都動了，把一條鐵棒似的虎尾倒豎起來，只一翦，武松卽時又閃在一邊。原來那大蟲拿人只是一撲、一掀、一翦；三般動作都捉不到人時，那麼牠的氣勢就先消失了一半。那大蟲又翦不着武松，再吼了一聲，一兜兜轉個身。武松見那大蟲剛翻轉身來，乘牠還沒站穩，雙手掄起哨棒，盡平生氣力，只一棒，從半空劈將下來。只聽得簌簌地一陣響，把那樹連枝帶葉劈了下來。定睛看時，一棒劈不着大蟲；原來打急了，正打在枯樹上；把那條哨棒折成了兩截，只拿一半在手裡。

那大蟲咆哮起來，兇性大發，翻身又是一撲，撲過來，武松用勁一跳，退了十步遠，那大蟲恰好把兩隻前爪搭在武松面前。武松把半截哨棒丟在一邊，兩隻手就勢把大蟲頂花皮一把地抓住，一按按將下來。那隻大蟲要掙扎，却被武松用盡力氣壓住，那裡肯有半點兒鬆懈。武松提起一隻脚望大蟲的面門上，眼睛裡，只顧亂踢。那大蟲咆哮不停，把身底下爬起了兩堆黃泥，扒出了一個土坑。武松把大蟲的嘴直按下黃泥坑裡去。那大蟲被武松壓得沒了些氣力。武松把左手緊緊地揪住頂花皮；偸出右手來，提起鐵鎚般大小的拳頭，盡平生之力，只顧打。打倒五、七十拳，那大蟲眼裡、口裡、鼻子裡、耳朶裡，都迸出鮮血來，更動彈不得，只剩口裡不停的喘氣。武松放了手，來松樹邊尋到了那打折的哨棒，拿在手裡，只怕大蟲不死，又用棒打了一回。眼看大蟲的氣都沒了，方纔丟了棒。尋思道：「我就此拖得這死大蟲下岡子去？……」就血泊裡雙手來提時，那裡提得動？原來力氣已經用盡，手足早已酥軟了。

武松又回到青石上坐着歇了一會兒，心裡想：「天色看看已經黑了，如果再跳出一隻大蟲來時，却怎麼鬭得過牠？且掙扎下岡子去，明早再來料理！」主意已定，就石頭邊尋了氈笠兒，轉過亂樹林邊，一步步捱下岡子來，走不到半里多路，只見枯草中又鑽出兩隻大蟲來。武松叫道：

「哎呀！這回完了！」

却見兩隻大蟲在黑影裡直立站了起來。武松定眼看時，却原來是兩個人，把虎皮縫做衣裳，緊緊綳在身上；手裡各拿着一條五股叉；見了武松，大喫一驚，說道：

「你…你…你……喫了惣狸心、豹子膽、獅子腿？膽倒包着身軀！怎麼敢獨自一人，昏暗的夜晚，又沒帶器械，走過岡子來！你…你…你……是人？是鬼？」

「你兩個是甚麼人？」武松喝問道。

「我們是本地的獵戶。」那兩個人答。

「你們上嶺來做甚麼？」武松問。

「你難道還不知道麼？如今景陽岡上有一隻極大的大蟲，夜夜出來傷人；就是我們獵戶也被殺了七、八個人，被殺的客人更是不計其數。本縣知縣下令當鄉里正和我們獵戶共同捕捉，可是那畜生異常兇猛，誰敢撄近！我們爲了牠，正不知挨了多少棒打，只是捉不住牠。今晚又該我們兩個捕獵，和十數個鄉民都在此，上下放了窩弓㊀、藥箭等牠。正在這裡埋伏，却見你大搖大擺地從岡子上走下來，使我兩喫了一驚。你是甚麼人？難道沒遇見大蟲麼？」那兩個獵人驚訝的說。

「我是清河縣人氏，姓武，排行第二。剛才在岡子上亂樹林邊，正撞見那隻大蟲，被我一頓拳脚打死了。」武松說。

兩個獵戶聽得癡呆了。半天才說：

「恐怕不可能吧！」

「你不信時，只看我身上全是血跡。」武松說。

「那麼！你是怎麼打的？」兩個同聲問。

於是武松把打死大蟲的本事說了一遍。兩個獵戶聽了，又驚又喜，叫攏來十幾個鄉民，只見他們也都拿着鋼叉、踏弩、刀、鎗。武松看了他們一眼說：

「他們衆人如何不隨你們兩個上山？」

「因爲那畜生利害，他們怎麼敢上來！」獵戶答。

一夥十數人都到了面前，兩個獵戶把武松打虎的事向衆人又說了一遍。衆人都不肯相信。武松說：

「你衆人如果不信時，我帶你們去看！」

衆人身邊有帶火刀，火石的，隨卽發出火來，點燃起五、七個火把。都跟着武松一同再上岡子來，看見那大蟲一堆兒死在那裡。衆人見了大喜，先叫一人去通知里正和報告縣府，岡上的五、七個鄉民合力把老虎綑縛了起來，擡下岡子來。剛到嶺下，早已有七、八十人鬧鬨鬨的迎接上來，把死大蟲擡在前面，用一乘轎子擡了武松，望本地一個大戶家來。那時本鄉的里正已到莊前迎接，把這大蟲扛到了草廳上。這時本鄉的大戶和獵人，大約有二、三十人，都來觀看武松。衆人問道：

「壯士高姓大名？貴鄉何處？」

「小人是此間鄰郡淸河縣人氏，姓武名松，排行第二。昨晚在岡子那邊喫酒喫得醉了，上岡子來，正撞見那畜生。」武松還把打死大蟲的經過又都詳細的說了一遍。衆大戶不約而同的贊美說：

「真是英雄好漢！」

衆獵戶都送了些野味來給武松下酒。武松因爲打大蟲困乏了，要睡；大戶就叫莊客打掃客房，且敎武松休息。

第二天清晨，武松起來，洗漱罷，許多大戶都牽着羊，挑着酒，已在前廳侍候。武松穿了衣裳，整頓了巾幘，出到前面，與衆人見了面。衆大戶們都擧杯祝賀說：

「我們被這畜生不知害了多少性命。今日幸得壯士來到，除了大害。第一，鄉中人民有福。第二，從此客商通行無懼。實出壯士之賜！」

武松連忙謝道：

「非小人之能，托賴衆長上福廕！」

衆人都來道賀，喫了一早晨酒食。擡出大蟲，放在虎牀上。衆鄉民都把緞疋做成的紅花，替武松掛上，一齊都出莊來，這時早有陽穀縣知縣相公派人來迎接武松，彼此相見了，叫四個莊客用涼轎擡了武松，把那大蟲扛在前面，也掛了紅花，一路上放着鞭炮，往陽穀縣裡來。

陽穀縣的居民聽說一個壯士打死了景陽岡上的大蟲，都出來圍觀，鬨動了整個縣城，武松坐在轎子上，望下看時，只見摩肩擦背，萬頭攢動，鬧鬧攘攘地滿街滿巷，都來看打虎英雄。等到達縣前衙門口時，知縣已在廳上等候。武松下了轎，扛着大蟲，來到廳前，把大蟲放在甬道上。知縣一看武松如此魁梧，又見了這麼大的錦毛虎，不覺贊美說：

「不是這個大漢，怎打得這條大蟲！」

武松在廳上把打虎的經過又說了一遍，廳上廳下的許多人都聽得呆了。知縣就在廳上，當衆賜了武松幾杯酒，拿出大戶們湊集的一千貫賞錢，要給武松。武松推辭着說：

「小人託相公福蔭，偶然僥倖打死老虎，非小人之能。聽說衆獵戶爲了這隻大蟲，受了多次責罰，不如把一千貫錢分賞給他們。」

知縣聽了頗爲感動，見他忠厚仁德，就當着衆人面前參武松做了步兵都頭。鄉民們又是一陣陣歡呼。

注　釋

㈠ 窩弓：一種埋在草叢或浮土中間，踩着機關就要中箭。獵人捉猛獸用的重要武器。

第十章　人頭祭

一日，武松閒着無事，獨自在街上逛。突然聽見背後有人喊他。武松回頭一看，原來是自己嫡親的哥哥武大郎。武松又驚又喜，緊緊地握住哥哥的手，說：

「一年多不見哥哥，怎麼來到了此地？」

「唉！弟弟不知，自從你離開後，我娶了一家大戶人家的侍女做老婆，她叫潘金蓮，清河縣裏的浮浪子弟，看不順眼，常來欺負我。你在家時誰也不敢來放個屁，我如今却安身不下，只得遷來此地賃屋居住。」武大郎歎着氣說。

「如今有弟弟在，誰敢再欺負你時，我打斷他的狗腿。不知哥哥家住何處？」

武松拍着胸脯說。

「就在前面紫石街！」武大郎用手一指前方。

武大郎生意也不做了，武松替哥哥挑着炊餅擔子，武大引着，轉彎抹角，一直望紫石街走來。轉過兩個彎，來到一家茶坊的隔壁。武大高叫一聲：

「大嫂開門！」

只見簾子一掀，一個婦人走出來，答應道：

「大哥！怎麼這麼早就回來啦！」

「你的叔叔在這裏，且來見面！」武大說。

武大接過了擔兒，走進房裏，不一會兒就走出來說：

「弟弟進來和你嫂嫂相見！」

武松揭起簾子，走了進去，和那婦人見了面。武大說：

「大嫂，原來景陽岡上打死大蟲的英雄就是我這兄弟。」

「叔叔萬福！」那婦人叉手行禮。

「嫂嫂請坐！」武松說罷，立刻推金山，倒玉柱，跪下便拜。那婦人急忙上前，扶起武松說：

「叔叔，折煞奴家！」又說：

「叔叔，請上樓去坐！」

於是三個人同上了樓坐下，那婦人看着武大說：

「我陪着叔叔坐，你去安排些酒食！」

武大答應了一聲，也就下樓去了。那婦人不斷的瞄着武松，心中尋思道：「武松和他是一母嫡親兄弟，他生得這般魁梧高大，若我嫁得這等一個，也不枉了爲人一世！你看我那『三寸丁穀樹皮』，三分像人，七分似鬼。我怎麼這等晦氣。看那武松，他把大蟲也打倒了，必然好氣力……。何不叫他搬我家來住？」主意一定，那婦人臉上立刻堆下笑容，問武松說：

「叔叔，到此地幾天了？」

「到此地十數日了。」武松答。

「叔叔，那裏安歇？」婦人問。

「胡亂權且在縣衙裏住。」武松答。

「叔叔，這樣恐怕處處不方便吧？」婦人問。

「獨自一身，容易料理。早晚有士兵伏侍。」武松答。

「那種人怎能照顧得好！何不搬來家裏住？早晚要些湯水喫時，奴家親自安排，不強似那般骯髒人？叔叔便喫口清湯，也放心得下。」

「謝謝嫂嫂！」武松答。

「莫不別處有嬸嬸？可請來見面？」婦人問。

「武二並不曾婚娶。」武松答。

「叔叔青春多少？」婦人又問。

「廿五歲。」武松答。

「喔！長奴三歲！叔叔今番從那裏來？」婦人又問。

「在滄州住了一年有餘，以爲哥哥還住在清河縣，沒想到已搬來陽穀縣了！」武松說。

「一言難盡！你哥哥人太善良，遭人欺負。若是叔叔這般雄壯，誰敢說個『不』字？」婦人說話時兩眼不離武松看。

「家兄從來本分，不似武松撒野！」武松說。

這時那婦人却哈哈笑了起來，正待說話。武大已買了些酒肉果品歸來放在廚下，走上樓來，叫道：

「大嫂，你下來安排！」

那婦人不耐煩的答應說：

「你太不懂事了，叔叔在這裏坐着，却教我撇了下來。你不會央隔壁的王乾娘安排便了。」

武大只得去請隔壁的王婆子安排妥當，都端上樓來，擺在桌子上。武大叫婦人坐了主位，武松對席，武大自已坐在旁邊。那婦人笑容可掬，滿口兒叫着叔叔，撿了好魚好肉一直往武松面前遞。武松是個個性直爽的漢子，只以爲嫂嫂待他客氣，那裏會想到那婦人的用心。而武大却是個善良懦弱的人，只顧上下遞酒燙酒，那裏來管別的事。那婦人喫了幾盞酒，膽子越發大了，那一雙眼睛只顧看着武松。武松被看得不好意思，低着頭不去理會。武松喫了一回，恐衙門裏有事，起身要走，武大留他不住，便和那婦人送他下樓。那婦人說：

「叔叔，一定要搬來住，否則我與你哥哥被人笑話。親兄弟不比別人。大哥你就整理個房間，請叔叔來家裏過活，休教街坊鄰舍說不是。」

「大嫂說得甚是。弟弟，你便搬來，也教我爭口氣！」武大也說。

「既是哥哥嫂嫂這麼說，今晚有些行李便去取來。」武松見推辭不得，只得答應了。

武松別了哥嫂，離了紫石街，直投到縣裏來，正值知縣在廳上辦事。武松就把遇見兄嫂，要搬到家裏去住的事，向知縣稟知。知縣聽罷就說：

「這是孝悌的做法，我如何阻止你？你可每日來縣裏侍候。」

武松謝了，收拾好行李，叫個士兵挑了，來到哥哥家裏。那婦人見了，就像半夜裏撿到元寶似的，歡喜的不得了。武大叫個木匠就在樓下整了一個房間，舖下一張床，裏面放一條桌子，兩張板凳，一個火爐。武松把行李安頓了，吩咐士兵囘去，當晚就住在哥哥家。

次日清晨，那婦人慌忙起來燒洗面湯，舀漱口水，叫武松洗漱了，裹了巾幘，出門去縣裏畫卯。武松臨出門時那婦人送到門邊。說：

「叔叔，畫了卯，早些個囘來喫飯。休去別處喫。」

武松答應了一聲，就去縣衙裏侍候。中午囘來時，見那婦人洗手剔甲，打扮得整整齊齊。早已安排下飯食。三人共桌喫了飯，那婦人雙手捧一盞茶遞給武松。武松慌忙接過，說道：

「這般麻煩嫂嫂，武松寢食不安。不如去縣裏撥個士兵來使喚？」

那婦人連聲說：

「叔叔，這般見外，自家的骨肉，又不伏侍了別人。便撥個士兵來上鍋上竈也不乾淨，奴眼裏也看不得這種人。」

武松看嫂嫂如此，也只好作罷。武松拿出些銀子給武大，買了些糕餅果品，請鄰舍喫茶。又送了一匹彩緞子給嫂嫂做衣服。武松自此就在哥哥家裏歇宿。

轉眼已到了十二月，連日朔風緊起，彤雲密布，下起大雪來，武松一早就到縣裏去畫卯，直到中午還沒回來。那婦人催促武大冒着風雪出去做買賣。請了隔壁的王婆做了幾樣酒菜，去武松房裏生了一個火爐。心裏想道：「我今日挑逗他一番，不信他不動情。……」那婦人獨自一人冷冷清清地在簾兒下等着，只見武松踏着亂瓊碎玉般的雪花走回來。那婦人掀起簾子，陪着笑臉說：

「叔叔寒冷？」

伸手去揭武松的氈笠兒。武松不好意思勞動嫂嫂，自已把帽子上的雪花拂去，掛在壁上。武松脫了油靴，換了一雙襪子，穿了煖鞋，拿張凳子坐在爐邊烤火。那婦人把前門上了門，後門下了鎖。把酒菜搬到了武松房裏的桌子上。武松問道：

「哥哥那裏去了？」

「你哥哥出去做買賣，我和叔叔自飲三杯。」那婦人說時，早已煖了一壺酒來，那婦人自己也拿了張凳子挨近火爐邊坐了。拿起酒盞，看着武松說：

「叔叔滿飲此杯！」

武松接過酒來，一飲而盡，那婦人又斟滿一杯，說道：

「天氣寒冷，叔叔，飲個成雙兒杯吧！」

武松說聲：「嫂嫂自便！」接過杯來，又是一飲而盡。武松也篩一杯遞給婦人，婦人接過酒來也喫了，却又注滿一杯遞在武松面前。那婦人將酥胸微露，雲鬟半垂，臉上堆着笑容，說道：

「我聽說，叔叔在縣前東街上，養着一個唱的，可有這回事？」

「嫂嫂聽人胡說！我武二不是這種人。」武松答。

「我不信，只怕叔叔口頭不似心頭。」那婦人笑着說。

「嫂嫂不信時，只管問哥哥。」武松答。

「他曉得甚麼，曉得這等事時，不賣炊餠了。叔叔再喫一杯。」婦人連篩了三、四杯酒，自已也有三杯落肚，鬨動春心，那裏按捺得住，只管拿閒話來說。武松也知了四、五分，只是低頭勉強忍耐着。那婦人起身去盪酒。武松自在房裏拿着火筷簇火。那婦人煖了一壺酒上來，一隻手拿着酒壺，一隻手便去武松肩胛上揑了一把。說：

「叔叔，只穿這些衣服，不冷？」

武松心裏已有六、七分不愉快，所以也不答應。那婦人見他不應，劈手便來奪火筯，口裏說：

「叔叔不會簇火，我替叔叔撥火；只要似火盆常熱便好。」

武松已是八、九分焦躁，只不做聲。那婦人慾心似火，放了火筯，却注了一盞酒來，自己先喫了一口，剩下大半盞，看着武松說：

「你若有心喫我這盞兒殘酒。」

武松劈手奪來，潑在地上。說道：

「休要這樣不知羞恥！」

把手只一推，險些兒把那婦人推倒。武松睜大眼睛說：

「武二是個頂天立地噙齒戴髮的男子漢！不是那種敗壞風俗，沒人倫的猪狗！嫂嫂休要這般不識廉恥！倘有些風吹草動，武二眼裏認得嫂嫂，拳頭却不認得嫂！下次不要再這樣了。」

那婦人滿臉通紅，便拿開凳子，口裏說道：

「我只是開玩笑，你却當真起來，好不識人敬重！」搬了盞碟往厨房去了。

到了未牌時分，武大郎挑了擔兒回來，那婦人慌忙開了門，就急急地躲進厨房。武大把擔兒歇了，跟進去，見老婆雙眼哭得紅腫。武大說：

「你和誰鬧了？」

「都是你不爭氣，敎外人來欺負我！」那婦人說。

「誰人來欺負你？」武大問。

「還有誰！就是你那弟弟。我見他大雪裏歸來，連忙安排酒菜，請他喫；他見前後沒人，就用言語調戲我。」那婦人說着又哭了起來。

「我的兄弟不是這種人，從來老實。休要高做聲，讓鄰舍聽了笑話。」武大說罷，撇了老婆，來到武松房裏叫道：

「弟弟，你不曾喫點心，我和你喫些？」

武松只不做聲，尋思了半晌，再脫了絲鞋，依舊穿上油靴，帶了氈笠兒，一頭繫帽纓，一面出門。武大叫道：

「弟弟那裏去？」

武松一應也不應，只顧走了。武大回到厨房對那婦人說：

「我叫他又不應，只顧往縣裏去，不知是怎麼了？」

「糊塗蟲！有什麼不解，那廝羞了，沒臉兒見你，才走了出去。我也不許你再留他住宿！」那婦人罵着說。

「他搬出去，會讓人笑話！」武大眉宇深鎖。

「混沌魍魎㈠！他來調戲我，難道就不讓別人笑話！你要便自和他去過活，給我一紙休書就是！」那婦人說話聲音越來越大。

武大那裏敢開口。正在此時，只見武松引了一個士兵，拿着條扁擔，直接來房中收拾了行李，便出門去了。武大趕出來叫道：

「弟弟！做甚麼搬了去？」

「哥哥，不要問，說出來使你出醜，還是由我去吧！」武松說着就搬着行李走了。只聽那婦人不停的罵着：

「你搬走了，謝天謝地，且得冤家離眼前！」

武大見老婆這般罵，不知怎麼回事，心中悶悶不樂。

歲月如流，不覺雪晴，陽穀縣知縣，到任已經二年半多了，積蓄了一些錢財，想派人送上東京的親戚處，謀個陞轉。這日，想起武松是條好漢，就讓他送去，武松一口答應。隨卽取了些銀兩，叫士兵去街上買了酒和魚肉果品之類，一直來到紫石街，武大家裏。武大恰好賣炊餠回來。看見弟弟來了，連忙招呼進屋，武松就叫士兵到厨房去安排酒食。那婦人餘情不斷，見武松帶酒食來，以爲對她有情，便上樓去重勻粉面，再整雲鬢，換些鮮艷的衣服穿了，來到門前，迎接武松。說：

「不知那裏得罪了叔叔？好幾月不上門了。每日叫你哥哥去縣衙裏尋，總是沒尋處。今日且喜叔叔來了。沒事壞錢做甚麼？」

「武二有句話，特來和哥哥嫂嫂說知。」武松說。

「既是如此，樓上坐！」那婦人道。

於是三人上了樓，此時士兵也已安排好酒食端上樓。武松請哥嫂上首坐了，自已坐在一邊，殷勤地勸哥嫂喝了幾杯酒。那婦人只顧把眼來睃武松，武松只顧喝酒。酒過五巡，武松才斟了一杯酒，拿在手裏，敬武大說：

「大哥，我奉知縣差遣，明日便起程往東京辦事。多則兩個月，少則四、五十天。只因哥哥爲人懦弱，我不在家時，被人欺負。假如你每日賣十籠炊餠，從明日起只賣五籠，每天遲出早歸，不要在外邊喫酒，回到家裏，早點關門，免生是非。如果有人欺負你，也不要和人爭執，等我回來再說。大哥依我時，滿飲此杯！」

武大聽了連連答應，接過酒杯，一飲而盡。武松又斟了一杯，對那婦人說：

「嫂嫂是個精細的人，不必武松多說。常言道『表壯不如裏壯』、『籬牢犬不入』，只要嫂嫂把得家定，哥哥就沒煩惱了。」

那婦人被武松這一說，一點紅從耳朵邊起，脹紫了面皮；指着武大罵道：

「你這個骯髒混沌！有甚麼言語在外人處說了，來欺負老娘！」

推開了酒盞，一直跑下樓去。走到半胡梯上還說：

「我當初嫁武大時，可不曾聽說有甚麼阿叔，不知是那裏走得來的！」

武大武二兄弟也不理會，只顧喫酒。武松見武大眼中垂淚，就說：

「哥哥便是不做買賣也罷，盤纏兄弟自將送來！」

又喫了一會酒，武松起來告辭，武大送武松一直到門前，一句話也沒說。

自從武松離開了陽穀縣以後，那婦人一連罵了武大幾天，武大忍氣吞聲，心裏只依着兄弟的言語，每天只做一半炊餅去賣，遲出早歸；一歇了擔子，就去除了簾子，關上大門。那婦人看了心內焦躁，指着武大，大罵：

「混沌濁物！我倒不曾見日頭在半天裏，便把着喪門關了！也不怕別人恥笑！」

「由他們笑話我家禁鬼！我的兄弟說得是好話，省了許多是非。」武大答。

「呸！濁物！你是個男子漢，自己不做主，却聽別人調遣！」那婦人罵得更凶。

「由他。我的兄弟是金子般的言語。」武大搖手說。

那婦人和武大鬧了幾場；也就慣了。每日約莫到武大歸時，先去除了簾子，關上大門。武大見了，心中暗自歡喜。

多已將殘，天色已漸漸同陽微煖。這天也是武大將要回來的時分，那婦人先到前門去叉那簾子，手裏的叉拿不牢，失手滑了下去，不端不正，正好打在人頭巾上，那人立住了脚，正要發作，回過臉來看時，却是一個妖嬈的婦人，先是酥了半邊，怒氣全消，變做了笑臉。那婦人見他不責怪，就道歉說：

「奴家一時失手，官人疼了？」

「不妨事！不妨事！娘子閃了手。」那人一手整着頭巾，一面睜着眼睛瞄着那婦人身上打轉。却被隔壁家茶店裏的王婆看見了。

原來被那婦人竿子打着的漢子，是陽穀縣一個破落戶財主，叫西門慶。在縣前開了一家生藥舖。這人從小奸滑，也會使些拳棒，近來暴發跡，專在縣裏勾結貪官汚吏，榨取善民，無惡不作，所以縣裏人都怕他，稱他「西門大官人。」

這天，西門慶來到了王婆的茶坊，去裏邊水簾下坐了。王婆笑着上來招呼。西門慶也笑着說：

「乾娘，你且來，我問你，壁間那個雌兒是誰的老小？」

「她是閻羅大王的妹子，五道將軍的女兒，問她幹麼？」王婆故意賣個關子。

「乾娘，我和你說正經話，休要取笑！」西門慶捏了一把碎銀塞在王婆手中。

王婆就湊着西門慶耳邊低聲說了幾句，西門慶頓着脚笑道：

「莫不是『三寸丁穀樹皮』的武大郎嗎？好一塊羊肉，落在狗嘴裏。」

王婆也笑着說：

「『駿馬却馱癡漢走，巧妻常伴拙夫眠』，月下老人偏要這般配合！」

兩人閒聊了一回。王婆端了一碗梅湯，雙手遞給西門慶，西門慶慢慢地喫了，把碗放在桌上。說：

「王乾娘，你這梅湯做得真好，有多少在屋裏？」

「老身做了一世「媒」，那討一個在屋裏？」王婆故意逗着西門慶說話。

「我問你梅湯，你却說做媒，差了多少？」西門慶說。

「老身只聽大官人問這『梅』做得好，老身只道說做媒？」王婆笑着說。

「乾娘，你既是撮合山，也替我做個媒，我定重重謝你。」西門慶見話題近了，心中歡喜。

「大官人，你宅上大娘得知時，婆子這臉怎喫得耳刮子？」王婆說。

「我家娘子最好，極是容得人。現今我已討幾個在身邊，只是沒中意的，就是『回頭人』也好，只要中得我意。」西門慶說。

「前日有一個不錯，只怕大官人不要。」王婆說。

「你說說，若好時，我自謝你。」西門慶說。

「生得十二分貌美，只是年紀大了些。」王婆說。

「差一兩歲無妨！」西門慶說。

「那娘子戊寅年生，屬虎的，新年恰好九十三歲。」王婆說。

西門慶一聽，哈哈笑道：

「你看這瘋婆子，只會扯着瘋臉取笑！」

西門慶看看天色晚了，才起身走了。

第二天清晨，王婆剛才開門，探頭望外看時，却見西門慶已經在門前來往踱着。王婆心想：「這個刷子急了，你看我弄點甜頭抹在你鼻子上，只叫你舐不着。再慢慢榨你！」主意已定，開了門後，却去生爐燒水，整理茶鍋。這時西門慶急忙奔了進來，水簾下一坐，直望着武大門前簾子裏看。王婆只當做沒看見，忙着在煽爐子。西門慶叫道：

「乾娘，點兩盞茶來！」

王婆這才笑道：

「哎喲！大官人來了？連日少見，請坐！」

便冲了濃濃的兩盞薑茶，放在桌上。西門慶說：

「乾娘，陪我喫盞茶！」

「我又不是影射㈡的。」王婆笑着說。

逗得西門慶也笑了起來，問道：

「乾娘，隔壁賣甚麼？」

「他家賣拖蒸河漏子熱燙溫和火辣酥。」王婆說。

「你看這婆子只是瘋！」西門慶笑着說。

「我不瘋，他家自有親老公！」王婆說。

「乾娘，正經話。他家如做得好炊餅，我要問他做三、五十個，不知他在不在家？」西門慶說。

「若要買炊餅，少間等他上街來買，何須上門？」王婆說。

「乾娘說得也是！」西門慶又坐了一會，起身說：

「乾娘，記了帳目！」

「不妨事。老娘牢牢寫在帳上。」王婆說。

西門慶笑着去了。

王婆在茶爐邊望外看時，只見西門慶還在門前來回的踱了七、八遍，又走進茶坊來。王婆說：

「大官人，稀客，好久不見了。」

西門慶笑了起來，去身邊摸出一兩銀子來，遞給王婆，說：

「乾娘，就收了做茶錢。」

「何用這許多？」王婆答。

「只顧收着！」西門慶用手一揮，叫王婆不要推辭。

王婆心裏暗暗的喜歡，尋思道：「來了！這刷子當敗！」就把銀子藏在腰兜裏。笑着說：

「老身看大官人有些渴，喫個『寬煎葉兒茶』如何？」

「乾娘如何便猜着？」西門慶有些驚訝。

「有甚麼難猜。自古道：『入門休問榮枯事，觀看容顏便得知』，老身對心理作怪的事也猜得着。」王婆說。

「我有一件心事。乾娘猜得着時，給你五兩銀子。」西門慶說。

「老娘一猜便着。」王婆挨着西門慶的耳朵咕嚕了幾句。西門慶拍手叫起來。說道：

「乾娘，你真的是賽神仙。」西門慶藉着機會把心事都一一告訴王婆，要她想個法子，如果事成，願意再送十兩銀子給她。

王婆收了西門慶的五兩銀子，就教了西門慶一套計策。先讓他買來幾疋綾紬絹緞並十兩清水好綿來。說道：

「你且回去，只在今晚便有回報。」

王婆拿了綢緞，開了後門，走過武大家裏來。那婦人把王婆請上樓坐了。王婆說：

「娘子，怎不過貧家喫茶？」

「只是這幾日身體不適，懶去走動。」那婦人答。

「娘子家裏有黃曆麼？借給老身看一看，要選個裁衣日。」王婆說。

「乾娘裁甚麼衣裳？」那婦人問。

「便是老身十病九痛，怕有些山高水低，預先要製些送終衣服。難得近處有個財主，布施我一套衣料，綾紬絹緞和若干好綿。放在家裏已一年多了。今年覺得身體好生不濟，想趁着這兩日做好，却被裁縫拖延，總說工作忙。我這老年人真是命苦！」王婆說。

「只怕奴家做得不中乾娘意；若不嫌時，奴出手替乾娘做如何？」那婦人笑着說。

「若得娘子做時，老身便死也有個好去處。久聞娘子好針線，只是不敢相央。」王婆也笑了起來。

「這個何妨，乾娘只去撿個黃道吉日，便給你動手。」那婦人說得爽快。

「娘子是一點福星，何必選日子？」王婆說。

「那你明天就拿過來吧！」那婦人答。

王婆遲疑了一陣，說：

「不行！老身要看娘子做活，又怕家裏沒人看門。」

「既是乾娘這麼說，那我明日飯後便過去。」那婦人說。

王婆心中歡喜，千恩萬謝的下樓去了。當晚回復了西門慶的話。約定後日準時來。

次日清早，王婆把房子收拾乾淨，買了些針線，安排了茶水，在家等候。這時，武大已喫了早飯，挑着擔子出門做生意去了。那婦人把簾兒掛了，從後門走到王婆家裏來。那婆子無限歡喜，把那婦人接入房裏坐下，便濃濃地沖盞茶，撒上些白松子、胡桃肉，遞給這婦人喫了，把桌子抹得乾淨，拿出絹緞。婦人用尺量了長短，裁好衣服，便縫起來。王婆在一旁看了，口中不停地贊美，那婦人縫到日中，王婆安排些酒食請她，再縫了一會兒，便收拾起針線回去了，這時恰好武大歸來，看見老婆臉色微紅，就問：

「你去那裏喫酒了？」

那婦人也不隱瞞，就說：

「是隔壁的王婆子央我做送終的衣服，中午安排了點心請我。」

「啊呀！不要喫她的。我們也有央人處。你明日倘或再去做時，帶些錢在身邊，也買些酒食與她回禮，她若不肯要你還禮時，你便拿回來做。」武大說。

那婦人聽武大說得有理，連連點頭應允。

第二天那婦人照樣到王婆家縫衣服，到了日中，婦人取出一貫錢交給王婆說：

「乾娘，奴給你買杯酒喫！」

「哎喲！那裏有這個道理？老身央及娘子做活兒，怎麼反教娘子壞錢？」王婆急忙用手推着錢說。

「乾娘，這是拙夫吩咐。若乾娘見外時，就把衣服拿回家裏做好了再還乾娘。」那婦人說。

「大郎竟如此曉事，既是這般說，老身且收下。」王婆深怕破壞了計謀，所以連連答應。那婦人照樣喫了點心，又縫了一會就回家了。

第三天，中午，西門慶已迫不及待的裹了新頭巾，穿了一套整整齊齊的衣服，帶了三、五兩碎銀子，直奔紫石街。來到茶坊門前，便重重咳嗽了一聲。說：

「王乾娘，連日不見！」

那王婆瞧了一眼，便答應道：

「誰在叫我？」

「是我！」西門慶答。

那王婆急忙掀起簾子，笑道：

「我道是誰？原來是施主大官人。你來得正好，便進來看一看。」

王婆一把拉着西門慶的袖子，一拖拖進屋裏。對那婦人說：

「這個便是給老身衣料的施主……。」

西門慶慌忙招呼，那婦人也放下針線答禮。

王婆指着婦人對西門慶說：

「難得官人給老身緞子，放了一年，都沒做成。如今又虧這位娘子出手成全。真是個布機也似的好針線，又密又好，真是難得！大官人，你且看一看！」

西門慶把衣服拿起來看了，口裏贊美說：

「這位娘子真是神仙一般的手藝。」

「官人休笑話。」那婦人輕盈一笑。

於是三人又閒聊了一陣，時間已經快到中午，西門慶便從懷裏拿出了一些碎銀子，交給王婆說：

「乾娘，今日難得有這位娘子在這裏，由我作東，請乾娘去準備些酒食。」

「這怎麼好意思？」那婦人口裏說着，但却坐着也不動身。王婆看在眼裏，知道那婦人也有些意了。就大膽地說：

「有勞娘子相陪大官人坐一坐，老身去買些酒食來。」

「乾娘自去。」那婦人答。

那王婆剛走，西門慶的一雙色眼已盯着那婦人亂轉，這婆娘只是假意縫着衣服，一雙眼也偷瞍西門慶，見了這一表人物，心中也暗暗歡喜。

不多時，王婆買了些現成的肥鵝熟肉，搬到房裏桌子上。就請西門慶和那婦人入座，婦人假意推辭了一番，也就坐了。西門慶親自替那婦人斟酒、送菜，而且說了許多恭維的話。王婆也在一旁幫腔挑逗，看看兩人言行舉止，彼此都有了幾分意思。王婆忽然說：

「喫得正好，酒却沒了，待老身再去買一瓶兒來喫，如何？」

「我這裏有五兩多碎銀子，都給你，要喫時只顧取來。」西門慶說。

「老身去取瓶兒酒來與娘子再喫一杯，有勞娘子相待大官人坐一坐。」王婆對那婦人說罷，就走到房門前，用繩子把門縛了，却在門外路邊坐着。

這時西門慶在房裏，拿起了酒壺裏殘存的酒，便往那婦人酒盞上注，却故意把袖子在桌上一拂，把一雙筷拂落地上，那雙筷正落在婦人的脚邊。西門慶連忙蹲下身去拾，只見那婦人尖尖的一雙小脚兒，正𨈬在筷邊。西門慶却不去拾筷，便去那婦人繡花鞋兒上捏一把。那婦人就笑了起來，說道：

「官人，休要急躁，你真要勾搭我？」

西門慶立刻跪了下來，說：

「只是娘子成全小人！」

那婦人彎下腰就把西門慶摟抱起來。正在這時，王婆却推門走了進來，怒道：

「你兩個做得好事！」

西門慶和那婦人都喫了一驚。那王婆說：

「好呀！好呀！若給武大得知，須連累老身，不若我先去自首！」

那婦人慌忙拉着王婆說：

「乾娘饒恕！」

「乾娘低聲！」西門慶也裝作驚懼的樣子。

王婆突然笑了起來，說道：

「若要饒恕你兩個，却得依老身一件事。」

「休說一件。十件也依！」那婦人說。

「從今日起，瞞着武大，每日不要失約辜負了大官人，我便罷休。」王婆說。

「只依着乾娘便是。」那婦人答。

於是三人又喫了幾杯酒，已是下午，那婦人匆匆告別，從後門回到家去，剛去下了簾子，武大恰好進門。

陽穀縣有個販賣水果的小販，年方十五、六歲，本身姓喬，因爲在鄆州生的，就取名叫鄆哥。西門慶是他的老主顧，今天正有一籃新鮮雪梨，所以提着滿街尋找西門慶。有人想惡作劇就告訴他說：

「西門慶如今勾搭上紫石街武大的妻子，這早晚一定在那裏，你是小孩子只顧撞入去不妨。」

那鄆哥得了這話，就提着籃子，一直望紫石街走來，朝着茶坊裏便直竄，却正好王婆坐在小板凳上搓麻線。鄆哥把籃子放下，就問：

「乾娘，西門大官人在麼？」

也不等答話就往裏面走，却被王婆一把拉住。說：

「小猢猻，我屋裏那有甚麼西門官人？」

鄆哥才不理會王婆的阻止，硬要往裏撞。王婆一時急了，一手揪住鄆哥，一手在鄆哥頭上鑿了兩個大栗暴㊂，再猛力一推，鄆哥一直跌出門外，雪梨籃兒也丟了出去，那雪梨滾了遍地。鄆哥爬起來，一頭罵，一邊哭，一面走。指着王婆茶坊罵道：

「老咬蟲！我敎你不要慌，以後走着瞧！」

鄆哥提了雪梨籃兒，撿了雪梨，一直奔到街上，去尋找武大郎。轉了兩條街，看見武大郎正挑着炊餅擔兒，走過來。鄆哥立住脚，攔住了武大郎，把茶坊中西門慶與武大老婆勾搭的事，加油添醬，繪聲繪影的都說了。武大一聽，怒火中燒。說道：

「兄弟，不瞞你說；那婆娘每日去王婆家裏做衣裳，歸來時便臉紅，我早有些疑忌。這話正是了！我如今寄了擔兒，便去捉姦，如何？」

鄆哥立刻阻止武大，說：

「你老大這個人，原來這般沒見識！那王婆老狗十分厲害，你如何出得了手！

而且他們必有相通暗號，見你進去拿人，他把你老婆藏了，反告你一狀。怎麼辦？不如我敎你一著；今日且回去，都不要發作，只作平日一般，明早再依計行事。」

鄆哥又湊在武大的耳朶邊說了計策，只見武大連連點頭。並且從懷裏掏出了數貫錢塞給鄆哥，說：

「明日早早來紫石街巷口等我！」

次日飯後，武大只做三、兩扇炊餅，放在擔兒上。那婦人一心只想着西門慶，也沒去注意武大做多做少。當天，武大剛出門做買賣，那婦人便過到王婆房裏去等西門慶。且說武大挑着擔兒，來到紫石街巷口，看見鄆哥已提着籃子在張望。武大輕聲問道：

「如何？」

「早些個，你先去賣一遭再來。」鄆哥說。

武大飛雲也似的去賣了一遭回來。鄆哥說：

「你只看我把籃子撇出來時，你就衝進去。」

鄆哥說罷，就直望茶坊裏來。嘴上却罵着：

「老猪狗！你昨日做甚麼打我？」

王婆一聽，火冒三丈，一大清早就有人來觸霉頭。就跳起身來，喝道：

「你這小猢猻！老娘不跟你計較，你倒反來罵我！」

話沒說完，伸手一把抓住鄆哥便打。鄆哥大叫一聲：「你敢打我！」順手把個籃子望街上一丟。伸手抱住王婆，用頭望王婆肚子猛力撞去，王婆往後踉蹌了幾步，才被牆壁止住。那鄆哥死命頂住王婆不放。只見武大撩起衣裳，大踏步直搶入茶坊裏來，那婆子見是武大，但是又動不得身，只得大聲叫道：

「武大來啦！」

那婆娘正在房裏和西門慶幽會，慌忙中先跑來頂住了門；而西門慶却鑽進了床底下躲着。武大搶到房門邊，用力推那房門時，却那裏推得開？口裏叫道：

「做得好事！」

那婦人頂住房門，慌做一團，口裏便說道：

「平時只會嘴上賣弄好拳棒！急上場時，却是隻紙老虎！」

西門慶躲在牀下聽婦人這幾句話，分明是教他來打武大，奪了路走。便鑽出來，拔開門。叫聲：

「不要打！」

武大正待要揪他，被西門慶早飛起右脚，踢在心窩上，撲地往後便倒了。西門慶見踢了武大，趁着打鬧中一直跑了。鄆哥一看事情鬧大了，拔了腿也跑了。這時街坊鄰居圍了一大堆，但都畏懼西門慶，沒一個人敢來幫忙。王婆立刻從地上扶起武大，見他口吐鮮血，臉色發黃；便叫那婦人出來，舀碗水來，把武大救醒，兩個上下肩攙着，便從後門把武大扶回家去。

次日，西門慶打聽得武大沒死，就依然來王婆家與那婦人勾搭，只指望武大自死。武大一連病了五日，不能夠起床。要湯要水都沒人照顧。每日叫那婦人都不應，只見她濃粧艷抹了出去，面顏紅暈的回來，武大幾遍氣得發昏。就叫老婆過來用威脅的語氣說：

「你做的勾搭，我已親手捉姦，你倒挑撥姦夫踢我心頭。至今害我求生不能，求死不得，你們却自去快活。我自死不妨，和你們爭不得！我的兄弟武二，你須知他性格；倘或早晚回來，他豈肯干休？你若肯可憐我，早早伏侍我好了，他歸來時，我都不提，你若不照顧我，待他歸來，却和你們說話。」

這婦人聽了也不回話，就立刻跑到王婆家，一五一十，都對王婆和西門慶說了。西門慶一聽大驚失色，連聲叫苦。只見王婆冷笑一聲。說：

「你們要長做夫妻，還是短做夫妻？」

「乾娘，你且說如何是長做夫妻，如何是短做夫妻？」西門慶似是沒了主意。

「若是短做夫妻，你們今日就分散，一切照武大的話去做。若是要長做夫妻、每日不受驚怕，我却有一條妙計，只是難敎你。」王婆似胸有成竹。

「乾娘，周全我們做對長久夫妻！」西門慶懇求說。

「這條計用着件東西，別人家裏沒有，大官人家却有！」王婆故做神秘。

「便是要我的眼睛也剜給你，你且說是甚麼？」西門慶十分焦急。

「如今武大病得重，趁他狼狽時正好下手。大官人家裏取些砒霜來。再敎大娘子自去買一帖心疼的藥來，把這砒霜下在藥裏面，把那矮子結果了，用火葬燒了。便是武二回來，待敢怎樣？自古道：『初嫁從親，再嫁由身』，阿叔如何管得？暗地裏往來半年一載，等待夫孝滿日，大官人娶了家去，這個不是長遠夫妻，偕老同歡？——此計如何？」王婆說話時的表情冷酷陰狠。

「乾娘！只怕罪過！」西門慶說。可是猶豫了一陣咬着牙說：「好吧！一不做，二不休！」

「這是斬草除根之計。官人便去取砒霜來，我自會敎娘子下手。事了時，却要重重謝我。」王婆催促着。

「這個自然。」西門慶說完就匆匆的離去。

不多時，西門慶包了一包砒霜，交給王婆收了。王婆把它都用手撚成細末，給那婦人拿去藏了。那婦人回到家裏，到了樓上看武大時，只見他氣若游絲，都快死了。那婦人就坐在床邊假哭。武大說：

「你做甚麼來哭？」

那婦人拭着眼淚，低聲的說：

「只怪我一時糊塗，給人騙了，害你被踢成這個樣子。現在我打聽一種好藥，我想去買來醫你，又怕你疑忌，所以不敢去拿。」

「你只要把我救活，過去的事一筆勾消，武二來了也不提起，你快去買來給我喫！」武大睜大了眼睛，用充滿着求生乞憐的眼神看着那婦人。

那婦人拿了銅錢，又走到王婆家，坐了一會，讓王婆去抓了藥來。帶回樓上，給武大看了。說：

「這帖心疼藥，醫生說要在半夜裏喫，喫了再蓋一、兩床被發些汗，明日便起得來了。」

「那麼就請大嫂，今晚醒睡些個，半夜裏調藥給我喫。」武大用感激的眼神看着那婦人。

天色漸漸暗了，那婦人在房裏點了一碗燈；厨房裏先去燒了一鍋水，拿了條抹布煑在水裏。聽那更鼓時，正好打了三更。那婦人先把毒藥傾在盞子裏，再舀了一碗白湯，端到樓上。叫道：

「大哥藥在那裏？」

「在我席子底下枕頭邊，快拿來調給我喫！」武大急促的說。

那婦人揭起席子，把那藥抖在盞子裏，再將白湯沖在盞內，拿頭上的髮簪只一攪，調得勻了，左手扶起武大右手把藥便灌。武大呷了一口。說：

「大嫂，這藥好難喫！」

「只要它醫治得病，管甚麼難喫！」婆娘講話時已有些心焦。

待武大再呷第二口時，被這婆娘就勢一灌，一盞藥都灌下喉嚨去了。那婦人便放倒武大，慌忙跳下床來。武大哎了一聲，說：

「大嫂，喫下這藥去，肚裏却疼了起來，苦呀！苦呀！我受不了了。」

這婦人急忙去脚後扯過兩床被來，沒頭沒臉只顧蓋。武大叫道：

「悶死我了！」

「郎中吩咐，教我給你發些汗，便好得快。」婆娘說時已跳上床去，騎在武大身上，用手緊緊地按住被角，不敢稍微放鬆。那武大哎了兩聲，喘息了一回，腸胃迸裂，動彈不得了。那婦人揭起被來，見武大咬牙切齒，七竅流血。心裏怕起來，只得跳下床來，敲那板壁。王婆聽了，走過後門頭咳嗽一聲。那婦人急忙下樓打開了後門。王婆問道：

「結果了吧？」

「結果是結果了，只是我手軟了，安排不得。」那婦人說話時臉色蒼白。

「有甚麼難處，我來幫你！」那婆子便把衣袖捲起，舀了一桶開水，把抹布撇在裏面，提上樓來，捲過了被，先把武大嘴邊唇上都抹了，把七竅的淤血痕跡都抹乾淨，便把衣裳蓋在屍上。兩個從樓上一步一步的扛下來，就樓下找了一扇舊門停了，替他梳頭，戴上巾幘，穿了衣裳，取雙鞋襪讓他穿了，拿片白絹蓋了臉，揀床乾淨的被子蓋在屍上，又上樓去把房間都收拾乾淨。王婆就自轉囘去。那婆娘便假裝嚎啕大哭起來。

第二天一早天還沒亮，西門慶就來打聽消息，王婆把詳情說了，西門慶立刻拿了銀子給王婆，教她買棺材。王婆說：

「別的事情都容易，只有何九叔是個精細的人，只怕他來驗屍時看出破綻，不肯殮。」

「這個不妨，我自吩咐便是。」西門慶答應了，也就急着去辦事。

等到天明時，王婆已經買了棺材和一些香燭紙錢之類，搭了個靈堂，點燃了隨身燈。這時鄰舍街坊聽說武大死了，都來弔祭。那婦人虛掩着粉臉假哭。鄰居明知道武大死得不明不白，但又都不敢追問。只是說了幾句安慰的話，各自散了。

王婆把一切入殮用的都準備妥當，就去請何九叔，却見何九叔正與西門慶在巷口談話。何九叔就先撥幾個夥計跟着王婆同來料理。直到巳牌時分，何九叔才慢慢地走來。一進門口就問夥計道：

「這武大是得甚麼病死的？」

「他家說是害心疼病死的。」夥計答道。

何九叔揭起簾子進去，只見武大的老婆穿着素淡的衣裳，跪在武大靈前假哭。何九叔上下看了那婆娘模樣，心裏想道：「原來武大却討着這麼個貌美的老婆！西門慶給我這十兩銀子有些來歷了！」來到了武大屍前，揭起千秋旛，扯開白絹，兩眼定神看時，突然大叫一聲，往後便倒，口裏噴出血來。幾個夥計立刻上前扶住。王婆叫道：

「這是中了惡，快拿水來！」

王婆呷口水，往何九叔臉上噴了兩口，何九叔才漸漸地轉動，有些甦醒。幾個夥計又尋了扇舊門，一直把何九叔抬到家裏，放在床上睡了。急得他老婆坐在床邊哭個不休。何九叔看夥計們都走了，才坐起來對老婆說：

「你不要煩惱，我自沒事。剛才去武大家入殮，到得他巷口，就迎見縣前開藥鋪的西門慶，請我去喫了一席酒，又拿十兩銀子給我，說道：『所殮的屍首，凡事遮蓋些。』我到了武大家，見他的老婆是個不良的人，我心裏已有八、九分疑忌；到那裏揭起千秋旛看時，見武大面皮紫黑，七竅內津津出血，唇口上微露齒痕，定是中毒死的。我本待聲張起來，怕惡了西門慶。若是隨便入了殮，武大有個兄弟，便是前日景陽岡上打虎的武松，他是個殺人不眨眼的男子，倘或回來，此事必發。於是我自咬了舌頭，假裝中惡，才瞞過他們。」

「我也曾聽人說了，鄆哥幫武大去紫石街捉姦，鬧了茶坊，正是這件事。如今處理這件事不難，只派夥計去殮了，問他幾時出殯；如果是停喪在家，待武二歸來，這件事就沒什麼牽連。若是埋葬了也不妨。若是拿去火葬，則必有蹊蹺，到時，你假裝去送葬，趁人不注意時，撿兩塊骨頭回來，和這十兩銀子一齊收着，便是最有力證據。武松若回來，不問便罷，却給西門慶一個人情。」何九叔的老婆教得明白。

何九叔立刻叫夥計自去殮了，夥計回來稟告說：

「他家大娘說：只三日便出殯，城外燒化。」

到了第三天早上，衆人扛抬了棺材，也有幾家鄰舍來相送。那婦人帶上孝，一路上假哭着，來到了城外火葬場上，便叫人舉火燒化。這時何九叔手裏提着一疊紙錢匆匆趕來。王婆和那婦人見了，說：

「九叔，且喜貴體沒事了。」

「小人前日買了大郎一扇炊餅，不曾還錢，所以特地來把紙箔燒給大郎。」何九叔把紙錢就棺材前燒了。又對着王婆和那婦人說：

「娘子和乾娘且去齋堂相待鄰舍街坊，這裏面由小人替你照料！」

何九叔用話支開了王婆和那婦人。就拿了把火夾，去撿了兩塊骨頭，望潵骨池裏只一浸，看那骨頭酥黑。何九叔把它藏了，便也到齋堂裏去敷衍了一番。

那何九叔將骨頭帶到家中，用幅紙寫了年月日期，送喪人的名字，和銀子一起包了，用一個布袋兒盛着，放在房裏收着。

那婦人回到家中，在窗前擺設了一個靈牌，上寫「亡夫武大郎之位」，靈床前點一盞琉璃燈，裏面貼了些經旛、錢垛、金銀錠、采繒之屬。每日却自和西門慶在樓上取樂，行爲更是明目張膽，這條街上遠近人家，無一人不知此事，但都畏懼西門慶的財勢，不敢聲張。

轉眼間已是三月初頭，武松辦完了知縣交代的事務。領着一行人取路回陽穀縣來，這一天武松忽然覺得心神不寧，趕着要見哥哥。所以到縣裏交納了回書以後，衣服也來不及換，就匆匆趕到紫石街來，兩邊鄰舍，看武松回來，都喫了一驚，担把冷汗，紛紛躲避。武松心中焦急，也不理會。到了門前，揭起簾子，探身進去，只見靈床，明明寫着「亡夫武大郎之位」七個字，一時呆了，揉了揉眼睛說道：

「莫不是我眼花了？」

這時那西門慶正和這婆娘在樓上取樂。聽出是武松的聲音。嚇得屁滾尿流，跳了窗一直奔到後門，從王婆家走了。那婦人才叫聲：

「叔叔少坐！」

却慌忙去盆裏洗落了脂粉，拔去了首飾，蓬鬆挽了個髻兒，脫去了紅裙繡襖，立刻換上了孝裙孝衫，才從樓上哽哽咽咽的假哭起來。武松說：

「嫂嫂，不要哭。我哥哥幾時死的，得了甚麼病？」

「你哥哥自你走了二十天左右，突然害急心疼，病了八、九日，求神問卜，甚麼藥都喫了，也醫治不得，撇下我好苦。」那婆娘又嚎啕乾哭起來。

「奇怪！我的哥哥從來不曾有這種病？」武松兩眼圓睜。

這時隔壁的王婆聽得是武松回來了，也趕忙過來幫着那婆娘應付。看到武松面露懷疑之色，就立刻插嘴說：

「武都頭，怎麼如此說！『天有不測風雲，人有暫時禍福』誰能保得長久沒事？」

「虧得乾娘幫助，我是個沒脚蟹㊃行動不得，鄰舍家誰肯幫我！」那婆娘裝得一副受盡委屈的可憐模樣。

「如今埋在那裏？」武松厲聲問。

「我又獨自一人，那裏去尋墳地？沒奈何，留了三日，抬出去燒化了。」那婦人說。

「哥哥死了幾日？」武松追問。

「再兩日，便是斷七。」婦人答。

武松沉吟了半晌，便回到住處，換了一套素淨衣服，又叫士兵打了一條麻繩繫在腰上，身邊藏了一把尖長柄短，背厚刃薄的解腕刀，取了些銀兩帶在身邊，去縣前買了些米麵椒料等物，備了香燭冥紙。等到天晚時，就到哥哥家敲門，那婦人開了門。武松叫士兵去安排羹飯，自己到靈床前點起燈燭，鋪設酒餚。到了二更時，武松突然撲翻身便拜道：

「哥哥陰魂不遠！你在世時軟弱，今日死後，不見分明！你若是負屈銜冤，被人害了，託夢給我，兄弟替你做主報讎！」

隨後把酒澆奠了，燒化了冥用紙錢，便放聲大哭，哭得那左鄰右舍，無不悽愴，惶懼。那婦人也陪着在裏邊假哭。武松哭罷，討兩條席子叫士兵在門邊睡，自己在靈床前舖了席子睡。那婦人自上樓去睡。約莫三更時候，武松只見靈床下捲起一陣冷氣來，把燈都遮黑了，壁上紙錢亂飛，彷彿見個人從靈床底下鑽出來，叫聲：「兄弟！我死得好苦！」武松聽不仔細，正想向前再看時，却並沒有冷氣，也不見人，自己正坐在席子上。尋思道：「是夢非夢？」回頭看士兵，却睡得正熟。

武松心中久久不能釋懷。

天色漸明，武松看那婦人走下樓來。便問：

「是誰買得藥？」

「有藥方在這裏？」婦人遞給武松一張藥方。

「是誰買的棺材？」武松問。

「央請隔壁王乾娘去買的。」婦人答。

「誰來扛出去？」武松問。

「是何九叔！」婦人答。

武松不再說話，領了士兵就走，走到紫石街口，吩咐士兵先回縣衙。自己却轉到獅子街何九叔家門前，揭起簾子，叫聲：

「何九叔在家麼？」

這何九叔剛起床，一聽是武松來找，嚇得手忙脚亂，頭巾也不戴，急急拿了銀子和骨殖藏在身邊。便出來迎接，說：

「武都頭，幾時回來？」

武松也不答腔，一手拉了何九叔便走，來到了巷口酒店裏坐下。何九叔心裏已猜着了八、九分。而武松也不說話，只顧喫酒，唬得何九叔手心上冷汗直冒。酒已數杯，只見武松捋起雙袖，揭起衣裳，颼地抽出一把尖刀，揷在桌上。唬得何九叔面色青黃，不敢吐氣。武松指着何九叔說：

「小子粗疎，還曉得『寃各有頭，債各有主』，你休驚怕，只要實說，我哥哥是怎麼死的？便不干涉。我若傷了你，不是好漢！倘若你有半句兒差，我這口刀立刻敎你身上添三、四百個透明的窟窿！」

「都頭息怒，這個袋子便是一個大證物。」何九叔說罷，打開袋子，把經過的情形，都詳細的說了。武松聽了暴叫：

「姦夫是誰？」

「小人不知是誰！只聽說一個賣梨的鄆哥，曾陪着大郎到茶坊捉姦，都頭要知詳情，可問鄆哥。」何九叔答。

武松收了刀，藏起骨頭和銀子，算了酒錢，便同何九叔往鄆哥家裏來。鄆哥一看是武松，心中已經明白了。便說：

「武都頭，我的老爹六十歲，沒人贍養，我却難件你喫官司。」

武松也不答話，從懷裏掏出五兩銀子，交給鄆哥。鄆哥心裏想到：「這五兩銀子，足夠三、五個月生活。」便說：

「便陪你們喫官司也不妨！」

他把銀子交給了父親，就跟着二人走出巷口，來到一家飯店樓上，揀個僻靜處，鄆哥把所見所聞都一一說了。武松聽後，兩眼露出兇光、暴出血絲，問道：

「你此話是實？」

「就是到官府，我也這般說。」鄆哥答。

於是武松帶了何九叔和鄆哥直到縣廳上，做個人證，要告西門慶跟那婦人通姦，謀殺大郎性命。知縣問了口供來和縣吏商議，原來這縣吏和西門慶都有關係。於是知縣不但不受理，反斥責武松說：

「武松，你也是個本縣都頭，自應懂得法度。自古道：『捉姦見雙，捉賊見贓，殺人見傷』，你那哥哥的屍首也沒了，你又不曾捉得他姦，如今只憑這兩個人的言語，便問他殺人公事，莫非太偏向了麼？你千萬不可造次！」

武松不服，又拿出了銀子和骨頭。知縣見了，只得叫武松從長計議。武松只是一言不發，兩行眼淚却潸潸然而下。

武松下得廳來，把何九叔和鄆哥請到住處，叫士兵安排了酒食請他們喫了。自己又帶了三、兩個士兵，拿了筆墨，買了三、五張紙藏在身邊；又叫士兵買了個豬頭，一隻鵝，一隻鷄，一擔酒，和一些果品之類，先安排在哥哥家裏。那婦人已知道武松告狀不准，也就放下心不再怕他。到了巳牌時分，武松帶了士兵到家中，說道：

「嫂嫂下來，有句話說。」

那婦人慢慢地走下樓來，問道：

「有甚麼話說？」

「明日是亡兄斷七，你前日叨擾了鄰舍街坊，我今日特地來把杯酒，替嫂嫂相謝衆鄰！」武松語氣平和。

「謝他們幹麼？」那婦人的語氣卻刁蠻。

「禮不可缺。」武松淡淡的說。

就叫士兵先去靈床前，點起兩枝明晃晃的蠟燭，焚起一爐香，列下一疊紙錢；把祭物都在靈床前擺了。叫一個士兵到後面燙酒，兩個士兵到門前安排桌凳，又有兩個前後把門。武松把工作分配妥了，便叫：

「嫂嫂，來待客，我去請來！」

武松先去請了隔壁的王婆，王婆已得到西門慶的囘話了，所以放心的來喫酒，又請了開銀鋪的姚文卿，開紙馬鋪的趙仲銘，賣冷酒店的胡正卿，賣肉的張公，衆人都按長幼就了位，武松拿張凳子坐在旁邊，便叫士兵們把前後門都關了。武松擧起酒盞謝道：

「衆高鄰，休怪小人粗魯，胡亂請喫些個！」

「小人們都不曾爲都頭洗塵接風，如今倒反而叨擾。」衆鄰舍也都齊聲答禮。

而士兵則只顧注酒，衆人懷着鬼胎，都不知未來的發展。看看酒到三巡，那胡正卿藉口繁忙，站起來告辭，却被武松一把拉住，強按在座位上。說道：

「有勞各位，稍待片刻！」

而士兵則繼續斟酒，前後大約喫了七杯酒。武林叫士兵收了桌上杯盤，抹淨了桌子。衆鄰舍正待起身。武松只把兩隻手一攔，說道：

「中間那位高鄰會寫字？」

「此位胡正卿寫得極好。」姚文卿指着正卿說。

「那麼就麻煩你了！」武松說完，捲起衣袖，去衣裳底下颼的一聲，抽出一把尖刀來說道：

「諸位高鄰在此，小人是『寃有頭，債有主』只請各位做個見證。」

只見武松左手拿住嫂嫂，右手指着王婆。四鄰都嚇得目瞪口呆，不知所措。武松看着王婆罵道：

「老豬狗聽着，我的哥哥一條性命都斷在你身上！等下慢慢地問你。」

轉過臉來看着婦人又罵道：

「淫婦！你把我哥哥怎麼謀害的？從實招來，我便饒你！」

「叔叔！你好沒道理！你哥哥自害心疼病死的，干我甚事！」那婦人說得聲氣逼人。

武松一聽，兩眼圓睜，把刀插在桌子上，用左手揪住那婦人髮髻，右手劈胸提住，把桌子一脚踢倒了，隔着桌子把那婦人輕輕提了過來，丢在靈床前面，兩脚踏住；右手拔起刀來，指着王婆說：

「老豬狗，你從實招來！」

那王婆看已脫身不得，只得說：

「都頭不要發怒，老身自說便了。」

武松立刻叫士兵取來筆墨紙硯，敎胡正卿句句記下，胡正卿用顫抖的手磨着墨，等着王婆招供。這時王婆却改口說：

「又不干我事，敎我說甚麼？」

「老豬狗！我都知道了，你還要賴。你不說時，我先剮了這淫婦，然後殺你這老狗！」武松大罵。提起刀來望那婦人臉上晃了兩下。那婦人慌忙叫道：

「叔叔，且饒了我，你放了我，我便說了。」

武松一提，提起那婆娘，跪在靈床前。喝一聲：

「淫婦快說！」

嚇得她魂魄都飛了，只得把那日放簾子打着西門慶的事情說起，都老老實實的招了。胡正卿也把每句話都寫下了，王婆罵道：

「咬蟲！你先招了，我如何賴得過？只苦了老身！」

於是王婆也只得招了。把王婆的口詞也都叫胡正卿記了。叫兩人在上面都點劃了字，四鄰也書了名，劃了字。叫士兵用繩索綁了王婆，跪在靈前。武松流着淚說：

「哥哥靈魂不遠，今日兄弟替你報讎雪恨！」

叫士兵把紙錢點着。那婦人看情況不妙，正待要叫，被武松一把推倒，兩隻脚踏住她的兩隻胳膊，扯開胸脯衣裳。說時遲，那時快，把尖刀往頭上一剜，鮮血迸流，死了。嚇得衆鄰舍只掩住臉，不敢看。

武松拿了一片靈旛把那婦人的頭包住，藏好尖刀。說：

「且請衆位樓上稍坐！」

武松吩咐士兵也把婆子押上樓去，關了樓門，叫兩個士兵看守着一個也不准走。武松提着頭，匆忙望西門慶的生藥舖前面來，這時西門慶正在樓上閣子裏和一個財主喫酒。武松一直撞到樓上，把那婦人的一顆血淋淋人頭，望西門慶臉上擯過去，西門慶認得是武松，喫了一驚，叫聲：「哎呀！」便蹤身跳在凳子上，一隻脚跨上窗檻，要尋退路，見下面是街，跳不下去，心裏正慌。這時武松用手略按一按，托地也跳在桌子上，把些盞兒、碟兒都踢下桌來。武松只顧往前衝，沒想這時西門慶早飛起一脚，將那口刀踢到樓下的街心去了。西門慶見踢了刀，心裏便不怕武松，右手虛晃一招，左手一拳，照着武松心窩裏打來，却被武松躲過，就勢從脅下鑽進去，左手帶住頭，連肩胛只一提，右手早抓住西門慶左脚，叫聲：「下去！」那西門慶那阻得住武松的神力？只見頭朝下，脚朝上，倒撞落在街心上。武松也順勢跳下樓去，先搶了那口刀在手裏，看那西門慶已跌得半死，直挺挺在地上，只把眼來動。武松按住，只一刀，割下西門慶的頭來，把兩顆頭相結在一處，提在手裏，一直奔回紫石街來。把兩顆人頭供在靈前，拿碗冷酒澆了。流下了眼淚說道：

「哥哥靈魂不遠，早到天界，兄弟替你報讎了！」。

注　釋

㈠ 混沌魍魎：就是糊塗鬼。

㈡ 影射：這裏指的是姘識的男女。

㈢ 栗暴：彎起手指敲人的腦袋叫栗暴

㈣ 沒腳蟹：是說行動不得。一般是指六親無靠的婦女。

第十一章 黑牛和白鯊

「及時雨」宋江和「神行太保」戴宗，在酒樓上正喫得耳熱，彼此傾心吐膽，談得十分投機。忽然聽見樓下喧鬧起來。只見酒保匆匆跑上樓來，對戴宗說：

「李鐵牛又在大吵大鬧，強尋主人借錢，煩院長㊀去勸解。」

戴宗笑着走下樓去，不一會兒吵鬧聲都沒了。只見戴宗引着一個黑凜凜的大漢上來。宋江看見，大喫一驚，便問道：

「院長，這大哥是誰？」

「這個是小弟身邊的一個牢卒，姓李名逵；祖籍沂州沂水縣百丈村人氏。因爲生得黑，脾氣急躁，所以有個渾號叫「黑旋風」。因爲打死人，逃了出來，雖然遇到赦宥，却流落在此江州。他酒性不好，人多畏懼。能使兩把板斧，又會拳棍，所以我把他留在牢裏當差。」

戴宗把李逵的身世都介紹了。

李逵站在旁邊，等戴宗說完話，就指着宋江問戴宗說：

「哥哥！這黑漢子又是誰？」

「你看！這人多粗魯，一點禮貌都不懂！」戴宗對宋江笑着說。

「我問大哥，我怎麼是粗魯？」李逵有些不服。

「兄弟，你應該說『這位官人是誰』，而却說：『這黑漢子是誰』這不是粗魯是甚麼？我告訴你吧；這位仁兄就是你常想去投奔的義士哥哥。」戴宗笑着說。

「莫不是山東及時雨宋江嗎！」李逵面露驚喜之色。

「咄！你這人真不懂禮貌，直言叫喚，不知高低。還不快過來拜見！」戴宗微有惱意。

「若真是宋公明，我便下拜，若是別人我拜甚麼！節級哥哥，你不要捉弄我！」李逵用手摸着腦袋尋思。

宋江見他憨得可愛，不覺笑了起來。說道：

「我正是山東黑宋江。」

李逵拍着手，笑着說：

「我的爺！你爲甚麼不早說？也好敎鐵牛歡喜！」

立刻跪在地上朝着宋江便拜。宋江連忙答禮，說道：

「壯士大哥請坐！」

李逵坐了，一看桌上放着小酒盞，連聲叫道：

「酒保！換個大碗來！」

宋江和戴宗被李逵逗得哈哈大笑起來。宋江問說：

「李大哥，剛才爲甚麼在樓下發怒？」

「我有一錠大銀，抵押了十兩小銀使用。剛才問這家主人借十兩銀子去贖那大銀，好兌換了再還他，不料這主人不肯，我正要打他時，卻被大哥叫住了。」李逵說。

「只要十兩本銀，不要利息麼？」宋江問。

「利息我已經有了，只要十兩本金。」李逵答。

宋江就去身邊取出十兩銀子，交給李逵，說道：

「大哥你去贖回來花用！」

戴宗正想阻止，李逵已接過銀子，望懷裏一塞。說道：

「好呀！等我贖了銀子回來，請你們到城外去喫酒。」說完，一陣風似的下樓走了。

戴宗看李逵走了，才說：

「兄長也太慷慨了！他分明是騙了錢去賭，如果贏了會送還哥哥，如果輸了，那有錢還你。到那時我戴宗面上不好看。」

「尊兄何必見外，這些銀子，何足掛齒？由他去賭輸了罷。我看這人倒是個忠直漢子！」宋江笑着說。

「這人本領倒有，只是粗心大膽。在江州牢裏，喫醉酒時，倒不去欺負罪犯，只去打一般強硬的牢卒。因此我常代他受累。專門路見不平，好打強漢，所以江州的人都怕他。」戴宗又把李逵的情形說給宋江聽。

「俺們再喫兩杯，却去城外閒玩一遭？」宋江說。

「小弟也正有此意。」戴宗說罷，引着宋江步下酒樓。

李逵得了銀子，尋思道：「難得！宋江哥哥又不曾和我深交，便借我十兩銀子。果然是仗義疎財，名不虛傳！只恨我這幾天輸了錢，沒法請他。如今得了他這十兩銀子且去賭一賭。倘若贏得幾貫錢來，請他一請，也好看。」立定主意，就慌忙跑到城外小張乙賭房裏來。把銀子望賭桌上一放，便爭着要賭。這時賭具被別人佔着，不肯給他，小張乙也勸他這次暫時在旁押寶。可是李逵不肯，一把把賭具搶在手中。說：

「我這盤賭五兩銀子，誰押注？」

「我押！」小張乙說。

李逵抓起頭錢㈡，望外一擲。嘴中叫聲：「快！」㈢定眼看時却是「叉」㈣。張乙便伸手把錢拿了過來。李逵叫道：

「我的銀子是十兩！」

「你再博我五兩『快』，便還你這錠銀子！」小張乙答。

李逵又抓起頭錢，擲出去，嘴中叫聲：「快！」却又博了個「叉」。

「我教你休搶頭錢，且歇一博，你偏不聽，如今一連博了兩博『叉』！」小張乙一邊說話，一邊把銀子收到面前。

「這銀子是別人的！」李逵叫道。

「是誰也不濟事了！你既輸了，却說甚麼？」小張乙說。

「沒奈何！且借我一借，明日送來還你。」李逵說。

「說甚麼閒話。『賭錢場上無父子』！你既輸了，還來嚕嗦甚麼？」小張乙不悅的說。

李逵有些焦急，把布衫拽起在前面，口中叫道：

「你還不還？」

「李大哥，平常你賭錢最直爽，今日怎麼如此不大方？」小張乙也瞪着眼睛叫。

李逵一聲不響，伸出五指，就小張乙面前搶過銀子，又在賭桌上搶了別人的十來兩銀子，都摟在布衫兜裏，睜起雙眼，叫道：

「老爺平常賭得直爽，今日權且不大方一次！」說着就要走。

小張乙急忙向前去奪，被李逵用手一指，就跌了一交。於是十二、三個賭客一齊擁上去，被李逵指東打西，指南打北，把他們打得四處亂竄，李逵奪門就走，把門的想要攔阻，却被李逵一把抓開，一脚踢開大門，不顧一切的往前走。小張乙和衆人却在後面追，嘴中喊着：

「李大哥！你太沒道理，怎能搶了我們的銀子！」

李逵突然覺得背後有人趕上來，捉了肩膀，李逵回頭看時，却是戴宗和宋江。李逵一時惶恐滿面，便說：

「哥哥休怪！鐵牛平常賭博直爽，今天不料輸了哥哥的銀子，又沒錢請哥哥喫酒，所以急了，才做出這種事。」

宋江聽了，哈哈大笑說：

「賢弟！你若要錢用，只管向我來拿，今天既是輸了，快還給人家！」

李逵只得從布衫裏掏出銀子，都遞給宋江。宋江把錢還給了衆人。小張乙接過銀子，說道：

「二位官人，小人只拿了自己的。這十兩銀子雖然是李大哥輸給我的，如今小人寧願不要，免得他記讎！」

「你只管拿去，李逵不會記恨！」宋江說。

可是小張乙那裏肯？宋江便說：

「那你把錢拿去賠打傷的人罷！」

小張乙這才收了銀錢，拜謝而去。

眾人都散了，宋江隨即邀了戴宗、李逵來到了潯陽江邊的琵琶亭酒館。據說這是唐朝白樂天古跡，一邊臨江，一邊是店主人家房屋，戴宗選了一處僻靜座位，酒保送來了兩樽「玉壺春」酒，此是江州有名的上酒；開了泥頭，一陣陣香味撲鼻傳來。宋江吩咐酒保說：

「我兩個前放兩隻盞子，這位大哥前面放個大碗！」

李逵一聽大喜。拍手說：

「真是好個宋哥哥，了解我的性格，結拜這麼一位哥哥，也不枉了！」

宋江心中歡喜，多喫了幾杯，忽然心裏想要辣魚湯喫，便問戴宗說：

「這裏有新鮮魚嗎？」

「兄長，你不見滿江都是漁船？此地正是魚米之鄉，怎麼沒有鮮魚？」戴宗指着江中說。

「想喫些辣魚湯醒酒？」宋江說。

戴宗便喚酒保吩咐，不一會兒就端了三碗加辣點的紅白魚湯來。宋江說道：

「『美食不如美器』，沒想到酒肆之中，竟有如此精緻器皿。」

拿起筯來，相勸戴宗，李逵，自己也喫了幾口，喝了些湯汁。却見李逵並不用筷，便去碗裏撈起魚來，連骨頭都喫了。宋江看了忍笑不住，喝了兩口汁，便不喫了。戴宗說：

「兄弟，一定是醃魚，不中仁兄意了。」

「剛才只是酒後想喫口鮮魚湯，這魚確是不甚好！」宋江說。

李逵一看宋江和戴宗都把筷放下了。就伸過手來去宋江和戴宗的碗裏撈起魚來，連骨刺都喫了，滴滴點點淋了一桌子湯汁。宋江見李逵把三碗魚湯和骨頭都喫了，心想他一定是肚子餓。就吩咐酒保說：

「你再切二斤牛肉給這位大哥喫？」

「小店只賣羊肉……。」酒保話沒說完，便被李逵潑得滿臉魚湯。戴宗叫道：

「你又做甚麼了？」

「這小子無禮，欺負我只喫牛肉，不賣羊肉給我喫！」李逵應道。

宋江連忙跟酒保賠不是。酒保只得忍氣吞聲的去切了二斤羊肉來，李逵也不客氣，用手大把抓着喫，不一會兒，就把二斤羊肉喫光了。摸摸嘴巴笑道：

「還真是宋大哥了解我！」

戴宗因爲剛才的魚不太新鮮，所以就問酒保說：

「酒店中可有新鮮的魚？」

「不瞞官人，剛才的魚，確是昨天醃的。今天的活魚還在船上，等賣魚主人來了，才敢買賣。」酒保說。

李逵一聽，跳起來說：

「我自去討兩尾活魚來給大哥喫。打魚的不敢不給我。」

戴宗阻攔不住，李逵已一直去了。只得對宋江說道：

「兄長休怪！小弟引這等人來相會，全沒體面，羞殺人了。」

「他生性如此，如何能改，我倒敬重他的真實不假。」

宋江却笑着說，一點也不以爲意。

李逵走到江邊，看見約有八、九十隻漁船，都停繫在綠楊樹下，一字排着。船上漁人，有斜枕着船梢睡的，有在船頭上結網的，也有在水裏洗浴的。此時正是五月半天氣，一輪紅日已快西沉，還不見主人來開艙賣魚。李逵走到船邊，大叫說：

「你們賣兩條船上的活魚給我？」

「賣魚主人還沒來，我們不敢開艙。你看！那些魚販都在岸上等着呢？」漁船上的人答。

一等甚麼主人，先拿兩尾魚來給我！」李逵還是叫個不停。但是漁船上的人依然不肯，李逵一時大怒，跳上一隻船，只顧把竹笆篾來拔，漁人在岸上大叫「完了！完了！」李逵伸手去艙板底下摸，却發現一條魚也沒有。原來那大江裏的漁船，船尾開半截大孔放江水出入，養着活魚，而用竹笆篾攔住，以此船艙裏活水來往，養放活魚；因此江州有好鮮魚。這李逵那裏懂得，倒先把竹笆篾拔了，把一艙活魚都放走了。李逵又跳到另一隻船上去拔。那七、八十個漁人都拿竹篙來打李逵。李逵大怒，焦躁起來，便脫下布衫，只穿了短褲，見亂篙打來，兩手一架，早搶了五、六條在手裏，像扭葱般的都折斷了。漁人們都大喫一驚，紛紛解了纜，把船撐開去了。李逵更加氣忿，竟赤條條地，拿了截斷篙，上岸來打魚販，魚販們也都紛紛挑了擔逃走。正在鬧鬨鬨一片混亂的時候，只見一個人從小路裏走出來。衆人看見，叫道：

「主人來了！這黑大漢在此搶魚，把漁船都趕跑了。」

那人一聽大怒，立刻搶過去，指着李逵罵道：

「你這傢伙是喫了豹子膽，竟敢來擾亂老爺的道路！」

李逵看那人時，見他有六尺五、六身材，三十二、三年紀，三柳掩口的黑鬚；

頭上裹了頂青紗萬字巾，脚穿一雙青白梟脚多耳麻鞋。李逵也不回話，掄起竹篙，望那人便打。那人不退反進，早奪了竹篙。李逵便一把揪住那人的頭髮。那人便奔他的下三路，要想絆倒李逵，萬沒想到李逵力大如牛，用力一推，就把那人推開，近身不得，那人便往李逵肋下打了幾拳，李逵毫不在意。那人又飛起脚來踢，被李逵一直把他的頭按下去，提起鐵鎚般大小的拳頭，往那人背脊上擂鼓似的打，打得那人掙扎不得。

李逵正打得忘形，忽然被人從背後抱住，李逵回頭看時，却是宋江，李逵只得停手，那人乘機，一溜煙似地跑了。宋江說道：

「兄弟，快把衣服穿了，一同去喫酒！」

李逵自柳樹根頭拾起布衫，搭在肐膊上，跟了宋江、戴宗便走。走不到十幾步，只聽得背後有人罵道：

「黑殺才！今番要和你去見個輸贏！」

李逵回頭看時，又是那人，只見他脫得赤條條地，穿着一條丁字水褲，露出一身雪般的白肉。在江邊，獨自一人用竹篙撑着一隻漁船，趕過來。口裏大罵道：

「千刀萬剮的黑殺才！老爺怕你的不算好漢，走的不是好漢子！」

李逵被罵得七竅生煙，吼了一聲，撇下布衫，轉過身來向漁船奔去。那人故意把船略攏來湊在岸邊，用一手把竹篙點定了船，口裡大罵着。李逵也罵道：

「好漢便上岸來！」

那人拿了竹篙望李逵脚上去搠，撩撥得李逵火起，托地跳在船上。說時遲，那時快，那人只要誘得李逵上船，把竹篙望岸邊只一點，雙脚一蹬，那條漁船像脫了弦的箭似的，投到了江心。李逵雖然略識水性，但苦不甚高，當時已慌了手脚。那人不再叫罵，撇了竹篙，叫聲：

「你來！今番和你見個輸贏。」

便把李逵的胳膊抓住。口裏說：

「我先不和你廝打，教你喫些水再說。」

兩隻脚把船只一捵；船底朝天，兩個好漢都撲通地翻觔斗撞下江裏去。

宋江、戴宗趕到岸邊時，那隻船已翻在江裏，兩個人只在岸上叫苦。江岸邊早擁上三、五百人在柳陰底下看。都拍手叫着：

「這黑大漢今番着了道兒了，便掙扎得性命，也必喫了一肚皮水。」

宋江和戴宗在岸邊看時，只見江面浪花沸白，那人把李逵提將起來，又掩了下去，兩個正在江心淸波碧浪之中翻滾：一個渾身黑肉，像頭野牛，一個露出遍體霜膚，像條白鯊，兩個打做一團，絞做一塊，江岸上那三、五百人沒一個不喝采。

當時宋江看見李逵被那人在水裏揪住，浸得眼白，又提起來，又納下去，老大喫虧。便叫戴宗央人去救。戴宗問衆人說：

「這白大漢是誰？」

「這白大漢便是本處賣魚主人，喚叫張順。」有人答。

宋江聽了，才猛然想起：「莫不是綽號『浪裏白條』的張順。」於是立刻對戴宗說：

「我有他哥哥張橫的家書在營裏！」

戴宗聽了，就向江裏高聲叫道：

「張二哥，不要再打了！有你令兄張橫的家書在此！這黑大漢是俺的兄弟，你且饒了他，上岸來說話。」

那張順在江心，聽說有哥哥的書信，便放了李逵，李逵正在水裏探頭探腦，載沉載浮，張順帶住了李逵的一隻手，自己把兩條腿踏着水浪，如行平地，那水浸不過他的肚皮，只淹着臍下；擺了一隻手，直托李逵上岸來。江邊的人個個喝采。宋江看得呆了半晌。張順、李逵都到了岸上，李逵喘做一團，口裏只吐白水。戴宗說：

「且請你們都到琵琶亭上說話。」

張順討了件布衫穿着，李逵也穿了布衫。四個人再走到琵琶亭上來。戴宗對張順說：

「二哥，你認得我麼？」

「當然認得，只是無緣，不曾拜會。」張順說。

戴宗又指着李逵問張順說：

「足下日常可認得他麼？今日倒頂撞了你。」

「小人如何不認得李大哥，只是不曾交手。」張順說。

「你也淹得我夠了！」李逵苦着臉說。

「你也打得我好了！」張順接了一句。

戴宗拉着兩人手說：

「你兩個今番做個至交的兄弟。常言道：『不打不成相識』」

「你路上休撞我！」李逵瞪着張順說。

「我只在水裏等你便了！」張順扮個鬼臉。

四人都相對哈哈的大笑起來。

注釋

㈠院長：宋朝時，金陵一路節級都稱呼做「家長」；湖南一路節級都稱呼做「院長」。

㈡頭錢：一種賭具：攤若干錢在手掌上，向外簸出，看有幾個正面，幾個背面，以定輸贏，那錢就叫「頭錢」。

㈢快：頭錢全是背面，叫做「快」。

㈣叉：頭錢全是正面，叫做「叉」。

第十二章 劫法場

宋江尋戴宗、李逵不着，獨自一人，悶悶不已，信步走到城外來，欣賞着江景，不知不覺走到了一座酒樓前，仰臉看時，旁邊豎着一根望竿，懸掛着一面青布酒旗，上寫着「潯陽江正庫」，雕簷外一面牌額，上有蘇東坡題的「潯陽樓」三個大字。宋江心裡暗暗歎佩。尋思道：「我在鄆城縣時，只聽說江州有座潯陽樓，原來就在這裡。我雖然只獨自一人，也不可錯過，何不上樓去，欣賞一番。」宋江來到樓前，看見門邊朱紅色的華表上有兩面白粉牌，各有五個大字，寫道：「世間無比酒」「天下有名樓」。宋江就登上樓來，去靠江邊佔一座閣子裡坐了；凭欄舉目，美如圖畫，喝采不已。酒保立刻笑臉迎了上來。說：

「官人，要待客，還是獨自消遣？」

「要待兩位客人，還沒來。你且先拿一樽好酒，果品肉食，只顧賣來，魚便不要。」

少時，酒保用一托盤托上樓來，一樽「藍橋風月」美酒，擺幾樣肥羊、嫩鷄、釀鵝、精肉，都是用朱紅盤碟。宋江看了暗喜，自誇道：「這般整齊肴饌，精緻的器皿，真是個好地方。我雖是犯罪遠流到此，卻也看了真山真水。我家鄉雖也有幾處名山古跡，卻無此等景致。」於是獨自一人，一杯兩盞，倚欄暢飲，不知不覺多喫了幾杯，有些醉了。突然心頭湧上心事。尋思道：「我生在山東，長在鄆城，學吏出身，結識了多少江湖好漢；雖留得一個虛名；如今已經三十歲出頭，名又不成，功又不就，倒被文了雙頰，配來這裡！我家鄉中的老父和兄弟，不知何時才能相見。」不覺心事湧了上來，潸然淚下；臨風觸目，感恨傷懷。忽然作了一首西江月詞，就叫酒保索借了筆硯來，起身來玩賞，見壁上多有先人題詠。宋江心想：「何不就也題在此，倘若他日榮華富貴了，再經過此地，重覩一番，以記歲月，追思今日的心頭煩憂。」於是乘着酒興，磨得墨濃，蘸得筆飽，在那白粉壁上寫道：

「自幼曾攻經史，長成亦有權謀。恰如猛虎臥荒邱，潛伏爪牙忍受。不幸刺文雙頰，那堪配在江州！他年若得報寃讎，血染潯陽江口！」

宋江寫罷，自己欣賞了一囘，大喜大笑；又飲了數杯酒，不覺狂蕩起來，手舞足蹈，又拿起筆來，在那首西江月後面，再寫上四句詩；

「心在山東身在吳，飄蓬江海漫嗟吁。

他時若遂淩雲志，敢笑黃巢不丈夫！」

宋江寫罷詩，又在後面署上「鄆城宋江作」五個大字。寫罷，把筆往桌上一擲，又自己吟咏了一囘，再飲了數杯酒；不覺醉了，便叫酒保來結了酒帳，拂袖下樓，踉踉蹌蹌的囘到營裡，開了房門，倒在牀上，一直睡到五更。酒醒時已全然不記得昨日在潯陽江旁酒樓上題詩的事，當日害酒，整天都睡在臥房裡，沒有出去。

在潯陽江的對岸，有個小城鎭，叫做無爲軍，是一個荒僻的野地。城中有個閒散的通判，姓黃，雙名文炳。這人雖然讀過經書，卻是阿諛諂佞之徒，心地褊窄，又是嫉賢妬能，只要勝過自己的人，就設計陷害他；不如自己的人就捉弄他，專在鄉里裡害人。他知道江州知府蔡九是當朝蔡太師的兒子，所以每每來討好；時常過江來訪謁知府，指望他能引薦自己出去做官。也是宋江命該受苦，撞上了這對頭。

這一天黃文炳在家中閒坐，無所消遣，就帶着兩個僕人，買了些時新的禮物，僱了一艘快船，渡過江來，直接去探問蔡九知府，碰巧府裡有宴會，不敢進去，準備回去找渡船回家，而僕人把船正泊在潯陽樓下。黃文炳因天氣悶熱，就去樓上閒坐一會兒，信步踱到酒庫裡來。轉到樓上憑欄消遣，看到壁上題詠很多；有做得好的，也有歪談亂道的。黃文炳看了冷笑。正看到宋江在壁上題西江月詞和四句詩時，不覺大驚失色。心想：「這分明是反詩！誰寫在此？」再往後看，下面竟題署「鄆城宋江作」五字。覺得好像見過這人，一時又想不起來。就把酒保找來，問道：

「這兩篇詩詞是誰題在此處？」

「夜來一個客官獨自喫了一瓶酒，寫在這裡的。」酒保答。

「這人甚麼模樣？」黃文炳追問。

「面頰上有兩行『金印』，多半是牢城營裡的人。生得黑矮肥胖。」酒保答。

「是了！」黃文炳說了一聲。立刻向酒保借了筆硯，取幅紙來把反詩抄了，藏在身邊，並吩咐酒保，不要刮去。

黃文炳下樓，在船中歇了一夜。次日，飯後，命僕人挑了禮物，一直送到府前。正值知府退堂在衙內，見門人報告是黃文炳前來拜見，就邀請在後堂招待。黃文炳說：

「文炳夜來渡江，到府拜望，聞知公宴，所以不敢擅入。今日重復拜見恩相。」

「通判是心腹之交。進來同坐何妨？下官有失迎迓。」

蔡知府客套地說。此時黃文炳爲了邀功，故意打聽京師近來是否有新聞發生。蔡九說：

「家尊寫來書信上說：『近日太史院司天監奏報：夜觀天象，罡星照臨吳楚，恐怕有人作亂。加之街市小兒謠言說：「耗國因家木，刀兵點水工；縱橫三十六，播亂在山東。」』因此，囑咐下官，緊守地方。」

黃文炳尋思了半晌，忽然笑道：

「恩相！事非偶然也！」

說時從袖中拿出所抄的詩詞，呈給知府看。知府看罷，說：

「這是反詩！不過照詩中看，只是個配軍！量他能做得甚麼？」

「相公！不可小覷了他！剛才相公所言尊府恩相書中說的小兒謠言，正應在這人身上。」黃文炳道。

「何以見得？」知府問。

「『耗國因家木』，耗散國家錢糧的人，必是『家』頭着個『木』字，明明是指『宋』字；第二句『刀兵點水工』興起刀兵之人，『水』邊着個『工』字，明是個『江』字。這個人姓宋名江，又作下反詩，明是天數。」黃文炳解釋說。

「那麼『縱橫三十六，播亂在山東』二句呢？」蔡九追問。

「或是六六之年，或是六六之數『播亂在山東』，今鄆城縣正是山東地方。這四句謠言已都應了。」黃文炳答。

「不知此間有這個人麼？」蔡九仍有些疑惑。

「這個不難；只要拿牢城營文册一查，便知。」黃文炳答。

蔡九覺得有理，立刻喚從人到庫內拿過牢城營裡文册簿來看，蔡知府親自翻檢，看見後面果然有「五月間新配到囚徒一名，鄆城縣宋江。」黃文炳看了說：

「正是應謠言的人，非同小可！如是遲緩，恐怕走漏消息；可急差人捕獲，下在牢裡，再做商議！」

蔡九也覺事態嚴重，立即陞廳，叫喚兩院押牢節級過來。廳下戴宗應喏。知府說：

「你與我帶了公差，快去牢城營裡捉拿潯陽樓吟反詩的犯人，鄆城縣宋江來，不得有誤！」

戴宗一聽，大喫一驚，心裡只得叫苦。隨即出了府來，點了衆節級牢子，都敎他們各去家裡拿了各人器械，到他住處隔壁的城隍廟裡集合。戴宗吩咐完畢，見各人都散了。急忙作起神行法，趕到了牢城營裡，直接到了抄事房，推開門，看見宋江正在房裡。宋江一見戴宗，就把前日入城尋不到戴宗，獨自到潯陽樓喫酒的事說了。戴宗卻說：

「哥哥，你前日卻在樓上寫下了甚麼言語？」

「醉後狂言，誰個記得！」宋江搖搖頭全不在意。

「剛才知府喚我當廳發落，叫多帶從人捉拿潯陽樓上題反詩的宋江。兄弟我喫了一驚，先去穩住衆公差，叫他們在城隍廟等候，我特來先報知你。哥哥，你看怎麼辦？如何解救？」戴宗焦急不已。

宋江聽罷，搔首不知癢處，只會叫着：

「我今番死定了！」

戴宗尋思了一會兒，說道：

「我敎仁兄一個解危辦法，不知好不好？現在我已不能再躭擱，要馬上回去帶人來捉你。你可披頭散髮，把屎尿潑在地上，便倒在裡面，裝作發瘋，等我帶人來時你就胡言亂語，我自去替你回復知府。」

宋江心想也別無他途，只得答應了。戴宗慌忙趕回城裡，直到城隍廟來和衆人會齊，一直奔到牢城營來，假意問道：

「那個是新配來的宋江？」

牌頭引衆人到了抄事房裡，只見宋江披頭散髮，倒在屎尿坑裡打滾，見戴宗和衆人進來，便大叫：

「你們是甚麼東西？」

「捉拿這廝！」戴宗暴喝一聲。衆人正要上前。宋江卻白着眼，亂打起來；口裡嚷道：

「我是玉皇大帝的女壻！丈人敎我領十萬天兵來殺你江州人！閻羅大王做先鋒！五道將軍做順從！給我一顆金印，重八百餘斤，殺你這般王八蛋！」

衆公差都停住了脚。說：

「原來是個失心瘋的漢子！我們拿他去何用？」

「說得是。我們且去回話。要拿時，再來！」戴宗說罷，引了衆公差回到州衙裡，回復知府道：

「原來這宋江是個失心瘋的人，尿屎穢汚全不顧，口裡胡言亂語，渾身臭糞，因此不敢拿來。」

蔡知府正要問緣故時，黃文炳已經從屏風後轉了出來，對知府說：

「看他寫得詩詞，不像瘋子。其中恐怕有詐，不管怎樣只顧拿來，若走不動時，扛也扛來！」

蔡知府見黃文炳說得十分有理，就命令戴宗說：

「你們只管去捉來！」

戴宗領了鈞旨，雖然心中叫苦，但又不能不服從。只好帶了公差去把宋江用個大竹籮扛了來。衆公差把宋江押在階下，可是宋江就是不肯跪，睜着眼，見了蔡九，依舊瘋瘋癲癲，胡言亂語。蔡九看了毫無辦法，問不出一點口供。這時黃文炳又說話了。他說：

「知府！且喚本營的差撥和牌頭來問，若是來時已經瘋了，便是真的。若是近日纔瘋，必是詐瘋。」

蔡九聽了連連點頭，立刻傳令喚來了管營和差撥。這兩人那裡敢隱瞞，說宋江來時並不瘋。蔡知府一聽大怒，叫來牢子獄卒，把宋江綑了，一連打了五十大板，打得宋江一佛出世，二佛涅槃，皮開肉綻，鮮血淋漓，只得招了。此時宋江兩腿已被打得走不動，被牢卒拖進了死囚牢裡收了。

蔡知府退堂後，邀請黃文炳到後堂飲宴，稱謝道：

「若非通判高明遠見，下官險些被這廝瞞過。」

「相公在上，此事也不宜遲，急急修封書信，差人星夜送到京師，報告尊府恩相知道，顯得相公幹了這件國家大事。」黃文炳又說。

蔡九聽了大喜，立刻寫了家書，命令戴宗，叫他連夜送去京師。隨後對黃文炳說：

「我信上已薦舉了通判的功勞，使家尊面奏天子，早早陞授一個富貴城池給通判，去享受榮華。」

黃文炳聽了，心花怒放，在知府衙門裡住了一夜，第二天便歡天喜地的回無為軍去了。

戴宗接了蔡知府的書信以後，煩惱了整夜，卻又想不出解救宋江的辦法。心想只有去梁山泊找軍師吳學究設法。於是安排李逵好好侍候宋江，自己換了行裝，便袋裡藏了書信、盤纏，出到城外，身邊取出四個甲馬㊀，在每隻脚上各拴了兩個，口裡唸起神行法咒語，頃刻間就離了江州。行走的速度真像風馳電掣一般，一路上只喫些素飯、素點心，晚間投宿時，解下四個甲馬，取數箔金紙燒送了，才安歇。如此走了幾日，不覺已到山東地界。此時正是六月初旬天氣，蒸得汗雨淋漓，滿身濕透，戴宗正覺肚子有些餓了，又怕中了暑氣。卻正好望見前面樹林側旁有一座傍水臨湖的酒肆。戴宗撚指間就走到了店前，選了個乾淨的座位坐了。戴宗此時不能喫葷腥，所以只叫酒保隨便送些素菜來。不一會，酒保端來了一碗豆腐，兩碟蔬菜，和三大碗酒。

戴宗正饑，又渴，一口氣就把酒、菜全喫了。正想再盛些飯時，只覺得天旋地轉，頭暈眼花，往凳子邊倒了下去。這時店裡走出一個人來，正是梁山泊的旱地忽律朱貴。朱貴看戴宗倒在地上，就叫兩個伙計去搜戴宗的身上東西，只見便袋裡搜出一個紙包，包着一封信，取過來交給朱貴。朱貴拆開一看，不覺大驚，半晌做不出聲來。這時伙計已經把戴宗抬進殺人作房裡去準備開剖，卻從戴宗身上溜下來一塊宣牌㊁。朱貴拿起來一看，上面寫着「江州兩院押牢節級戴宗」。朱貴立刻說：

「且不要動手！我常聽吳用軍師說，這江州有個神行太保戴宗，是他的至友，

莫非就是此人？但他爲甚麼要送書信去害宋江？」

朱貴就叫伙計用解藥把戴宗救醒，準備問個明白。當戴宗舒眉展眼，醒轉過來時，卻見朱貴拆開蔡九的家書在手裡，戴宗便喝道：

「你是甚麼人？好大膽，用蒙汗藥麻翻了我，如今又把太師府書信擅開，拆毀了封皮，該當何罪？」

「這封信算甚麼！就是大宋皇帝，我們也敢做對頭。」朱貴哈哈大笑起來。

「好漢，你卻是誰？如此狂言！」戴宗表情驚訝。

「俺是梁山泊好漢旱地忽律朱貴。」朱貴說。

「既是梁山泊頭領時，定然認得吳學究先生。」戴宗問。

「吳學究是俺大寨裡軍師，執掌兵權。足下如何認得他？」朱貴有意試探戴宗。

「我和他是至友。」戴宗答。

「兄長莫不是軍師常提起的江州神行太保戴院長麼？」朱貴故意問。

「小可便是。」戴宗答。

「前時，宋公明斷配江州，經過山寨，吳軍師曾寄一封書信與足下，如今卻爲何反來害宋三郎性命？」朱貴又問。

戴宗這才把宋江在潯陽樓酒後寫反詩的詳情說了一遍，才說：

「如今，我就是想去尋吳學究，想辦法解救宋大哥！」

「既然如此，請院長親到山寨裡與衆頭領商議良策，可救宋公明性命。」朱貴說罷。一面慌忙叫準備酒食，請戴宗喫。一面就到水亭上，看着對港，放了一枝號箭；響箭到處，早有小嘍囉搖船過來。朱貴帶戴宗直到金沙灘上岸，引至大寨。吳用見報，連忙親自下關迎接；見了戴宗，不免敍禮一番。吳用引戴宗到聚義廳和衆頭領相見。朱貴說起戴宗上山的緣故。晁蓋聽了大驚，便要點起人馬，下山去打江州，救宋三郎上山。吳用諫道：

「哥哥，不可造次。江州離此間路遠，軍馬去時，恐怕會『打草驚蛇』倒送了宋公明的性命。此一件事，不可力敵，只有智取。吳用不才，略施小計，只在戴院長身上，定要救宋三郎性命！」

「願聞軍師妙計。」晁蓋問得急迫。

「如今蔡九差院長送信去東京，討太師回報，不如將計就計，寫一封假回書，教院長帶回去。信上只說：『把犯人宋江立刻解送京師，定行處決示衆，斷絕童謠。』等他解來此間經過時，再差人下山奪了。此計如何？」吳用說出妙計。

「好卻是好，只是沒人會寫蔡京筆跡。」晁蓋有些疑慮。

「吳用已思量在心裡了。如今天下盛行四家字體。所謂蘇東坡、黃魯直、米元章、蔡京。是宋朝四絕。小生曾認識濟州城裡一個秀才，姓蕭名讓，他會寫諸家字體，人稱『聖手書生』。不如就叫戴院長到他家，騙他說『泰安州嶽廟裡要寫道碑文，先送五十兩銀子在此，作安家之資。』便要他來。隨後就派人去把他家老小也接上山來，教他入夥，如何？」吳用說。

「可是圖章印記怎辦？」晁蓋仍有些顧慮。

「這個小生也有主意。小生有個舊識，也是中原一絕，他也住在濟州城裡，姓金雙名大堅，彫刻一手好圖書玉石印，人稱『玉臂匠』也可依計把他騙上山來。」吳用說。

晁蓋這時才覺滿意。當日安排筵席，招待戴宗。次日又煩請戴宗，帶着一百兩銀子，拴上甲馬下山，把船渡過金沙灘上岸，施展起神行法，奔到濟州去。不到兩個時辰，早到了城裡，尋問到了聖手書生蕭讓，原來蕭讓和玉臂匠是朋友，所以由蕭讓帶路，很容易的就也請到了金大堅。兩人見有五十兩銀子的重酬，所以都一口答應了。隨即都帶了工具，一齊同行，出了濟州城，行不到十里多路。戴宗說道：

「二位先生慢走，小可先去報知衆上戶來接二位。」

拽開步數，爭先去了。而這兩個則背着包裹，自慢慢的行走。看看已是未牌時候，約莫走了七、八十里路，只見前面一聲唿哨響，山坡上跳下一夥好漢，約有四、五十人，爲首的正是矮脚虎王英。當時王英大喝一聲：

「孩兒們！拿這廝，取心來喫酒！」

蕭讓和金大堅卻也有一身本事，便逕奔王矮虎，三人纏鬪起來，大約戰了五、七回合，王英賣個破綻，轉身便走，兩人正要去追時，猛聽得山上鑼聲又響。左邊走出「雲裡金剛」宋萬，右邊走出「摸着天」杜遷，背後是「白面郎君」鄭天壽，各帶三十餘人，一齊上，才把蕭、金二人橫拖倒拽，捉到山寨去了。

到了山寨，吳學究早已在寨門外迎接，斥令衆人趕快鬆了二人繩索，連賠不是。並且說明了山寨求賢用人，有意請二人上山入夥，共聚大義。蕭讓、金大堅和吳用原是舊識，眼看已經到了山寨，只得推說：

「我們在此趨侍不妨，只恨各家都有老小，明日官府知道了，必遭禍害。」

「二位賢弟不必憂心……。」吳用話還沒說完。只見小嘍囉來報說：「都到了！」

吳學究笑道：

「請二位賢弟，親自去接寶眷！」

蕭、金二人半信半疑，下到半山，只見數乘轎子，抬着兩家老小上來。二人都閉口無言，只得死心塌地，同到山寨入夥了。晁蓋一時大喜，山中設下宴席款待。

次日，吳學究請蕭、金二人安排了回書，交給戴宗，立刻起程送回江州蔡九知府處。戴宗走後不久，只見吳用大叫：

「苦也！」

衆頭領一聽都驚訝萬分，急忙問道：

「軍師何故叫苦？」

吳用歎了口氣說：

「你衆人不知：是我這封信，倒送了戴宗和宋公明的性命。」

「軍師信上出了甚麼差錯？」衆頭領大驚失色。

「是我一時不仔細。如今江州蔡九知府是蔡太師的兒子，而我讓金賢弟刻的卻是『翰林蔡京』四字，天下那有父親給兒子寫信用自己的名字？因此差了，戴院長回到江州必受盤問，査出實情，卻是厲害！」吳用說。

「快使人去追戴宗回來！」晁蓋說。

「不行！他作起神行法來，早晚已走過五百里了，只是事不宜遲，我們只有如此如此，或能救得戴宗和宋公明二人。」吳學究附在晁蓋耳旁說了幾句。

一時衆多好漢得了將令，各各整束行頭，連夜下山，望江州而去。

戴宗回到江州，當廳呈上回信。卻被黃文炳一眼識破，當堂把戴宗綑翻，打得皮開肉綻，鮮血迸流。戴宗捱不過毒打，只得招了。於是蔡九知府立刻陞廳，便喚當案孔目來吩咐道：

「明日午時三刻，將要犯宋江、戴宗押赴市曹斬首示衆。自古道：『謀逆之人，決不待時』，免致後患！」

當案的孔目姓黃，和戴宗私交頗好，只想救他，也別無良策，只圖替戴宗少延殘喘。於是靈機一動。當卽稟道：

「明日是個國家忌日；後日又是七月十五，中元節。皆不可行刑。直到五日後，才可行刑。」

蔡知府聽罷，依准了黃孔目的言語，直等到第六日早晨，先差人去十字路口打掃了法場。早飯後點起士兵和刀仗劊子手，約有五百餘人，都在大牢門前侍候。巳牌時分，獄官稟了知府，親自來做監斬官。黃孔目只得把犯由牌呈堂，當廳判了兩個「斬」字，使用片蘆席貼起來。當時打扮已了，就大牢裡把宋江、戴宗五花大綁；又用膠水刷了頭髮，綰個鵝梨角兒，各插上一朶紅綾子紙花；驅至青面聖者神案前，各給了一碗「長休飯」、「永別酒」，喫罷，辭了神案，轉過身來，搭上利子。六、七十個獄卒早把宋江在前，戴宗在後，推擁出牢門前來。宋江和戴宗兩個面面相覷，各做聲不得。宋江只把脚來蹋，戴宗低着頭只歎氣。江州府看熱鬧的人，真是壓肩疊背，何止萬人！押到市曹十字路口，團團槍棒圍住，把宋江面南背北，將戴宗面北背南，只等午時三刻，監斬官到來開刀。

這時只見法場東邊，一夥弄蛇的丐者，強要挨入法場裡看，衆士兵趕打不退，正在相鬧着。只見法場西邊，一夥使槍棒賣藥的，也強挨進來。士兵喝道：

「你這夥好不曉事！這是何等場所，也要強挨進來看。」

「你這裡算甚麼！我們衝州撞府，那裡沒去過？便是京師天子殺人，也讓人看；你這小地方，砍得兩個人，鬧動了世界，我們便挨出來看一看，有甚麼要緊的。」那夥使槍賣藥的也開始起閧。

鬧還沒了，只見法場南邊，一夥挑擔的脚夫，又要挨進來。士兵喝道：

「這裡那有出路，你挑那裡去！」

「我們挑東西是送給知府大人的，你們如何阻擋我？」那夥挑擔的也和士兵鬧起來。

「便是相公衙裡的人，也只得去別處過一過。」士兵阻止。

那夥人就歇下擔子，都拿着扁擔，站在人叢裡看熱鬧。只見法場的北邊，一夥客商推兩輛車子過來，定要挨進法場。士兵喝道：

「你這夥人那裡去？」

「我們要趕路程，能否行個方便！」推車的客商答。

「要趕路從別處過！」士兵阻止。

「你說得好！俺們是京師來的，不認得路，只知從大路走！」推車的客商笑着說。

士兵那裡肯放，那夥客人齊齊地也都站着不動了。四處吵鬧不停，這蔡九知府也禁止不得。又見那些客商都爬到了車頂上去看。沒多時，只聽法場中間有人高聲喊道：

「午時三刻——。」

監斬官站了起來，猛拍一聲桌案說：

「斬訖報來！」

兩邊的劊子手便去開枷；行刑的人執定法刀在手。頓時全場鴉雀無聲。說時遲，一個個要見分明；那時快，鬧攘攘一齊發作；只見那夥站在車上的客商，剛聽得一個「斬」字，其中一個客人立刻取出一面小鑼兒，站在車上噹噹地敲得兩、三聲，四下裡一齊動手。又見十字路口茶坊樓上一個彪形黑大漢，脫得赤條條的，兩隻手握住兩把扳斧，大吼一聲，像晴天響起一聲雷，從半空中跳下來，手起斧落，早砍翻了兩個行刑的劊子手，便往監斬官前砍來。衆士兵都急忙用槍去搠，可是那裡擋得住？衆人只有簇擁着蔡九知府逃命去了。

東邊那夥弄蛇的丐者，身邊都已掣出尖刀，看着士兵便殺；西邊那夥使槍賣藥的也大發喊聲，殺倒了一排獄卒。南邊那夥挑擔的脚夫，輪起扁擔，橫七豎八，打翻了許多士兵，連看的人也遭了殃。北邊那夥客人，都跳下車來，推着車子，望士兵身上衝撞。兩個客商鑽了進去，一個背着宋江，一個背了戴宗。其餘的人，有射箭的，有丟石頭的，也有取出標槍來標人的。原來這四方裡喊殺的人，都是梁山白來的英雄好漢。但是對那個人叢裡殺人最多的黑大漢，卻沒人認識。但見他火雜雜地掄起大斧只顧砍人，晁蓋便叫背着宋江、戴宗的兩人，只顧跟着黑大漢走，當時在十字街口，不問軍官、百姓，殺得屍橫遍地，血流成渠，一直殺出城來，不一回已殺到江邊，那黑大漢滿身是血，獨自還在江邊追殺人。晁蓋大叫道：

「不干百姓事，休只管傷人！」

那黑漢此時那裡聽得見，一斧一個，還是殺個不停。哀號之聲，好不悽慘。約莫離江沿岸上走了五、七里路，只見前面盡是滔滔江水，一望無際，已沒有陸路。晁蓋看到此種情形，只得叫苦。那黑大漢方才叫道：

「不要慌！且把哥哥背來廟裡？」

衆人都過來看時，見靠江邊有一所大廟，兩扇門緊緊地閉住。黑大漢用兩斧把門砍開，便搶了進去，看到兩邊都是老檜蒼松，林木遮映，前面牌額上，四個金書大字，寫道「白龍神廟」。小嘍囉把宋江和戴宗背到廟裡歇下。這時宋江方纔敢睜開眼睛；見了晁蓋等衆人，哭着說：

「哥哥，莫不是夢中相會？」

注釋

㈠甲馬：一種畫有神佛像的紙。
㈡宣牌：表明官職的牌子。

第十三章　天性

梁山泊山寨裏一連幾日設宴，慶賀宋公明父子的團圓。忽然感動了公孫勝，使他思憶起自己也有個老母在薊州，離家日子久了，不知她近況如何？所以也想暫別了衆頭領，回家去省親。這日晁蓋又在山寨裏設下宴席爲公孫勝餞行，宋江請他也去把老母接來山寨住。公孫勝却說：

「老母平生只愛清幽，吃不得驚怖，因此不敢請來。而且家中自有田產山莊，老母自能料理。貧道只去省視一趟就回來。」

晁蓋看公孫勝一片孝心，於是只得約定百日爲期，請公孫勝再歸山寨聚義。餞行畢，衆頭領直送至金沙灘。公孫勝獨自往薊州而去。衆頭領席散，却待上山，只見黑旋風李逵在關下放聲大哭起來。宋江連忙問道：

「兄弟，你如何煩惱？」

不問則已，一問之下，李逵哭得更是大聲。半晌才說：

「這個去請爹，那個去看望娘，偏只有鐵牛是土掘坑裏鑽出來的！」

「你如今待要如何？」晁蓋笑着問。

「我只有一個老娘在家裏，我的哥哥又在別人家做長工，如何能奉養我母親快樂？我想也去請她到山寨來享福。」鐵牛說。

晁蓋被鐵牛的一番孝心感動，就說：

「兄弟說的是。我這就差幾個人同你去把母親接來山寨。」

「使不得！李家兄弟生性不好，回鄉去必然有失。若是敎人和他去也是不好，況且他性如烈火，到路上必有衝撞。他又在江州殺了許多人，那個不認得他是黑旋風？且過幾時，等平靜時再去不遲。」宋江出言阻止。

「哥哥你也是個不公平的人！你的爺可以請上山來快活，我的娘由他在村裏受苦？豈不是有意要氣破我鐵牛的肚子！」李逵焦躁的說。

「兄弟不要急躁，只依我三件事，便放你去。」宋江說。

「哥哥，你且說那三件？」李逵問。

「第一件，接了母親立刻回來，路上不可喫酒。第二件，因你性急，沒有人陪你去，只你獨自一人悄悄地接了母親就回。第三件，你使用的兩把斧頭，不准帶去。」宋江說。

「這有何難，哥哥放心，我全都依你。」李逵答得爽快。只跨一口腰刀，提條朴刀，帶了一錠大銀，三、五個小銀子，喫了幾杯酒，與衆人打個招呼，就往山下走了。宋江放心不下，對衆人說：

「李逵兄弟此去必然有失，不知衆兄弟中誰是他同鄉？到他那裏探聽個消息。」

「只有朱貴是沂州沂水縣人，和他是同鄉。」杜遷說。

宋江立刻派人去山下酒店裏請來了朱貴，說明了情形。朱貴說：

「小弟有個兄弟在沂水縣西門外開酒店，正好回去看看。李逵的家是住在百丈村，他有個哥哥叫李達，替人做長工。」

「你店中我請侯健去接替，你即時上路！」宋江說。

朱貴領了語言，回到店裏收拾一下，便匆匆追趕下去。

李逵獨自離了梁山泊，一路上真的是不喫酒，不悞事。這天，已來到了沂水縣的西門外，看見一簇人圍着看榜示。李逵也擠在人叢裏，聽見有人讀着榜文說：

「第一名，正賊宋江，鄆城縣人。第二名，從賊戴宗，係江州兩院押獄。第三名，從賊李逵，沂州沂水縣人……。」

李逵在背後聽了，正待指手畫脚，只見一個人搶向前來，攔腰抱住，叫道：

「張大哥！你在這裏做甚麼？」

李逵扭過頭看，認得是朱貴，就說：

「你怎麼也在這裏？」

朱貴也不說話，拉着李逵一同來到了西門外近村的一個酒店內，找了間僻靜的房間坐了，才說：

「你好大膽，那榜上明明寫着要捉拿你，你却還站着看榜，倘或被眼疾手快的公差拿了送官，如之奈何？宋公明哥哥怕你出事，所以讓我來打聽消息。我比你遲一日下山，却早一日到。你如何今日纔到這裏？」

「遵從宋公明哥哥吩咐，教我不喫酒，所以路上走得慢了。」李逵說話時裝出一副可憐模樣。

朱貴看了同情，就說：

「你今日但喫幾碗無妨。這個酒店便是我兄弟朱富家。」

說罷，又叫出朱富與李逵相見。李逵一聽可以喫酒，樂得眉飛色舞，端起碗只顧喫，當夜一直喫到四更時分，安排些飯食，李逵喫了，趁五更曉星殘月，霞光明朗，便投村裏去。朱貴吩咐說：

「休從小路走，只從大朴灣轉彎，投東大路，一直往百丈村去，便是董店東。快接母親來此，和你早回山寨去。」

李逵答應了一聲。却心中尋思道：「我就從小路走，却不近些？大路走，誰耐煩！」便出門投百丈村來，約莫行了十數里，天色漸漸微明，看見露草中跳出一隻白兎來，望前路跑了，李逵就在牠後面趕了一陣，不覺笑道：

「這畜生倒引了我一段路程！」

正走之間，只見前面有五十來株大樹叢雜而生，時值新秋，葉兒正紅。李逵剛到樹林邊。突然跳出一條大漢，喝道：

「黑旋風在此！留下買路錢和包裹，便饒你性命，容你過去！」

李逵一聽哈哈大笑起來。說道：

「你是甚麼人？敢冒用老爺名目，在這裏胡爲！」

李逵挺起朴刀來奔那大漢，那大漢掄兩把板斧應戰，却那裏是李逵對手，早被李逵在腿股上搠了一刀，跌在地上，一脚踏住胸脯，喝道：

「認得老爺麼？」

「爺爺！饒你孩兒性命！」大漢趴在地下叫。

「我正是江湖上的好漢黑旋風李逵！你這傢伙辱沒了老爺名聲！」李逵說。

「孩兒雖然姓李，單名却叫鬼，不是真的黑旋風。只是在江湖上提起爺爺大名，鬼也害怕，因此孩兒盜用爺爺名目，在此巔徑㈠。但有孤單客人經過，只要聽得『黑旋風』三字，撇了行李就走。」那大漢答。

李逵劈手奪過一把斧來，說道：

「你壞我名目，且教你先喫一斧！」

說罷，舉起斧來，作勢要砍。唬得李鬼慌忙叫道：

「爺爺！殺我一人，便是殺我兩個！」

李逵聽了，住了手問：

「怎麼殺你一人，便是殺你兩個？」

李鬼臉上裝出一副可憐模樣，說：

「孩兒本不敢翦徑，只因家中有九十歲的老母，無人贍養，因此孩兒單提爺爺大名嚇唬人，奪些錢財，贍養老母；其實並不曾敢害一個人，如今爺爺殺了孩兒，家中老母必是餓死！」

李逵雖然是個殺人不眨眼的魔君，聽得說了這話，感動了他惻隱之心。自肚裏尋思道：「我特地回來接娘，却倒殺了一個養娘的人，天地也不容我。——罷罷！我就饒了這廝性命！」放下板斧。李鬼爬了起來，跪在地上，納頭便拜。李逵說：

「我便是真的黑旋風，你從此別再壞我名目！」

「孩兒今番得了性命，自回家改業，侍奉老母。」李鬼答。

「難得你有這番孝順之心，我給你十兩銀子做本錢，便去改業。」李逵說着，就掏出一錠銀子交給李鬼，心中覺得十分舒暢，拿了朴刀，一步步投山徑小路而來。大約走到巳牌時分，覺得肚子又饑又渴，而四處都是山徑小路，不見一家酒店飯館。正在焦急之間，只見遠遠的山凹裏露出兩間草屋。李逵見了，直奔過去。只見後面走出一個婦人來，髻鬢邊插着一簇野花，搽了一臉胭脂鉛粉。李逵放下朴刀說：

「嫂子，我是過路客人，肚中饑餓，又尋不到酒食店，可否買些酒飯喫？」

那婦人見李逵這般模樣，不敢說沒，只得答道：

「酒倒沒處買，做些飯給客人喫！」

「也好！只多做些個，我肚中太餓了。」李逵答。

那婦人在厨中燒起火來，便去溪邊淘了米，拿來做飯。李逵却轉到屋後山邊去淨手。只見一個漢子，一蹶一擺的走過來。李逵急忙轉過屋後，那婦人正要上山摘菜，打開後門撞見了漢子。便問道：

「大哥，你那裏傷了腿？」

「大嫂，我險些兒不能和你見面了……。」漢子就把遇着李逵的事說了一遍。

那婦人立刻用手摀住漢子的嘴說：

「休要高聲！剛才家中來了個黑大漢，莫不正是他。如今正在門前坐，你去看一看；若是他時，你去尋些痲藥來，放在菜裏，教那厮喫了，解決他性命！」

李逵躲在屋後，全都聽了，心想：「這傢伙，我給了他銀子，饒了他性命，他倒反來害我，情理難容。」轉身到了後門，這李鬼恰待出門，被李逵一把揪住，那婦人慌忙自前門跑了。李逵手起刀落，早割下頭來，奔到前門去尋那婦人時，已不知去向。李逵回到屋裏，搜出了一些碎散銀子和釵環，連同李鬼身上的那錠十兩小銀子，一齊塞進包裹裏。這時鍋裏的飯早熟了，只沒菜蔬下飯，李逵便去李鬼的大腿上割下兩塊肉來，用水洗乾淨了，竈裏抓些炭火來燒；一面燒，一面喫。喫飽了，把李鬼的屍體拖進屋裏，放了把火，把屋子全燒了。

李逵到了董店東時，已是傍晚。直奔進家中，推開門，剛踏進去，就聽見母親熟悉的聲音問道：

「進來的是誰呀？」

李逵仔細看時，見母親雙眼都盲了，坐在床上念佛。李逵喊一聲：

「娘！鐵牛回來了！」

「我兒，你去了許多時，這幾年都在那裏安身？你的大哥只是在人家做長工，只賺得些飯食喫，養娘全不濟事！我時常思量你，眼淚流乾，因此瞎了雙目。你一向正是如何？」娘站了起來，朝着李逵這邊說話。

李逵心想：「我若說在梁山泊落草，娘一定不肯去；我只有說假的。」於是應道：

「鐵牛如今做了官，特別來接娘去享福！」
「這可好了！只是你怎麼跟我去呢？」娘問。
「鐵牛背娘到前面，再找一輛車兒載去。」李逵答。
「你不如等大哥來，再商議吧！」娘說。
「等甚麼！我自和娘去便了。」李逵說。
李逵背着娘，正要走，只見李達提了一罐子飯走來。進了門，李逵便對哥哥招呼說：
「哥哥，多年不見！」
「你這厮回來做甚麼？又來連累別人！」李達一見李逵就大怒的罵。
「鐵牛如今做了官，特地回家接我！」娘說。
「娘呀！休信他放屁！當初他打殺了人，教我披枷帶鎖，受了萬千的苦。如今又聽得他和梁山泊賊人一夥刼了法場，鬧了江州，已經在梁山泊做了強盜。前日江州行移公文到來，命令原籍追捕正身，結果又要捉我到官，幸虧我家財主幫忙，說『他們兄弟已十來年不知去向，也不曾回家，莫不是同名同姓的人冒供鄉貫？』又替我上下使錢，才不喫官司。現在出榜賞三千貫捉他！——你這厮不死，却來家裏胡說亂道！」

「哥哥不要急躁，和你一起上山去快活如何？」李逵說。

李達一聽大怒，本要打李逵，但明知敵不過他，把飯罐撇在地下，一直去了。李逵心想：「他一定是去報人來捉我，不如及早走了。我且留下一錠五十兩的大銀子放在床上，大哥回家見了，必然不再追趕。」李逵解下腰包，取一錠大銀放在床上。叫道：

「娘，我這就背着你走！」

「你背我去那裏？」娘疑惑地問。

「你休問，一定給你快活就是了，我就背你去。」李逵說罷，就背了娘，提了朴刀，出門望小路便走。

卻說李達急奔到財主家報了，領着十來個莊客，飛也似的趕到家裏，看時，不見了娘，只見床上留下一錠大銀子。李達見了這錠大銀，心中忖思道：『鐵牛留下銀子，背娘去那裏藏了？必是梁山泊有人和他同來，我若趕去，恐怕丟了性命。想必他背娘去山寨裏快活！』於是對衆人說：

「這鐵牛背娘去，不知往那條路上走了。這裏小路甚雜，怎麼去趕他呢？」

衆人看李逵也想不出辦法，停留了半晌，也就各自回去了。

李逵這時背着娘，只奔亂山深處僻靜的小路上走。看看天色晚了，李逵已背到嶺下。娘雙眼不明，不知早晚。李逵認得這條嶺叫做沂嶺，要翻過嶺去，才有人家，娘兒兩個趁着星明月朗，一步步捱上嶺來。娘在背上說道：

「我兒，那裏去討口水來我喫也好！」

「老娘，且待翻過嶺去，借人家歇了，做些飯喫。」李逵只得安慰着母親。

「我中午喫了些乾飯，口渴得受不了。」娘嚷着。

「娘！我喉嚨裏也乾得冒烟，你且等背你到嶺上，尋水給你喫。」李逵也有些急躁起來。

「我兒，實在渴死我了，救我一救！」娘的語氣已近乎哀求。

「娘！我也困倦得撐不住了！」李逵看看已捱到嶺上松樹邊的一塊大青石上，把娘放下，插了朴刀在側邊，吩咐娘說：

「娘！你只耐心坐一坐，我去尋水來給你喫！」

李逵聽見溪澗裏水響，就聞聲尋找過去，盤過了兩、三處山脚，來到溪邊，捧起水來喫了幾口。尋思道「怎麽才能夠把這水盛去給娘喫呢？」立起身來，東張西望，見遠遠的山頂上有個庵兒。李逵攀藤攬葛，上到庵前，推開門看時，却是個泗洲大聖祠堂，面前只有個石香爐。李逵用手去提，原來却是和座子鑿成的。李逵拔了一回，那裏拔得動？一時性起，連那座子也一起提到前面石階上，用力一磕，把那香爐磕將下來；李逵拿了再到溪邊，把香爐浸在水裏，拔起亂草，把它洗得乾淨，挽了半香爐的水，雙手捧着，再尋舊路，走上嶺來，走到松樹邊石頭上時却不見了娘，只見朴刀依舊插在那裏。李逵叫娘喫水，可是杳無踪跡，叫了幾聲也不應。李逵突然覺得心慌，丟了香爐，定眼往四處裏尋找，並不見娘。走不到三十餘步，只見草地上團團血跡。李逵見了，一身肉都發抖，沿着那血跡尋去，尋到了一處大洞口，只見兩隻小虎兒在那裏舐一條人腿。李逵胸口感覺像被鐵錘重擊了一般，停不住全身的發抖。說道：

「我從梁山泊歸來，特爲了來接老娘。千辛萬苦，背到這裏，却被你們這畜生喫了。那大蟲拖着的這條人腿，不是我娘的，還有誰？」

心頭火冒三丈，赤黃色的鬍鬚都倒豎起來，將手中朴刀挺起，來搠那兩隻小虎。這大蟲雖小，被搠得慌時，也會張牙舞爪，鑽向前來；被李逵手起，先搠死了一隻；那另一隻往洞裏便鑽了進去，李逵趕到洞裏，也把牠搠死了，李逵就伏在洞裏，等了半晌，覺得洞外颳起一陣風，往外面張看時，只見那母大蟲張牙舞爪的往窩裏走來。李逵恨恨的罵道：

「正是你這畜生喫了我娘！」

放下朴刀，從胯邊掣出腰刀。那大蟲到洞口時，先用尾巴去窩裏一剪，便把後半截身軀坐進來。李逵在窩裏看得仔細，把刀朝母大蟲尾底下，盡平生氣力，捨命攛戳，正刺中那母大蟲糞門。李逵使得力量，把那刀把也直刺進肚子裏去了。那母大蟲大吼了一聲，從洞口，帶着刀，竟跳過澗邊去了。李逵拿了朴刀，從洞裏趕出來，那老虎負痛，一直搶下山巖裏去了。李逵還想要追，只見樹邊捲起一陣狂風，吹得敗葉從樹上如雨一般打將下來。自古道：「雲生從龍，風生從虎」，那一陣風起處，猛聽得大吼一聲，一隻吊睛白額大蟲跳了出來。星月光輝之下，李逵看那猛虎做勢撲過來，那李逵早把生死置之度外，不慌不忙，趁着那大蟲勢力，手起一刀，正砍中牠的頷下。那大蟲不曾再掀再剪：一者護着疼痛，二者傷着了牠的氣管。那大蟲退不過五、七步，只聽得磞一聲，像倒了半壁山，登時死在巖下。那李逵一時間殺了子母四虎，還又到虎窩邊，拿着刀查看了一遍，只怕還有大蟲。然後才去泗洲大聖廟裏，睡到天明。次日早晨李逵去把母親的腿及剩的骨殖，用布衫包了起來，到泗洲大聖廟後，掘個土坑葬了。李逵跪在地上大哭一場，聲音好不悽涼。

李逵停了一會兒，覺得肚子又饑又渴，於是收拾起包裹；拿了朴刀，尋着山路慢慢的走過嶺來。只見五、七個獵戶都在那裏收窩弓弩箭。看見李逵一身血污，走下嶺來，都不免驚得呆了。就問道：

「你這客人莫非是山神？如何敢獨自過嶺來？」

李逵心想：「自己是個三千貫錢捉拿的要犯，如何敢說真話，不如說個謊。」於是答道：

「我是過路客人，只因四隻大蟲喫了我娘，所以我把牠們都殺了。」

衆獵戶一聽，齊聲叫道：

「不信你一個人如何能殺四虎？就是李存孝和子路㈡也只打得一個。我們衆多獵戶，整整三、五月來，連根虎毛也沒獵得！敢是哄我？」

「你們不信時，我和你上嶺上去尋着牠！」李逵說。

於是衆獵戶打起唿哨來，一霎時，聚集了三、五十人，都拿着鐃鈎鎗棒，跟着李逵，再上嶺來。此時天已大明，都來到山頂上，遠遠已經望見窩邊果然殺了兩隻小虎，還有一隻母大蟲死在山巖邊，一隻雄虎放在泗洲大聖廟前。衆獵戶一時歡騰起來，用繩索把死虎綑綁起來，抬下山去。就邀李逵一同去領賞。李逵却歎口氣說：

「賞金給我何用！都送你們吧！」

獨自一人，消失在亂石叢中。

注釋

㈠ 翦徑：攔路搶刼。

㈡ 李存孝：後唐時猛將。子路：孔子弟子，姓仲名由。

第十四章　劊子手

劊子手楊雄，剛在市井裏行了刑回來，手上捧着掛紅賀喜的花紅緞子，突然攔腰撞出七、八個壯漢來，爲頭的一個叫「踢殺羊」張保，他們欺負楊雄是外鄉人，一鬨而上把花紅緞子等都奪了，楊雄却冷不防被張保劈胸抓住，背後又被兩個拖住了手脚，施展不得。正鬧中間，只見一條大漢挑着一擔柴走過來，看見衆人逼住楊雄動彈不得。那大漢路見不平，便放下柴擔，跳進人叢，將張保劈頭只一提，撇翻在路邊，那幾個破落戶見了，正要動手，早被大漢一拳一個，都打得東倒西歪，楊雄方纔脫得身，把本事施展出來，把那幾個破落戶都打翻在地上。張保見不是對手，爬起來跑了。

楊雄對那大漢，拱手一拜道：

「請教足下高姓大名？貴鄉何處？」

「小人姓石，名秀。因隨叔父來此販賣羊馬，不期叔父半途亡故，消折了本錢，流落在此薊州，賣柴度日。」石秀答。

於是楊雄把石秀請到了酒樓，喚酒保取了兩甕酒，切了幾盤肉，喫起來。楊雄說道：

「石家兄弟，你休見外。想你此間必無親眷，我今日想和你結為義兄弟，如何？」

石秀見說大喜，便連忙問說：

「不敢動問節級貴庚？」

「我今年二十九歲。」楊雄答。

「小弟今年二十八歲；就請節級坐，受小弟拜為哥哥。」石秀拜了四拜。楊雄大喜，說：

「我和兄弟今日喫個盡醉方休！」

正飲酒之間，只見楊雄的丈人潘公，帶了五、七個人，直尋到酒店裏來。楊雄見了，起身說：

「泰山來做甚麼？」

「我聽說你和人廝打，特地尋來！」潘公答。

楊雄指着身邊的石秀說：

「多虧這位兄弟救護了我，打得張保那廝見影也害怕。我如今已認了石家兄弟做義弟。」

「好！好！且叫這幾位兄弟喫碗酒了去。」潘公指着幾個一起來幫忙的兄弟們說。楊雄便叫酒保拿酒來，每人喫了三碗。再請潘公中間坐了，楊雄坐上首，石秀坐下首，三人又對酌起來。潘公見石秀一表人才，英雄器宇，心中甚喜，便說道：

「我女壻得你做個兄弟相助，也不枉了！以後公門中出入，誰敢欺負他！」

又問石秀道：

「叔叔原曾做甚麼買賣？」

「先父原是操刀屠父。」石秀答。

「叔叔可曾省得宰牲口的工作？」潘公眼露親切的表情。

「自小喫屠家飯，如何不會宰殺牲口！」石秀笑了起來。

「老漢原也是屠戶，只因年老做不得了，只有這個女壻，他又在官府差遣，因此撇下這行衣飯。」潘公說。

三人酒至半酣，結算了酒錢。楊雄帶着石秀和丈人取路回家。楊雄剛進門就大叫道：

「大嫂，快來見過叔叔！」

只見布簾裏面應聲道：

「大哥，你那有甚麼叔叔？」

「你且休問，先出來相見了。」楊雄說。

不一會兒，布簾裏走出一個婦人。——原來那婦人是七月七日生的，因此小字喚做巧雲。先嫁了一個吏員，是薊州人，喚做王押司，兩年前身故了，方纔嫁給楊雄，結婚還不到一年——。石秀見那婦人出來，慌忙向前施禮。那婦人却笑着說：

「奴家年輕，如何敢受禮！」

於是楊雄把結識石秀的經過都說了，且吩咐潘巧雲，收拾了一間空房給石秀安歇。

第二天，一早潘公就和石秀商量要開屠宰作坊。潘公說：

「我家後門是一條斷路小巷。有一間空房在後面。那裏井水又便，可做作坊，就敎叔叔住在裏面，又便於照管。」

石秀聽了也十分歡喜，一口應允。於是潘公再尋了個舊時熟識的副手，便把大青大綠粧點起肉案子、水盆、砧頭，打磨了許多刀杖，整頓了肉案；搭起了猪圈，趕來了十幾頭肥豬，選個吉日開張肉舖。衆鄰舍親戚都來掛紅賀喜，一連喫了兩日酒。楊雄一家得石秀開了店，都歡喜。一向潘公、石秀自做買賣。不覺光陰迅速，已過了兩個多月，時值秋殘冬屆。石秀裏裏外外，身上都換了新衣穿着。

一日石秀五更早起，出外縣買猪，三日後方回家來，却見店舖的門鎖了。又到家裏看時，肉店砧頭也都收起來了。刀杖家火也都藏起來了。石秀是個聰明人，看到這種情形，已經明白了。心中忖道：「常言『人無千日好，花無百日紅』哥哥自出外當官，不管家事，必是嫂嫂見我做了這些衣裳，一定背後有話說。又見我兩日不同，必然有人搬弄口舌。心裏懷疑，不做買賣了。我也休用與他言語，自先辭了回鄉。自古道『那有長遠心的人』」。石秀把猪趕在圈裏，就到房中換了衣服，收拾了包裹、行李，細細寫了一本清帳，從後面走到前宅。只見潘公安排下些素酒食，請石秀坐下喫酒。潘公說：

「叔叔，遠出勞心，自己趕猪回來辛苦。」

「丈丈㊀！請收過這本明細帳目。上面若有半點私心，天誅地滅！」石秀說。

潘公不覺笑了起來說：

「叔叔！老漢已知你的意了，叔叔兩日不曾回家，今日回來見收拾了家火什物，叔叔心裏一定以爲是不開店了，因此要去。別說如此買賣甚好，便是不開店了，我也要養叔叔在家。不瞞叔叔說，我這小女先嫁得本府一個王押司，不幸沒了，今是二週年，做些功德與他，因此才歇了兩日買賣。明日請報恩寺僧人來做功德，就要請叔叔照顧。老漢年紀大了，不能熬夜，因此今日一起跟叔叔先說了。」

「若是丈丈這麼說時，是小人一時疑心了。」石秀面有一絲羞愧。當時喫了幾杯酒和素食，也就回房裏安歇。

次早，果見道人挑了經擔到來，舖設壇場，擺放佛像供器，鼓鈸鐘磬，香花燈燭。廚下一面安排齋食。楊雄到申牌時分，回家走了一遭，吩咐石秀說：

「賢弟，我今夜正好當牢，不能前來，凡事請你多照顧。」

「哥哥放心，晚間兄弟替你料理。」石秀答。

楊雄走後，石秀自在門前照顧。此時天剛亮，只見一個年紀小的和尙，揭起簾子進來，深深地和石秀打個佛號。石秀慌忙答禮道：

「師父少坐！」

隨後又見一個和尚挑着兩個盒子進來。石秀便叫道：

「丈丈！有個師父在這裏？」

潘公聽了，就從裏面走出來。那和尚便說：

「乾爺。如何一向不到敝寺？」

「因爲開了這個店面，沒工夫出去。」潘公答。

「押司週年，無甚罕物相送；一些掛麵，幾包京棗。」那和尚說。

「啊！還叫師父壞鈔？」潘公就敎石秀收過了，搬到裏面去，又端出茶點，請和尚喫。這時婦人正從樓上下來，不敢十分穿重孝，只是淡粧輕抹，就問說：

「叔叔，是誰送東西來？」

「一個和尚，叫丈丈做乾爺的。」石秀答。

那婦人臉上頓露桃花色的笑容說：

「是師兄海闍黎㊁裴如海，一個老實的和尚。他是裴家絨線舖裏小官人，出家在報恩寺中。因他師父是家裏門徒，結拜我父做乾爺，長奴兩歲，因此叫他師兄。

他法名叫海公。叔叔，晚間只來聽他講佛唸經，真是一副好聲音。」

「原來如此！」石秀答的冷淡，心中已瞧出一分了。

那婦人便匆匆的下樓來見和尙，石秀背叉着手，隨後跟出來，站在布簾裏張看。只見那婦人出到外面，那和尙便起來向前，合掌深深打個問訊。那婦人便說：

「甚麼道理敎師兄壞鈔？」

「賢妹，些少微物，不足掛齒！」和尙答。

「師兄，怎麼如此說呢？出家人的物事，怎生消受？」那婦人微笑着說。

「敝寺新造了水陸堂場㊂，若要請賢妹來瞻謁，只恐節級見怪！」和尙說。

「拙夫從不計較這些。我娘死時，亦曾許下血盆願心㊃，早晚也要到寺裏還了。」那婦人說。

「但有吩咐如海的事，小僧便去辦來。」和尙說。

「師兄多與我娘唸幾卷經便好。」那婦人說。

這時丫鬟正從裏面捧出茶來。那婦人拿起一盞茶，用手帕去茶鍾口邊抹一抹，雙手遞給和尙。那和尙連忙接茶，兩隻眼涎瞪瞪的只顧睃那婦人的眼。這婦人一雙眼也笑迷迷的只顧睃這和尙的眼。人道「色膽包天」，却不防石秀在布簾裏一眼張見，心裏早明白了二分。心中尋思道：「我幾番見那婆娘常常的只顧對我說些風話，我只以親嫂嫂一般相待。原來這婆娘倒不是個良人！莫教撞在我石秀手裏，說不定替楊雄出這一口氣！」石秀一想，一發明白了三分。便揭起布簾，撞將出來。

那和尚連忙放下茶盞，嚇白着臉說：

「大郎請坐！」

那婦人也插口說：

「這個叔叔便是拙夫新結義的兄弟。」

「大郎貴鄉何處？高姓大名？」和尚說話時有些心虛。

「我麼？姓石，名秀！金陵人氏。專愛管閒事，替人出力，所以又叫拚命三郎！我是個粗魯漢子，禮數不到，和尚休怪！」石秀故意板着臉色說。

「不敢，不敢！小僧去接衆僧來赴道場！」連忙出門溜了。那婦人却還叫道：

「師兄，早些同來！」

那和尚頭也不敢同，更不敢答應，一直奔去。婦人送了和尚出門，就走了進去。石秀却在門前低着頭只顧尋思，其實心中早明白了四分。

多時，才見行者㊄走來點了香燭。少刻，海闍黎引領着衆僧都來赴道場。潘公請石秀招呼，相待茶水已罷，打動鼓鈸，歌詠讚揚。只見海闍黎同一個一般年紀小的和尙做闍黎，搖動鈴杵，發牒請佛，獻齋讚供諸天護法、監壇主盟，追荐亡夫王押司早生天界。只見那婦人喬素梳粧，來到法壇上，執着手爐，拈香禮佛。那海闍黎見了那婦人就越顯得有精神，搖着鈴杵，唱動真言。那一堂和尙見他們兩個並肩摩倚的模樣，也都七顚八倒起來。替死者證盟㈥已畢，把衆和尙都請到裏面喫齋。海闍黎故意讓在衆僧背後，轉過頭來看着這婦人笑，那婦人也掩着口笑。兩個處處眉來眼去，以目送情。石秀都瞧在眼裏，已經明白了五分。衆僧都坐了喫齋，先飲了幾杯素酒，搬出齋來，都給了衆僧襯錢㈦。潘公先來賠個不是，自去睡了。

不多時，衆僧齋罷，都起身散步去了，轉過一遭，才再到道場。石秀看了不高興，心裡已經有了六分猜透了。只推說肚子疼，自去睡在板壁後面。那婦人一時情動，那裏顧得被人看見，便自己去招呼。衆僧又打了一回鼓鈸，喫了些茶食果品煎點。海闍黎敎衆僧用心看經，請天王拜懺，設浴召亡，參禮三寶。追荐到三更時分，衆僧都困倦了，這海闍黎却越逞精神，高聲唸誦。那婦人在布簾下久立，慾火熾盛，不覺情動，便敎丫鬟請海師兄說話。

那賊禿慌忙來到婦人面前。這婆娘扯住和尙袖子說：

「師兄，明日來取功德錢時，就對爹爹說血盆願心一事，不要忘了！」

「做哥哥的記得。」和尚說罷又像想起甚麼似地又說：

「你家這個叔叔好生利害。」

「這個理他做啥！並不是親骨肉。」婦人搖頭說。

「如此，小僧就放心了。」海闍黎說。

說時，就袖子中伸手去捏婦人的手。婦人假意用布簾來隔。那禿賊笑了一聲，自去做判斛㊇送死人。沒想到石秀却是在板壁後假睡，正瞧得清楚，心裏已明白了七分。

當夜五更道場滿散，送佛化紙已了，衆人都謝了回去。那婦人才上樓去睡了。石秀獨自尋思了一陣，十分生氣，暗想：「哥哥如此豪傑，却恨碰到這個淫婦！」忍着一肚皮氣，也自去作坊裏睡了。

次日，楊雄回家只喫個飯就又走了。只見海闍黎又換了一套整整齊齊的僧衣，直到潘公家來。那婦人聽得是和尚來了，慌忙下樓，出來迎接，邀入裏面坐定，便叫茶點來。那婦人說：

「夜來多教師兄勞神，功德錢未曾拜納。」

「不足掛齒！小僧夜來所說血盆懺願心一事，特來稟知賢妹，若要還時現在正是時候。」和尚說。

「好，好。」婦人忙叫丫鬟請父親出來商量。

潘公說：

「也好，明日只怕買賣緊，櫃上沒人照料！」

「放着石叔叔在家照管，却怕怎的？」那婦人說。

「我兒出口爲願，我看明日只得去了。」潘公說。

婦人就去拿了些銀子交給和尚說：

「有勞師兄，不要嫌薄。明日準去上刹討碗素麵喫。」婦人說。

「謹候拈香。」海闍黎收了銀子，說聲盼望的話，便起身要走，那婦人直送和尚到門外去了。

石秀自在作坊裏安歇，起來宰豬趕早。

是日，楊雄到晚上才回來。婦人等他喫了晚飯，洗了脚手，去催促父親來對楊雄說了還願的事。楊雄聽了馬上應允，就說：

「大嫂，你便自說也何妨？何必勞動泰山！」

次日五更，楊雄起來，自去畫卯，承應官府。石秀也起來忙着做買賣。只見那婦人濃粧艷抹，打扮得十分清楚，包了香盒，買了紙燭，雇了一乘轎子，把丫鬟也打扮了。到了巳牌時分，潘公換了一身衣裳，來對石秀說：

「相煩叔叔照管門戶，老漢和拙女同去還了心願便回。」

「小人自當照顧。丈丈要多照顧嫂嫂，多燒些香，早早回來。」石秀笑着說。而心中已瞧得八分了。

這時潘公丫鬟跟着轎子，一直往報恩寺奔來。那禿賊也已在山門外等候，看見轎子到來，喜不自勝，立刻迎了上去。把這婦人和老丈引到水陸堂上，已經安排下香花燈燭，有十數僧人在看經，那婦人都一一道了萬福；參禮了三寶；禿賊引那婦人到地藏菩薩面前，證盟懺悔，便化了紙，請衆僧自去喫齋，只留着徒弟陪侍。那和尚却說：

「請乾爺和賢妹去小僧房裏拜茶。」

海闍黎便以回報乾爺、賢妹的齋食爲由，硬留下乾爺賢妹喫了幾瓶素酒，把潘公灌醉，再勾搭賢妹成姦。而且兩人約定，以後只要楊雄不在時，就在後門擺出一個香桌兒，燒夜香爲號，海闍黎便進去幽會。只怕五更睡着了，却買通了一個知心的頭陀，到後門敲打木魚，高聲叫佛爲號。如此暗中往來，不覺已經將近一個多月。

石秀依然每日收拾了店面，自在作坊裏歇息。每日五更便起身料理店務，只聽得報曉頭陀，來這裏敲木魚高聲叫佛。石秀是個聰明人，早明白了九分，暗自思量道：「這條巷是條死巷。如何有這頭陀，連日來這裏敲木魚叫佛？事有可疑！」石秀仔細一聽，叫的是：

「普渡衆生救苦救難諸佛菩薩！」

石秀聽得蹊蹺，便跳將起來，去門縫裏張看，只見一個人，戴頂頭巾，從黑影裏閃將出來，和頭陀一齊走了，隨後便是丫鬟迎兒來關門。石秀瞧時，已然明白十分。心中恨道：

「哥哥如此豪傑，却娶了這個淫婦！倒被這淫婦瞞過了，做成這種勾當！」

巴望着天亮，把猪肉抬出去門前掛了，賣個早市；飯罷，去外面要了一趟欠帳，日中前後，直走到州衙前來尋楊雄。剛走到州橋邊，正迎見楊雄。楊雄就問說：

「兄弟，那裏去？」

「因爲去討賒帳，就來尋哥哥。」石秀答。

「我常爲官事，從不曾和兄弟盡興喫三杯，找個地方坐坐？」楊雄說着，就引了石秀到州橋下的一個酒樓上，揀一處僻靜的閣兒裏，相對坐下，叫酒保拿來了好酒，安排些海鮮下酒。二人飲過三杯，楊雄見石秀只低着頭尋思。楊雄是個性急的人，便問道：

「兄弟心中似有些不樂，莫不是家裏有甚言語傷觸了你？」

「家中無甚言語。哥哥也待我如同親骨肉一般，只是有句話不知該不該說？」

「兄弟何故今日見外？但說不妨！」楊雄說。

石秀作十分爲難狀。

「哥哥每日出去，只顧承擔官府，却不知背後的事。這嫂嫂不是良人，兄弟已看在眼多遍了，只是不敢說。今日見得仔細，忍不住來尋哥哥，我直說了，哥哥休怪！」石秀終於把話說了出來。

「我背後不長眼，你說這人是誰？」楊雄沉住了氣說。

「前回，家裏做道場，請那個賊禿海闍黎來，嫂嫂便和他眉來眼去。第三日又去寺裏還血盆懺願心，丈丈和嫂嫂兩個都帶着酒味回來。我近日只聽得一個頭陀直到巷內敲木魚叫佛，那傢伙敲得作怪。今日五更被我起來看時，看見果然是賊禿，戴頂頭巾從家裏出去，像這種淫婦，要她何用？」石秀說的仔細。

楊雄聽了大怒，拍着桌案說：

「這賤人怎敢如此？」

「哥哥休怒。今晚都不要提，只和每日一般。明日只推說外宿，三更後再來敲門。那賊禿必然從後門先走，兄弟一把拿來，由哥哥發落。」石秀說。

「兄弟說的是！」楊雄說。

「哥哥今晚且休胡言亂語！」石秀再次囑咐。

「我明日約你就是！」楊雄答。

兩人又飲了幾杯，楊雄一語不發，算了酒錢，一同下樓，剛出了酒肆，只見四、五個虞候正在找楊雄，說是知府在後花園裏等候，叫楊雄去耍一趟鎗棒。楊雄只好吩咐石秀先回家去。

楊雄到了後花園，見知府和賓客都已坐在園中。楊雄使了好幾回棒，知府看了大喜，叫人取酒來，連賞了十大盅，楊雄都喫了。衆虞候又請楊雄去喫酒，到了晚上，喫得大醉，被人扶着回家。那婦人見丈夫醉了，就叫丫鬟迎兒幫着扶上樓去，點着一盞明晃晃的燈，楊雄坐在牀上，迎兒去脫鞋，婦人替他解除頭巾。楊雄見解了頭巾，一時氣憤湧了上來，指着那婦人罵道：

「你這賤人！好歹要結果了你！」

那婦人大喫一驚，不敢回話，且伏侍楊雄睡了。楊雄一頭上牀睡，一頭還罵着：

「你這賤人！骯髒潑婦，那廝敢在大蟲口裏沾涎！你這……你這……我不會輕放過你！」

那婦人那裏敢喘氣，直待楊雄睡着。看看五更，楊雄睡醒了，討水喫。那婦人起身舀碗水遞給楊雄喫了。桌上殘燈尚明，楊雄喫了水，便問：

「大嫂，你夜來不曾脫衣裳睡？」

「你喫得爛醉了，只在脚後倒了一夜。」潘巧雲說話時裝得十分可憐。

「我不曾說了甚麼話吧！」楊雄問。

「你往常酒性好，但喫醉便睡。我夜來只是有些放心不下。」潘巧雲說。

「石秀兄弟已有幾日，不曾和他快活喫三杯，你在家裏也安排些請他。」楊雄說。

却見那婦人甚麼也不應，自坐在牀邊，眼淚汪汪的哭，口裏歎氣。楊雄驚異的問：

「大嫂，我夜來醉了，又不曾惱你，做甚麼哭泣？」

那婦人仍是掩着眼淚只是不答應。楊雄連問了幾聲，那婦人反倒越哭越厲害。楊雄已有些急躁，把她從牀上扯得站起來，務要問她煩惱。那婦人才一邊哭，一邊說：

「我爹娘當初把我嫁給王押司，是望我白頭偕老，誰想半路相抛！今日只爲你十分豪傑，終身有個依托，誰想你不替我做主？」

「又作怪了，誰欺負你，我不作主？」楊雄問。

「我本待不說，又怕你着了他道兒。欲待說來，又怕你忍不住！」那婦人說。

「你且說了是怎麼回事？」楊雄有些不耐。

「我說了，你別生氣。自從你認了義弟石秀來家中住，初時還好，後來看看你不歸時，就來對我說：『哥哥今日又不回來了，嫂嫂自睡，也好冷落。』我只是不睬他，這已不止一日了，這個且不說。昨日晚間，我在厨房洗臉，這廝從背後走來，看見沒人，從背後伸隻手來摸我胸前說：『嫂嫂，你有孕也無？』被我打脫了手。本待要聲張起來，又怕鄰舍得知笑話，巴望你早早回來，欲又爛醉如泥，又不敢說。我真恨不得殺了他。你還親切地問『石秀兄弟』呢？」那婦人編造了謊言。

楊雄聽了，一時火起，心中罵道：

「『畫虎畫皮難畫骨，知人知面不知心』這廝倒來我面前說了許多海闍黎的閒話。說得沒緣沒故，分明是慌了便先來說破！」

口中恨恨地說：

「他又不是我親兄弟！趕出去便罷！」

到了天明，楊雄下來對潘公說：

「宰了的牲口都醃了罷，從今日起便休要做買賣！」

一霎時，把櫃子和肉案都拆了。石秀天明時正拿了肉出來門前開店，只見肉案和櫃子都拆了。石秀是個聰明的人，如何不明白？心中笑道：「是了，必是楊雄醉後出言，走漏了消息，倒喫這婆娘先反說了我無禮。她敎丈夫收了肉店。我若和她分辯，敎楊雄出醜，我且退一步，別作計較。」主意既定，石秀便去作坊裏收拾了行李。楊雄怕他羞恥，也自先走了。石秀提了包裹，跨了解腕尖刀，來向潘公告辭說：

「小人在宅上打攪了許多時；今日哥哥既是收了鋪面，小人告回，帳目已自明明白白，如有毫釐昧心，天誅地滅。」

潘公被女婿吩咐了，也不敢留他，由他自去了。

石秀只在靠近巷內尋個客店安歇，租了一間房子住下。自尋思道：「楊雄和我結義，他雖一時聽了婦人之言，心中怪我，我也務要使他明白真象。」在店裏住了兩日，就去楊雄門前探聽，當時只見小牢子拿了鋪蓋出來。石秀心裏明白，今晚必是楊雄當牢。回到店裏。睡到四更便起來，跨了這口防身解腕尖刀，悄悄地開了店門，轉到楊雄後門口巷內；伏在黑影裏張望，正好是五更時候，只見那頭陀挾着木魚，來到巷口探頭探腦。石秀一閃閃在頭陀背後，一隻手扯住頭陀，一隻手拿刀望他頸子上一擱，低聲喝道：

「你不要掙扎！若高做聲，便殺了你！你老實說，海闍黎那賊禿是否在裏面？」

「好漢饒命，我說。」那頭陀答。

「你說，我便饒你！」石秀把刀稍用力一勒。

「海闍黎和潘公女兒有染，他如今正在裏面睡着；我如今敲得木魚響，他便出來。」頭陀答。

石秀向頭陀手裏先奪了木魚，又脫了衣服，將尖刀就頭陀頸子上一勒，便勒死在地上。石秀穿上了直裰護膝，一邊往腰上插了尖刀，把木魚直敲入巷子裏。海闍黎在牀上聽見木魚敲得咯咯地響，連忙起來披衣下樓。迎兒先來開門，和尚隨後從門裏閃將出來。石秀還是把木魚敲個不停。那和尚悄悄喝道：

「只顧敲做甚麼？」

石秀也不應，讓他走到巷口，一交翻倒，按住喝道：

「不要做聲！做聲就殺了你，只要剝了你衣服便罷！」

海闍黎看出是石秀，那裏敢動，讓石秀剝得精光。石秀悄悄地去腰邊摸出刀來，三、四刀就把和尚搠死了，再把刀放在頭陀身邊。自己回到店裏，輕輕地開了門進去，悄悄地上牀睡了。

這日清早，一個挑着擔賣糕粥的老者王公，點着一個燈籠，出來趕早市。走到死屍邊，不小心却被絆了一跤，把一擔糕粥全傾潑在地下。王公摸了半天，才撐起來，却看兩手腥血，大叫起來。一時左鄰右舍聽得，都開了門出來，用火照時，只見遍地都是「血粥」，兩具屍首躺在地上。衆鄰舍抓住王公，直到薊州府裏。知府陞廳，聽了王公的供詞，命令仵作行人會同里正去驗屍，回來稟復知府說：

「被殺和尚是報恩寺闍黎裴如海，旁邊頭陀係寺後胡道。和尚一絲不掛，身上被搠了三、四刀致命。胡道身邊見有兇刀一把，只是項上有勒死傷痕。係是胡道掣刀搠死和尚，懼罪自行勒死。」

知府把報恩寺的主持找來，也問不出來由。正感難以決斷。當案孔目稟道：

「眼見這和尚裸形赤體，必是和那頭陀幹不公不法勾當，互相殺死，不干王公的事。不如放了王公，就此結案。」

知府也就如此判了。

不久，前頭巷裏的一些好事子弟，做成了一隻曲兒。唱道：

「堪笑報恩和尚，撞着前生冤障；將善男瞞了，信女勾來，要她喜捨肉身，慈悲歡暢。怎極樂觀音方纔接引，早血盆地獄塑來出相？想『色空空色，空色色空』他全不記多心經上。到如今，徒弟度生回，連長老涅槃街巷。若容得頭陀，頭陀容得，和合多僧，同房共住，未到得無常勾帳。只道目蓮救母上西天，從不見這賊禿爲娘身喪！」

後頭巷子裏的好事子弟，也做了首臨江仙，唱道：

「淫戒破時招殺報，因緣不爽分毫。本來面目忒蹊蹺：一絲真不掛，立地喫屠刀！大和尚今朝圓寂了，小和尚昨夜狂騷。頭陀刎頸見相交，爲爭同穴死，誓願不相饒。」

於是兩隻曲兒，條條巷都唱起來了。那婦人聽得目瞪口呆，却不敢說，只是肚裏暗暗地叫苦。

楊雄在薊州府裏；有人告訴他有個和尚、頭陀被殺之事，心裏已有些明白。尋思道：「此事準是石秀做出來的。我日前一時錯怪了他。我今日閒些，只去尋他，問個真實。」正走過州橋時，只聽得背後有人叫道：

「哥哥，那裏去？」

楊雄回過頭來，見正是石秀。就說：

「兄弟，我正沒處尋你！」

「且來我住處，和你說話。」石秀說着，就把楊雄拉到客店裏的小房內，說道：

「哥哥，你現在知道兄弟沒有說謊吧！」

「兄弟，你休怪。我是一時愚蠢，酒後失言，反被那婆娘瞞過了。說兄弟許多不是，今特來負荆請罪。」楊雄說。

「哥哥，兄弟雖是個不才小人，却是個頂天立地的漢子。只是怕哥哥日後中了奸計，因此來尋哥哥，我有證據給你哥哥看。」石秀說罷，拿出了和尚、頭陀的衣裳。

楊雄看了，心頭火起。大叫道：

「兄弟休怪。我今夜碎割了這賤人，出這口惡氣！」

「你又來了！你既是公門中人，如何不知法度？你又不曾拿得證據，如何殺得人？若是小弟胡說，豈不殺錯人了？」石秀笑着說。

「怎能就此罷休？」楊雄說。

「哥哥，只要依兄弟的計劃行事卽可。」石秀挨近楊雄耳邊把計劃說了。楊雄就離了客店，且去府裏辦事，至晚回家，和平常一般，也不說甚麼。

次日，天明起來，楊雄對那婦人說道：

「我昨夜夢見神人怪我，說有舊願不曾還得。今日我閒些，須和你同去東門外嶽廟裏還了那炷香願。」

「旣是如此，我們早喫些素飯，燒湯洗浴了去。」那婦人答。

「我去買香紙，雇轎子。你便洗浴了，梳頭插帶了等我。就叫迎兒也去走一遭。」楊雄吩咐了，就又到客店裏約好石秀。石秀說：

「哥哥，你若來時，只教在半山裏下了轎，三人步行上來，我自在一個僻靜處等你。」

楊雄約了石秀，再去買了香紙回來。那婦人和迎兒都已經打扮得整齊。轎夫也早已扛了轎子到門前侍候。楊雄就對潘公說：

「請泰山看家，我和大嫂燒了香便回。」

「多燒香，早去早回。」潘公答。

那婦人上了轎，迎兒跟着，楊雄也隨在後面，離開了東門，楊雄低聲吩咐轎夫說：

「替我抬上翠屏山去，我多給你些轎錢。」

不到兩個時辰，已來到翠屏山上。山上都是亂墳荒塚，青草白楊，並無菴舍寺院。當時楊雄把那婦人抬到半山，叫轎夫歇下轎子，拔去葱管，搭起轎簾，叫那婦人出轎來。婦人問道：

「怎麼來到這山裏？」

楊雄叫轎夫在山下等着，也沒講話，只引着那婦人並迎兒往上爬，約莫上了四、五層山坡，只見石秀坐在上面。婦人先是一驚，隨卽說：

「香紙如何不帶上來？」

「我已先叫人帶上來了。」楊雄說。

楊雄把那婦人引到一座古墓前。此時石秀把包裹、腰刀、桿棒都放在樹根邊，走上前來，說：

「拜揖嫂嫂！」

那婦人故做剛才發覺的模樣，說：

「不想叔叔也在這裏！」

楊雄此時突然變了臉色，說：

「你前日對我說，叔叔多遍用言語調戲你，又用手摸你胸前，問你有孕了未？今日這裏無人，你兩個對個明白！」

「哎呀！過了的事，提它做甚麼？」那婦人搖着手說。

石秀兩眼圓睜，便打開包裹，拿出海闍黎和頭陀的衣服，撒在地上。說：

「你認得麼？」

那婦人看了，飛紅了臉，無言可對，石秀颼地掣出腰刀，便與楊雄說：

「此事只須問迎兒！」

楊雄一把揪過迎兒，跪在面前，喝道：

「小賤人，快說實話！」

唬得丫鬟迎兒把潘巧雲和裴如海的姦情全都說了。楊雄轉過身來對那婦人說：

「賊賤人！丫鬟已招了，你若說出實情，饒你一死。」

「這都是我的不是了，你看舊日夫妻情面，就饒恕了我這一遍吧！」那婦人跪在地上哀求。

石秀看楊雄似有些心軟。趕緊說：

「哥哥，含糊不得！須要嫂嫂說得仔細。」

「賤人！你快說！」楊雄催說。

於是那婦人只得把偷和尚的事，統統說了。石秀才說：

「今日三人已對質清楚，任從哥哥處置！」

「兄弟，你替我拔了這賤人的首飾，剝了衣服，我自伏侍她。」楊雄說。

石秀就把那婦人的首飾衣服都剝了。楊雄割兩條裙帶把婦人綁在樹上。石秀就把迎兒的首飾也去了，遞過刀來說道：

「哥哥，這小賤人留他做甚麼？一起斬草除根。」

楊雄接過刀，迎兒見勢不妙，欲待要叫，被楊雄手起一刀，揮作兩段。那婦人早已嚇得呆了。只叫着：

「叔叔，勸一勸……。」

楊雄把刀先挖出了舌，一刀便割了，再一刀從心窩裏直割到小腹下，噴出一股鮮血，把楊雄、石秀濺得如同血人一般——。

驚得白楊樹上的鳥都飛了起來。

注釋

㊀ 丈丈：宋朝時對老者的尊稱。

㊁ 闍（ㄓㄜ）黎：梵語 Acavya 的譯音。高僧可爲衆僧的軌範者。

㊂ 水陸堂：佛教設齋超度水中、陸地上的死者，名水陸齋。（也就是前文說的水陸道場）水陸堂是作水陸齋、水陸道場用的屋子。

㊃ 血盆願心：血盆經是佛經名，又名女人血盆經。血盆願心是指女人許下的心願。

㈤行者：修行佛道的人。

㈥證盟：把死者的姓名寫在紙上燒給神的一種迷信儀式。

㈦襯錢：做佛事時散給和尚的錢。

㈧判斛：做給鬼吃的一種麵食叫做斛食，判斛，是說把斛食散給鬼。

第十五章　尾聲

這日，天和氣朗，月白風淸。宋江、盧俊義爲首；吳用和衆頭領爲次拈香，公孫勝作高功，主行齋事，關發一應文書符命；與那四十八員道衆，每日三朝，至第七日滿散。宋江要求上天顯聖，特教公孫勝把祈詞書上青紙，焚化奏聞天帝。每日三朝，却好到第七日三更時分，公孫勝在虛皇壇最上層，衆道士在第二層，宋江等衆頭領在最下層，衆小頭目和將校等都在壇下，一齊懇求上蒼，務要顯靈。只聽得天上一聲巨響，如裂帛相似，正是西北乾方天門上。衆人看時，像直豎金盤，兩頭尖，中間闊，喚做「天門開」，又喚做「天眼開」。裏面發出的亮光，射人眼目，霞彩繚繞，從中間捲出一塊火來，形如栲栳㈠，一直滾下虛皇堂來。那團火繞壇滾了一遭，竟鑽入正南地下去了。此時天眼已合，衆道士走下壇來。宋江立刻叫人用鐵鍬、鐵鋤頭，掘開泥土，掘不到三尺深淺，只見一個石碣，看時，上面都是龍章鳳篆蝌蚪之書，人皆不識。衆道士中有一人姓何，法諱玄通。對宋江說道：

「小道家間祖上留下一册文書，專能辨驗天書。貧道可以把它譯出。」

宋江聽了大喜，連忙捧過石碣，教何道士看了。良久才說：

「此石上都鐫刻着義士一百零八員。兩側的一邊是『替天行道』四字，一邊是『忠義雙全』四字。頂上皆有星辰南北二斗、下面却是尊號。」

衆人看了無不驚訝。宋江與衆頭領說：

「原來我們都是一夥的人，上天顯應，合當聚衆。」

當日「忠義堂」上大設宴席，狂歡達旦。

注釋

㈠ 栲栳：竹製和柳條製的盛器，像竹籠之類。

總結

水滸傳是中國第一部用語體文寫成的長篇章回小說。它在中國古典小說中的地位和代表性，當不亞於紅樓夢。但無可否認的，近年來研究紅樓夢的狂熱，已在國際間引起了一股澎湃的浪潮，紅樓夢的研究已被公認爲一門有系統的學科，謂之「紅學」。而梁山水滸澤畔一百零八位草莽英雄的感人事蹟，似已注定難與大觀園裡賈寶玉、林黛玉的愛情繾綣故事相提並論，而躍登「水學」之殊榮了。究其原因，是水滸傳中的一些容易引起爭議的問題，在前人的努力探索與追尋之下，都似已有了定局，縱使仍有些疑慮，恐怕在沒有新資料的發現或出土之前，已很難引起新的發展與突破。

此次參加「時報出版公司」中國歷代經典寶庫改寫的行列，正好得以實現了我廿年來的心願。猶淸晰記得，當我在淡江中文系大三時，選修了葉慶炳先生所開「明淸小說研究」的課程，葉師就以水滸傳做爲研究分析的對象，我們在聽得驚喜耳熱之際，還要忙着翻查刑法替武松、潘金蓮、西門慶和王婆判刑定罪，眞是旣有趣又熱鬧。當時我就萌生了改寫水滸傳的念頭，沒想到直到今天，才在「時報出版公司」的敦促下得償宿願。爲此，我又把擱置多年的水滸傳各種回本找來，並參酌了若干今人改寫的本子以及日人駒田信二譯的水滸傳，重新且仔細的讀了幾遍。同時也翻檢了一些身邊就近可得的前人在水滸傳研究方面的論文。得知前人在水滸傳的研究上，已經有了相當豐碩的成績。

前人的研究成果

大概前人在水滸方面的研究，多拘囿於傳統的方法與範疇。總結言之，他們的成就有三方面：

㈠水滸故事的歷史淵源與演變：他們都一致公認水滸傳不是一時一地一人的創

作，它的成書是經過長時期的孕育發展的。書中主要人物，如宋江等卅六人的事蹟，在宋史中都略有記載。而宋元之際編定的話本「大宋宣和遺事」則又是後來水滸傳成書的最初藍本。而元代寫水滸人物的雜劇，更豐潤了水滸傳的枝葉。

㈡水滸傳的作者與版本：把許多零星的水滸故事編集成長篇章回小說的人究竟是誰？在明朝人的意見中已多數偏重相信是由施耐庵與羅貫中先後撰修。然施、羅二人的生平資料，卻不甚可考。除非有新的資料出現，否則縱持懷疑態度，也很難找到實證。至於版本上大致分簡本、繁本與殘本三類。以回目分，則簡本中有百十五回本、百十回本及百二十回本三種，而繁本則有百回本、百二十回本及七十回本等三種。殘本則又有新刻京本全像插增田虎王慶忠義水滸全傳、李卓吾原評忠義水滸全傳、京本增補校正全像忠義水滸傳評林等三種。他們似皆公認自從金聖歎改編七十回本流行之後，其餘各本已都難與匹敵。

㈢水滸傳文字表面上的一些問題：他們多就水滸傳的文字上發現的一些疑難或加詮釋，或加考證。例如：水滸傳中的地名、官名、衣食住行、風俗習慣以及土話諺語、寧波方言和渾號等等的研究考證。然皆僅及於水滸傳一書的文字表面的問題。

以上的研究成績，大可從概粹文堂的中國文學研究新編及河洛出版社的水滸研究諸書中得知。

近年的研究方向

至於近年來研究水滸傳的學者，除了傳統研究的承襲外，却有了某些新的突破與轉變，他們已能從水滸故事的外在而進入內在；以探討水滸傳本身或作者的思想意識以及它與社會形態的關係。例如：水滸傳與中國社會(三民)、水滸傳的天命觀念(鶖湖)、水滸傳思想性略述(今日中國)、水滸傳對歷代流寇影響之研究(大陸雜誌)等等。這種新的見解，無形中把水滸傳帶入了一個新的價值判斷。再者，也有幾篇直探水滸傳寫作技巧研究的文章出現，我想能擺脫版本上的細節，而去研究小說的文學價值，這應該是一件十分可喜的現象吧！

是否有新的途徑

由於我改寫了金聖歎七十回本水滸傳的經驗，對研究水滸傳這部小說，產生了兩種不甚成熟的見解，不知是否能另闢一條蹊徑。

第一：改寫水滸，賦予新的主題，新的價值判斷。使它更契合當今的社會需要。諸如我在本書前言中所提及的，「緣」、「心魔」、「禍根」、「寶刀、市虎、功名」、「天性」、「劊子手」諸章的寫法。它完全利用水滸傳中原有的素材與人物，而只在情節中做極輕微的變動。例如我在「緣」一章中，爲了使魯智深成爲一位「與我佛有緣」、「他日必得證果」的僧人，就不得不狠下心來，讓魯智深在佛殿上跪了一整夜，以覺悟自己所犯的罪孽。當魯智深離開文殊院時，我又增加了一場「文殊院的寶殿背面，正昇起了一輪旭日，萬道霞光四射」的特寫鏡頭，以象徵佛的莊嚴與智深的頓悟。結尾上我更把原著中瓦官寺的被燒而改成重建，以完成智深與我佛的因緣。又如我在改寫本「逼上梁山」一章中，寫林冲投奔梁山時的結尾是「只見船尾一道波浪，久久不能散去，一隻小船已駛進迷茫的黑暗之中」。有意留給讀者一個林冲上梁山，是否卽爲沉淪於黑暗的暗示。又如「人頭祭」與「天性」二章中，我爲了要強化武松與兄弟的手足情深和李逵的孝順天性，不得不讓兩人在祭奠亡兄及亡母時，發出悽厲的哭聲。而在「劊子手」一章中爲增加戲劇效果，不得不藉血腥味，以「驚得白楊樹上的鳥都飛了起來」。

我之所以敢這麼做，是基於今本水滸原已非本來面目，再做一次「整容」又何妨！

第二：是否能藉水滸故事的類比與對比技巧中，去肯定該書或該書作者的思想觀念和藝術手法。例如：水滸中有三則精彩的殺淫婦故事；分別是宋江殺閻婆惜、武松殺潘金蓮、楊雄殺潘巧雲。而在類比的檢討下發現閻婆惜十八歲、潘金蓮二十餘、潘巧雲也二十餘，這是三人的第一個類同。再就出身看；閻婆惜常去妓院唱曲兒，潘金蓮是大戶人家的丫鬟，潘巧雲是王押司的遺孀，似乎在當時社會上的地位都不高，這是第二個類同。而三人所以被殺的「罪行」，都是一個「淫」字。這種有意的安排，恐怕不能以巧合來解釋。這或許是作者（我不敢說一定是施耐庵）道德觀的暗示或無意間的流露吧！

再如水滸中有四則殺「虎」的故事；分別是武松景陽崗打虎、李逵沂嶺殺四虎、解珍解寶兄弟獵虎和楊志汴京殺市虎牛二。它們使用的工具是武松用手脚、李逵用朴刀、解氏兄弟用毒箭、鐵鈎。唯獨楊志用的是一把殺人不見血，得個「快」字的家傳寶刀。這種安排是否是作者有意暗示了殺虎容易，除市虎（人害）難的歎喟？我們再細玩味之，武松打虎是表現了他醉後的勇猛，李逵殺四虎是激於他失去母親後的孝思，解氏兄弟殺虎是迫於衙門法令的催促，而楊志殺市虎牛二是基於無賴百般欺凌下的義憤。四則殺虎的方式與表現的主題完全不同。這是否又是作者有意在賣弄他的藝術技巧呢？

從類比的整理後，當會發現水滸中還用了強烈的對比技巧，以增強小說的衝突性而達成了暗示性的諷喻效果。例如水滸中殺人的多是官差；武松是都頭、林冲是八十萬禁軍教頭、宋江是押司、魯達和楊志是提轄、楊雄是節級……。而且殺人犯可以藉出家以爲掩飾，所以魯達成了魯智深，武松化爲武行者，這眞是「放下屠刀立地成佛」的莫大諷刺。再如作者偏安排了一場魯智深爛醉後帶着狗肉大鬧文殊院這佛門淨地的高潮，而和潘巧雲苟合私通的竟是海闍黎。

以上所及水滸傳的種種，都是我在改寫過程中的膚淺心得與體會。它正代表了我過去對水滸傳了解的總結，也表明了我未來研究水滸可能去依循、嘗試的新途徑。

『中國歷代經典寶庫』《青少年版》出版的話

一個中國古典知識大衆化的構想

◉高上秦

許多討論或研究中國文化的學者，大概都承認一樁事實：中國文化的基調，是傾向於人間的；是關心人生，參與人生，反映人生的。我們的聖賢才智，歷代著述，大多圍繞著一個主題，治亂興廢與世道人心。無論是春秋戰國的諸子哲學，漢魏各家的傳經事業，韓柳歐蘇的道德文章，程朱陸王的心性義理；無論是貴族屈原的憂患獨歎，樵夫惠能的頓悟衆生；無論是先民傳唱的詩歌、戲曲、村里講談的平話、小說……等等種種，隨時都洋溢著那樣强烈的平民性格、鄉土芬芳，以及它那無所不備的人倫大愛；一種對平凡事物的尊敬，對社會家國的情懷，對蒼生萬有的期待，激盪交融，相互輝耀，繽紛燦爛的造成了中國。平易近人、博大久遠的中國。

可是，生爲這一個文化傳承者的現代中國人，對於這樣一個親民愛人、胸懷天下的文明，這樣一個塑造了我們、呵護了我們幾千年的文化母體，可有多少認識？多少理解？又有多少接觸的機會，把握的可能呢？

一般社會大衆暫且不提，就是我們的莘莘學子、讀書人，受了十幾年的現代教育以後，究竟讀過幾部歷代的經典古籍？瞭解幾許先人的經驗智慧？當年林語堂先生就曾感嘆過，現在的大學畢業生，連「中國幾種重要叢書都未曾見過」，遑論其他？

特別是近年以來，升學主義的壓力，耗損了廣大學子的精神、體力；美西文明的風行，導引了智識之士的思慮、習尚；電視、電影和一般大衆媒體的普遍流通，更造成了一個官能文化當道，社會價值浮動的生活形態。美國學者雷文孫所說的當代世界是一個「沒有圍牆的博物館」，固然鮮明了這一現象，但眞正的問題，却在於我們的根性尚未紮穩，就已目迷五色的跌入了傳播學者所批評的「優勢文化」的輻射圈內，失去了自我的特質與創造的能力。

何況，近代的中國還面對了內外雙重的文化焦慮。自內在而言，白話文學運動固然開發了俚語俗言的活力，提升了大衆文學的地位，覺悟到社會羣體的知識參與力，却相對的減損了我們對中國古典知識的傳承力；以往屬於孩童啓蒙的「小學」教育，屬於讀書人必備的「經學」常識，都在新式教育的推動下，變得無比艱澀與隔閡了。自外在而言，五四以來的西化怒潮，不斷開展了對西方經驗的學習，對傳統意識的批判，意興風發的營造了我們的時代感覺與世界精神，爲我們的現代化打下了一定程度的基礎；它也同時疾風迅雨般衝刷著中國備受誤解的文明，削弱了我們的文化認同與歷史根源，使我們在現代化的整體架構上模糊了著力的點，漫漶了精神的面。

將近五十年前，國際聯合會教育考察團曾對我國教育作過一次深入的探訪，在報告書中，一針見血的指出：歐洲力量的來源，經常是透過古代文明的再發現與新認識而而達至；中國的教育也理當如此，才能眞實發揮它的民族性與創造性。

事實上，現代的學術研究，也紛紛肯定了相似的論點。文化人類學所剖示的，每一個文化都有它的殊異性與持續性；知識社會學所探討的，一個文化的强大背景與典範人物，常常是新一代創造者的「支援意識」的能源；而李約瑟更直截了當的說，除了科技以外，其他文化的成果是沒有普遍性的。在這裏，當我們回溯了現代中國的種種內在、外在與現實的條件之餘，中國文化風格的深透再造，中國古典知識的普遍傳承，更成了炎黃子孫無可推卸的天職了。

「中國歷代經典寶庫」青少年版的編輯印行，就是這樣一份反省與辨認的開展。

在中國傳延千古的史實裏，我們也都看到，每當一次改朝換代或重大的社會變遷之餘，都有許多沈潛會通的有心人站出來，顚沛造次，心志不移的汲汲於興滅繼絕的文化整理、傳道解惑的知識普及——孔子的彙編古籍、有教無類，劉向的校理衆書、編目提要，鄭玄的博古知今、遍註羣經；乃至於孔穎達的「五經正義」，朱熹的「四書集註」，王心齋的深入民衆、樂學教育……他們或以個人的力量，或由政府的推動，分別爲中國文化做了修舊起廢、變通傳承的偉大事業。

民國以來，也有過整理國故的呼籲、讀經運動的倡行；商務印書館更曾經編選印行了相當數量、不同種類的古書今釋語譯。遺憾的是，時代的變動太大，現實的條件也差，少數提倡者的陳義過高，拙於宣導，以及若干出版物的偏於學術界或知識份子的需要；這一切，都使得歷代經典的再生，和它的大衆化，離了題，觸了礁。

當我們著手於這項工作的時候，我們一方面感動於前人的努力，一方面也考慮了當前的需求，從過去疏漏了的若干問題開始，提出了我們這個中國古典知識大衆化的構想與做法。

我們的基本態度是：中國的古典知識，應該而且必須由全民所共享。它們不是知識份子的專利，也不是少數學人的獨寵，我們希望它能進入到大衆的生活裏去，也希望大衆都能參與到這一文化傳承的事業中來；何況，這些歷代相傳的經典，又有那麼多的平民色彩，那麼大的生活意義——說得更澈底些，這類經典，大部份還是平民大衆自身的創造與表現。大家怎麼能眼睁睁的放棄了這一古典寶藏的主權呢？

爲此，我們邀請的每一位編撰人，除了文筆的流暢生動外，同時希望他能擁有古典的與現代的知識，並且是長期居住或成長於國內的專家、學者，對當前現實有一適當的理解與同情。在這基礎上，歷代經典的重新編撰，方始具備了活潑明白、深入淺出、趣味化、生活化的蘊義。

也是爲此，我們首先爲這套書訂定了「青少年版」的名目。我們也曾考慮過一些其他的字眼，譬如「國民版」、「家庭版」等等，研擬再三，我們還是選擇了「

青少年版」。畢竟，這是一種文化紮根的事業，紮根當然是愈早愈好。在最有吸收力、閱讀力的年歲，在最能培養人生情趣和理想的時候，我們的青少年朋友就能與這些清澈的智慧、廣博的經驗爲友，接觸到千古不朽的思考和創造，而我們所謂的「中國古典知識大衆化」，才不會是一句口號。

這也意味了我們對編撰人寫作態度的懇盼，以及我們對社會羣體的邀請。但願透過這樣的方式，讓中國的知識、中國的創作，能夠回流反哺，回到每一個中國家庭裏，使每一位具有國中程度以上的中華子民，都喜愛它、閱讀它。

我們深深明白中國文化的豐美，它的包容與廣大。每一時代，每一情境，都有不同的創作與反省；它們或驚或嘆、或悲或喜，或溫柔敦厚、或鵬飛萬里，雖然形式多端、訴求有異，却絲毫無損於它們的完美與貢獻。這也就確定了我們的選書原則：盡可能的多樣化與典範化。像四庫全書對佛典道藏的排斥，像歷代經籍對戲曲小說的貶抑，甚至多數人都忽略了的中國的科技知識、經濟探討、敎煌遺墨，都是我們所不願也不宜偏漏的。

就這樣，我們在時代意義的需求、歷史價值的肯定、多樣內容的考量下，從廿五萬三千餘册的古籍舊藏裏，歸納綜合，選擇了目前呈現在諸位面前的六十五部經典。這是我們開發中國古典知識能源的第一步，希望不久的將來，我們能繼續跨出第二步、第三步……

我們所以採用「經典」二字爲這六十五部書的結集定名，一方面是——說文解字所解釋的，「經」是一種有條不紊的編織排列；廣韻所說的，「典」是一種法，一種規則。它們的交織運作，正可以系統的演繹了中國文化的風格面貌，給出我們日常行爲的規範，生活的秩序，情感的條理。另一方面——也是採用了章太炎先生的說法：它們是「當代記述較多而常要翻閱的」一些書。我們相信，中國文化的恢宏壯麗，必須在這樣的襟懷中才能有所把握。

與這個信念相表裏，我們在這六十五部經典的編印上，不作分類也不予編號。這套經典對我們是一體同尊的，改寫以後也大都同樣親切可讀，我們企冀於提供的，是一套比較完備的古典知識。無論古代中國七略四部的編目，或現代西方科技分類的正名，都易扭曲了它們的形象，阻礙了可能的欣賞，這就大大違反我們出版這套書的諦旨了。

但在另一重意義上，我們却分別爲舊典賦予了新的書名，用現代的語言烘托原書的精神，增進讀者對它的親和力；當然，這也意味了它是一種新的解釋，是我們以現代的編撰形式和生活現實來再認的古典。

也是在這種實質的，閱讀的要求下，我們不得不對原書有所去取，有所融滙與變通。譬如，原典最大的「資治通鑑」，將近三百卷的皇皇巨著，本身就是一個雄偉的書中帝國，一般大衆實難輕易的一窺堂奧。新版的「帝王的鏡子」做了提玄勾要的梳理，形式也類同袁樞「通鑑紀事本末」的體裁，把它作了故事性的改寫，雖然字數濃縮了，却在不失原典題旨的照顧下，提供了一份非專業的認知。其他的部份經典，也有類似的寫法。這方面，歐美出版界倒有不少可供我們借鑑的例子。遠的不談，就以湯恩比的「歷史研究」來說，前六册出版了未及十年，桑馬威爾就爲它作了濃縮至六分之一的大衆節本，暢銷一時，並曾獲得湯氏本人的大大讚賞。我們的作法雖不必盡同，但精神却是一致的。

再如原書最少的老子「道德經」，這部被美國學者蒲克明肯定爲未來大同世界家喻戶曉的一部書，短短五千言，我們却相對的擴充、闡釋，完成了十來萬字的「生命的大智慧」。又如「左傳」、「史記」、「戰國策」等書，原有若干重疊的記述，經過編撰人的相互研討，各有删節，避免了雷同繁複。……由於歷代經典的繽紛多彩，體裁富麗，筆路萬殊，各編撰人曾有過集體的討論，也有過個別的協調，分別作成了若干不同的體例原則，交互運用，以便充分發皇原典精神，又能照顧現實需要，爲廣大讀者打出一把把邁入經典大門的鑰匙。

無論如何，重新編寫後的這套書，畢竟仍是每一位編撰者的心血結晶，知識成果。我們明白，經典的解釋原有各種不同的學說流派，在重新編寫的過程裏，每一位編撰者的參酌採用，個人發揮我都寄寓了最高的尊重。

除了經典的編撰改寫以外，我們同時蒐集了各種有關的文物圖片千餘幀，分別編入各書。在這些「文物選粹」中，也許更容易讓我們一目了然的感知到中國：那樣樸素生動的陶的文化，剛健恢宏的銅的文化，溫潤高潔的玉的文化，細緻優美的瓷的文化；那些刻寫在竹簡、絲帛上的歷史，那些遺落在荒山、野地裏的器物；那些意隨筆動的書法，那文章，那繪畫……正如浩瀚的中國歷代經典一般，那一樣不足以驚天地而泣鬼神？那一樣不是先民們偉大想像與勤懇工作的結晶？看起來，它們是一幅幅獨立存在的作品，一件件各自完整的文物，然而它們每一樣都代表了中國，都煥發出中國文化緜延不盡的特質。它們也和這些經典的作者一樣，是彼此相屬、相生、相成的。

這套書，分別附上了原典或原典精華，不只是强調原典的不可或廢，更在於牽引有心的讀者，循序漸進，自淺而深。但願我們的青少年，在擧一反三、觸類旁通之餘，更能一層層走向原典，去作更高深的硏究，締造更豐沛的成果；上下古今，縱橫萬里，爲中國文化傳香火於天下。

是的，我們衷心希望，這套「中國歷代經典寶庫」青少年版的編印，將是一扇現代人開向古典的窗；是一聲歷史投給現代的呼喚；是一種關切與擁抱中國的開始；它也將是一盞盞文化的燈火，在漫漫書海中，照出一條知識的，遠航的路——

也許，若干年後，今天這套書的讀者裏，也有人走入這一偉大的文化殿堂，與先聖先賢並肩論道，弦歌不輟，永世長青的開啓著、建構著未來無數個世代的中國心靈！

歷史在期待。

（民國六十九年歲末於臺灣臺北）

附記：雖然，編輯部同仁曾盡了最大的力氣，但我們知道，這套書必然仍有不少缺點，不少無可避免的偏差或遺誤。我們十分樂意各界人士對它的批評、指正，這不僅是未來修訂時的參考，也將是我們下一步出版經典叢書的依據。

【開卷】叢書古典系列

中國歷代經典寶庫　水滸傳

編 撰 者—傅錫壬
校　　對—傅錫壬・徐志勇・李　昂・張紘杰
董 事 長
發 行 人—孫思照
總 經 理—莫昭平
總 編 輯—林馨琴
出 版 者—時報文化出版企業股份有限公司
10803台北市和平西路三段240號三樓
發行專線—(02)2306-6842
讀者服務專線—0800-231-705・(02)2304-7103
讀者服務傳眞—(02)2304-6858
郵撥—19344724時報文化出版公司
信箱—台北郵政79～99信箱
時報悅讀網—http://www.readingtimes.com.tw
電子郵件信箱—liter@readingtimes.com.tw

印　　刷—盈昌印刷股份有限公司
袖珍本50開初版—一九八七年元月十五日
三版十一刷—二〇一二年二月十四日
袖珍本59種65冊
定價新台幣單冊100元・全套6500元

⊙行政院新聞局局版北市業字第八〇號

ISBN 957-13-1455-2

國立中央圖書館出版品預行編目資料

水滸傳：梁山英雄榜／傅錫壬編撰. --二版.
--臺北市：時報文化，1994〔民83〕
面；　公分. --（開卷業書·古典系列）（中國歷代經典寶庫；44）
ISBN 957-13-1455-2 （50K 平裝）

1. 水滸傳－通俗作品
857.46　　83010137